설화산의 향기

김두환 지음

설화산의 향기

"시골에 살면서 느꼈던 고향 풍경들과
순박한 시골 사람들의 삶 이야기"

바른북스

　　살다 보니 가끔은 느낌이 온다. 어떻게
표현해 보면 좋을까? 나는 평소에 책을 자주 읽고 글을
써본 사람도 아닌데, 그래도 자꾸 생각이 난다. 어쩌다가
한가한 시간에 A4 용지를 펴놓고 끄적여 쓰다가, 막히면
접어놓았다가, 생각나면 또 써보았다. 그렇게 써서 책상
서랍 속에 처박아 놨다가, 책상을 정리할 일이 생기면 쓰
레기통에 버리거나 파쇄기에 넣어버렸다.

　세월이 흘러 스마트폰이 출시되고 카톡을 알게 되면서,
휴대폰으로 더듬더듬 글을 써서 친구와 지인들에게 보내
게 됐다.

　어릴 적 조그만 면 단위 시골에 살면서 느꼈던 고향 풍경들과 순박한 시골 사람들의 삶의 이야기, 국민학교를 입학하고 처음 만나 가장 오랜 인연을 이어오고 있는 동심의 친구와, 선후배들과의 기억에 남는 생활상, 직장생활 하면서 보고, 듣고 겪었던 일들, 흙과 함께 세상 살아가는 사람들 이야기 등을 적어 보내다 보니, 지인과 친구들은 책으로 엮어서 출판해 보라고 권했다. 한 귀로 듣고 흘려버렸지만, 어느 날부터 한번 해볼까? 하는 욕심이 생겼다. 나는 그동안 쓴 글을 출판사에 갖다주고, 인쇄비만 주면 저절로 되는 줄 알았던 무지렁이였다. 휴대폰에서 PC로 옮기고, 출판사를 선정하고, 주제별로 글을 나누고, 몇 번씩 교정하고 편집하는 등, 처음 접하는 나로서는 결코 쉬운 일이 아니었다. 아무것도 몰랐던 나를 적극적으로 도와준 유봉근 친구에게 진심으로 감사한다. 바쁜 와중에도 극찬의 추천사를 써준 어릴 적 시골의 막걸리 친구 남충희와, 국민학교 중학교 동창생 조흥묵 친구에게도 심심한 감사의 인사를 드린다.

고향, 친구, 농심(농민의 마음), 세상 사는 이야기 등에 대한 개인적인 단상과 소회에서 빚어낸 기록들을 여기에 책으로 묶어 내보낸다. 주제나 소재별로 구분하지 않고 편집한 것은, 무작위적 배열을 통하여 저자의 의도가 개입되는 것을 최소화하기 위함이다. 칠순에 이르러 처음으로 펼쳐보는 처녀작으로 보잘것없지만, 나의 글《설화산의 향기》를 읽어주실 독자 여러분에게 미리 정중한 감사의 인사를 올린다.

시조부모와 시부모 모시고 시동생들 건사하며, 아들 삼 형제를 훌륭하게 키우고 묵묵히 지아비에게 헌신한 아내에게 그동안 하지 못했던 사랑한다는 말을 전한다. 멋지고 당당하게 성장해 준 기원, 민규, 기찬의 앞으로의 삶을 무한 응원하며 남은 도전에도 아버지로서의 사랑과 격려를 보낸다.

표지 사진과 첨부된 사진들은 사진작가 맹헌영의 작품으로 수록을 허락한 친구에게 감사한다. 출판과 유통의 책임을 떠맡아 주신 도서출판 바른북스 김병호 사장님과 수고해 주신 책임 편집자님들께 감사드린다. 바른북스의 무한 성장과 무궁한 발전을 기원한다.

2024년 2월
저자 김두환

남충희
전 SK텔레콤㈜ 사장, 전 경기도 경제부지사

　　깜짝 놀랐다. 어릴 적 시골 고향의 막걸리 친구가 이런 글재주를 가지고 있었다니! 아니 단순한 글솜씨가 아니다. 인생과 세상을 바라보는 눈에 미소와 애정이 듬뿍 담겼다. 틈틈이 끄적였다는 이 책의 단편들은 하나하나 세상을 관조하듯 노련하게 붓칠한 작품들이다. 뛰어난 필체로 묘사한 시골의 자연과 풍경, 그 속에서 붉게, 노랗게, 또는 하얗게 드러나는 욕망, 갈등, 그리고 치열한 삶의 모습이 생생하게 춤사위를 펼친다. 그 모두가 진정 아름답다. 저자는 펜으로 아름다운 수채화를 잔뜩 그려낸 것이다. 이 책을 관통하는 전시회의 성격을 보여주고자 몇몇 작품의 느낌을 소개해 보자.

몇몇 작품 소개

〈봄바람에 밀려온 사랑 바람 타고 사라지고〉는 자연의 순리와 농사철의 수고로움, 그리고 동네처녀를 짝사랑하는 총각들의 이야기다. 이 책은 자연과 사람, 그리고 본능과 관습에서 벗어나지 못한 순수한 사람들 사이에서 벌어지는 소동을 담고 있다. 독자에게 미소와 함께 따뜻한 감동을 준다.

〈초딩 바보들의 여행기〉는 저자의 어린 시절, 1965년도에 초등학교를 다녔을 때, 500원이라는 큰돈을 가지고 온양으로 여행을 떠났던 기억을 끄집어내 왔다. 그 시절의 500원은 5원짜리 서울교통을 편도로 100번이나 탈 수 있는 금액이었으며, 극장 입장료는 어른이 20원, 학생은 10원이었고, '아이스께끼' 하나가 5원, 저녁 무렵에는 10원에 3개를 주던 시절이었다. 그 당시 시대적 배경과 문화를 이해하기가 재미있다.

〈표고버섯에서 염소까지〉는 흡사 사회학자가 쓴 칼럼 같다. 농촌의 현실을 잘 보여주는 글이다. 전원주택을 짓고 살고 싶어 하는 사람들의 꿈과는 달리, 농촌에서는 여전히 힘들게 살아가는 사람들이 많다는 것을 보여준다.

〈어느 봄날의 아련한 추억〉은 우리 모두의 유년 시절을 떠올리게 하는 글이다. 봄의 아름다운 풍경과 함께 어린 시절의 추억을 회상하는 글은 읽는 이들에게도 아련한 그리움을 선사한다. 〈어느 봄날의 아련한 추억〉은 자연의 아름다움과 추억들을 매우 인상적으로 표현했다. 독자들은 자연스레 자신의 어린 시절 추억을 되돌아보게 될 것이다. 되살린 그 추억들이 우리의 삶을 더욱 풍요롭게 해 준다.

〈아름다운 칠순 잔치?〉는 눈을 뗄 수 없는 글이다. 칠순을 맞은 영태라는 인물에 관한 자서전과 같은 서사를 담고 있다. 가난한 시골에서 태어난 영태가 자수성가하기까지의 지난한 과정이 수채화 연작처럼 펼쳐진다. 인간의 부단한 노력과 끈질긴 열정 그리고 가족의 사랑과 성원이 감동적이다.

진솔함, 애정, 그리고 뛰어난 붓놀림

이 책의 특징은 저자의 숨김 없는 진솔함, 세상을 향한 애정, 그리고 뛰어난 붓놀림, 즉 글솜씨다. 저자가 그린 자연과 인생의 아름다움 그 자체는 우리의 마음을 차분하게 안정시켜 준다. 주변 모든 사람의 소중함을 새삼 감동적으로 느끼게 된다. 이 글로 인해 되살린 우리의 미소 띤 추억들은 우리의 삶에 새로운 의미를 부여할 것이다.

이 책이 많은 독자에게 사랑받기를 기원한다. 이 책은 저자뿐 아니라 우리 모두의 추억을 담아낸 아름답고 소중한 작품이다.

친구의 글은
내 고향의 얼굴

유봉근

베를린 훔볼트대학교 철학박사
연세대 연구교수, 한국미디어문화학회 회장 역임

고향마을은 언제나 풀냄새 풀풀, 물소리 쫄쫄거리는 그런 마을이었다. 광덕산은 위엄으로 마을을 감싸고 지켜주며, 설화산이 뿜어내는 향기를 마시며 농부들은 가벼운 종종걸음으로 논과 밭을 오가던 시골이었다. 초가지붕들 몇몇이 옹기종기 모이듯 흩어져 있고, 철 따라 꽃나무 과일나무 내음으로 가득하며, 마을의 돌담 사이는 비포장도로가 그물망처럼 이어주고 있었다.

지금은 전국적으로 이름이 알려진 '외암민속보존마을'이 있는 곳, 외암로를 따라가면 아산시와 신정호, 은행나무 길과 만나고 곧장 주변의 도시로 연결되는 곳이다. 그곳에는 산업단지가 들어서고 반도체와 자동차를 생산하여 세계로 내보내는 생산기지가 조성되어 있다. 어렸을 때 농업 국가는 산업화 과정을 거쳐 공업 국가로 변해가고 있다. 지난날 그곳은 지금 어디로 갔는지, 여기저기를 둘러봐도 예전의 풍취를 호흡하기는 어렵다.

이 책의 저자는 자신이 살아온 고향, 친구, 세상에 관한 기억과 흔적들을 기록하여 책으로 묶어 내보낸다. 그가 살아온 지난날, 고향과 친구들에 대한 놀라운 기억력은 우리들을 흠칫 놀라게 하고 감탄하게 한다. 저자의 글들은 우리가 잊어버린, 혹은 잃어버린 과거를 되찾아 주거나 복원시켜 준다. 그의 글에는 그가 살아온 시대적, 역사적 상황이 감성적으로 반영되어 있다.

젊은 날 목청 높여 불러대던 시대의 노래가 있다. 저자는 "풀잎마다 맺힌 아침 이슬"의 풀잎은 바로 고향 땅 논밭에 널려있는 '바랭이'일 것이라고 단정한다. 농부들을 괴롭혔던 잡초는 이슬을 껴안고 있을 때 가장 영롱한 빛을 반사해 낸다는 것이다. 잡풀과 필사적으로 싸우던 농부들, 호미를 쥔 어머니들의 여린 몸은 바랭이풀잎 위에 맑은 이슬을 털어내며 육체적 노동의 고통과 가난으로부터의 서러움을 삭이고 견뎌내야 했을 것이다.

처음 식목할 때는 키와 모양도 비슷했던 은행나무였다. 길 위에서 시대와 역사를 버텨온 은행나무들은 이제는 자신만의 모양새를 갖춰가며 기품 있게 우뚝 서 있다. 아산의 '은행나무 길'의 시작과 출발을 목격한 저자의 깨달음이다. 나무도 사람도 시대와 역사의 자양분을 먹고 각자의 모양을 만들어 간다는 것이다.

고향을 지키며 낮에는 직장에서 일하고, 퇴근 이후에는 농사일과 축산업에 매진했던 저자와 나는 국민학교와 중학교 동창이다. 그가 공들여 풀어놓은 기록을 정독하면서 나는 흘러내리는 눈물을 훔쳐내야 했다. 일정 부분 나의 이야기이며 또 고향 친구들 그리고 우리 부모들의 이야기로 다가오기 때문이다.

저자의 기록이 감동을 주는 이유는 고향의 얼굴을 그려내는 서술의 진정성에서 찾아야 할 것이다. 과장이 없고 사실에 근거해서 조근조근 진실을 전해주기 때문이다. 단언컨대 요즈음 이런 글을 만나는 일은 행운에 가깝다. 친구가 속삭여 주는 고향, 친구, 세상 이야기의 출간을 기뻐하며, 감사하며, 축하하고 싶다. 이제부터는 마음 편하게 글 쓰는 작가로 정진하기를 소망한다. 친구가 계획하는 앞으로의 모든 삶을 응원한다.

조흥묵
아산시청 공무원 40년 근무 후 정년퇴직
송남초등학교 41회 동창회장

　　　　언제부터인가, 국민학교 동창 단체 카톡
에 동창 친구들이 글을 올리기 시작했다.
　인터넷에 떠돌아다니는 감동적인 글, 유명인사의 좋은
글, 몇 마디만 읽어도 입꼬리가 올라가는 유머 및 동영
상, 동창 친구들의 애경사와 안부소식 등이 카톡소리와
함께 자주 들려온다.
　저자도 가끔씩은 단체 카톡방에 글을 올렸다. 처음에는
다른 동창처럼 어디서 퍼 온 글이려니 하고 대수롭지 않
게 생각했다. 어느 날 저자는 1966년도에 졸업한 우리 국
민학교 동창생 100명 이상의 이름을 하나하나 불러가며,
동창들이 살았던 동네특성과, 그 많은 산골 골짜기를 읊

조리며, 반백 년이 훨씬 지난 기억을 되살려, 동창들의 이름을 써 내려가는 놀라운 기염을 토해냈다. 그때부터 동창들은 저자가 직접 쓰는 살아 있는 글임을 알게 되었고, 환호성을 질렀다.

저자의 작품 중에 '괴물'이라 호칭하고 자서전?처럼 써 내려간 〈괴물〉은 내가 태어난 고향에서 100보도 안 되는 아주 가까운 곳에 살던 소꿉친구로, 초등학교 졸업 후 가정 형편으로 상급학교 진학을 포기하고 고향을 떠났다가, 잠시 귀향해서 젖소목장을 하다가, 지금은 전북 순창에서 전국에서 제일 큰 두릅나무와 호두나무 농장을 하는 친구다. '괴물'은 나와는 가장 가까운 친구로, 저자는 별반 만난 적이 없는 친구라고 생각했었다. 저자는 그러나 어쩌다 '괴물'을 만나고 그의 인생 여정을 리얼하게 그려낸 놀라운 글재주를 가진 친구다.

저자도 고향에서 직장생활을 하면서도 논농사와 밭농사, 그리고 사슴목장(축산업)을 경영했고, 퇴직 후에는 색소폰을 배워 요양원과 요양병원을 찾아다니며 재능기부 활동을 하고, 가끔씩 휴대폰으로 글을 써서 지인들에게 퍼주는 등, 1인 2역 3역을 확실하게 해낸, 농심을 가장 잘 아는 사람이다. 고향을 사랑하고, 친구들을 그리워하며, 농심을 노래하고, 세상 사는 이야기를 소박하게 그려낸《설화산의 향기》는 우리 세대를 살아가는 모든 이에게 적극적으로 추천하고 싶은 책이다. 우리 세대 사람들의 옛 추억을 되살리고, 그들의 마음에 따뜻함이 전해지기를 기대하기 때문이다. 저자의 《설화산의 향기》 발간을 진심으로 축하한다.

목차

저자의 넋두리
추천사

내 고향 1

자랑스럽게 우뚝 선 설화산
오른편에서 힘차게 솟아오른 태양은 하루의 일과를 마치고
월라산을 등지면서 석양을 물들이기를 반복하는 곳.

멀리 산등성이 돌고 넘어 후덕하고 웅장한 광덕산이 떡하니 버티고,
이마당 장군바위에서 발원한 샘물은 돌부리를 간지럽히며 한 방울 두 방울이 모인,
맑은 시냇물은 강당골 양화담을 지나 외암골 반석을 거쳐 앞 냇가에 물을 더하고,

천년 고찰 봉곡사의 백년송은 일제 강점기의 쓰라린 아픔을 숨긴 채,
연인들의 발걸음을 멈추게 하고,
그윽한 향기로 나그네의 삶에 찌든 가슴과 마음을 시원하게 열어주는 곳.

    거산학구 동화학구 골골에서 흐르는 시냇물은 커다란 저수지를 만들어

    수몰민의 향수는 망각한 듯, 생활용수 농업용수로의 할 일을 다 하고

    유일하게 남에서 북으로 물이 흐르는 곳

    여기가 내가 나서 자란 고향 송악이란다.

내 고향 2

 살얼음 진 시냇가에 버드나무 가지마다 버들강아지 봉
긋하게 부풀어 오르고
 설화봉에 안개가 걷히면 아지랑이 아롱거리는 산골짜기
마다
 이름 모를 봄꽃이 여기저기 피어나 저 나름의 자태를
뽐내는 곳,

 수많은 골짜기 가늘게 흐르는 냇가에
 돌만 들어내면 가재가 득실거리고 붕어 메기 뱀장어 등
그야말로 물 반 고기 반
 솥단지 둘러메고 술과 고추장만 준비하면 철엽을 할 수
있는 풍류가 넘쳐나던 곳,

 여름철이면 냇가에서 물장구치며 하얀 모래 자갈밭에
자갈성을 쌓아놓고
 목마르면 그 물을 마셔도 아무 탈이 없던 그 맑은 물
 은어가 뛰어놀던 깨끗한 물과 그때가 그리워지나요?

견우와 직녀가 일 년에 한 번만 만날 수 있다는 칠월 칠석 때쯤이면
밤하늘엔 은하수가 강을 이루고 수많은 별들이 하늘을 수놓던
그 시절을 기억하나요?

황금물결 일렁이는 가을이 오면
밥 광주리에 주전자를 들고 다랭이논 길로 조심스럽게 잰걸음을 옮기던
우리들의 어머니 숨결이 느껴지나요?

월라산 병풍바위에 반듯하지는 않지만
커다랗게 새겨진 "재건"이라는 두 글자 전후세대에 태어나
"재건"이라는 깃발 아래 구호를 외치던 그 시절
평촌리에 살던 촌부가 사비를 들여 밧줄에 매달린 채 새겼다는 사실을
어언 반세기가 지난 후에야 알았습니다.
그때 그 시절 촌부의 사명감에 경의를 표합니다.

산이 많고 깊어 아침부터 빈 지게를 진 나무꾼의 행렬
이 줄지어 지나가고
한나절이 지나면 나뭇짐을 가득 진 채 거친 숨을 몰아
가며
징검다리를 건너던 모습이 해 질 녘까지 이어지던
그때 그 시절 삶의 무게를 느껴보셨나요?

2일과 7일 오일장이 서면 멜빵에 봇짐을 지고 자전거
또는 트럭에 장사 짐을 싣고
사방에서 모여든 장사꾼들이 풀어놓은 물건은 신기한
것도 많고
어쩌다 연극을 하거나 가설극장 마이크가 울려 퍼지면
사람들로 인산인해를 이루고 흥분과 설렘으로 들뜨던
그때를 아시나요?

모래 먼지 풀풀 날리는 신작로 돌무더기 사이로 긴 목
을 드러내고
하늘거리는 코스모스 길을 지나 저수지에 오르면 제멋
대로 생긴 다랭이논이 펼쳐지고
초가지붕 굴뚝에선 밥 짓는 연기 피어올라 구수함까지
느껴지던 그 시절 내 고향

넘실거리는 호수를 바라보며 훌쩍 지나가 버린 세월과 아득히 변해버린 옛 고향을 생각하며 호젓하게 걸터앉아 사색에 잠겨본다.

내 고향 3

아산시에서 면적은 가장 넓지만 인구가 제일 적었던 곳
그러나 약 십여 년 전부터 선장면을 따돌리고 꼴찌를
면했다.

천안 아산에서 노후에 가장 살고 싶은 곳 1위를 기록하며
지금도 계속 골골마다 전원주택이 들어서고 인구도 증
가하고 있다.

중부권 최대 민속보존마을인 외암리는 올해로 제20회
짚풀 문화재 행사가 개최됐으며,
주말에는 전국에서 관광객이 찾아오는 곳.

아산시에서 가장 높은 광덕산(699미터)과 설화산(448미터)
봉수산(535미터) 등
산수가 수려해서 많은 등산객이 찾아오고 머물고 싶어
하는 곳,

아산시에서 제일 크고 저수량도 가장 많은 저수지가 있

으며

　옛날에는 배 나온 사장님이 오토바이를 타고 낚시하러 몰려오던 곳 1순위

　밤낚시를 하는 강태공의 카바이트 불빛이

　호수 전체를 빨갛게 물들이는 장관을 연출했던 기억이 새록새록 합니다.

　조그마한 면 단위에서 조선 후기 성리학자인 외암 이간 선생, 홍주의병에 참여하여 혁혁한 공을 세우시고 독립의군부 총무부장으로 활동하신 장암(호) 곽한일 의병장님, 전용학, 이진구 두 분의 국회의원님, 아산시장 강희복 님, 아산시 경찰서장 박종덕 님, 최종선 장군님, 지역 농협 조합장 9선, 중앙회이사 5선을 지낸 이주선 조합장님 등 걸출한 인물이 많이 배출되고 풍수지리로 우리나라 8대 명혈인 옥녀탄금(선녀가 거문고를 타는 자리)과 옥녀집금(선녀가 베를 짜는 자리)이라는 천하명당이 전설적으로 전해지는 곳,

　아산시에서 친환경 농산물을 가장 많이 생산하고 논에는 우렁이와 메뚜기가 공존하며

　아산시 최고 브랜드 중 하나인 아산 맑은 쌀은 물 좋고 공기 좋은 곳에서 생산되는

송악쌀을 도용한 것이라고 주장하고 싶은 곳.

올해 화마를 이겨낸 설화봉이 서서히 물들어 가고 있습니다.

오랜 세월 바라보니 기후변화에 따라 단풍색이 변화한다는 것도 알았습니다.

적단풍은 아니지만 참나무와 잡목이 주종을 이뤄

황색으로 나름 아름다운 모습을 자아냅니다.

바라보는 방향도 온양에서 송악 쪽으로 가면서

오후 2시 이후가 가장 아름답게 느껴진다는 것도 깨달았습니다.

올해도 아름다운 모습이 연출되기를 기대해 봅니다.

온양 천안 쪽에서 송악으로 진입하는 도로가

주말이면 전국 최고의 교통체증이 이어지고 있습니다.

2021년 준공계획으로 일부 4차선 공사를 하고 있으나,

하루빨리 공사를 마무리해서 교통체증이 해소되기를 기대해 봅니다.

2024년이면 송남국민학교 창립 100주년이 되는 유서 깊은 우리의 모교,

저출산 시대에 폐교되는 학교가 많은데,

우리들의 모교는 200회, 1,000회까지 쭉 이어지기를 기대하면서.

정년퇴직

　머리가 하얀 노인?이 나에게 형님 어디 가세요? 하고 인사를 한다. 누구신가? 하고 가까이 다가가서 보니 같은 아파트에 사는 후배다. 내가 흠찟 놀라면서 아니 갑자기 머리가? 하자, 저는 머리가 50대 초반부터 하얗게 세었는데 그동안은 직장 때문에 염색을 했고 두 달 전에 정년 퇴직을 하고부터는 염색을 안 했단다. 내가 머리가 예쁘게 세서 보기 좋다고 하면서 서로의 근황을 묻고 헤어졌다. 요즘 베이비 붐 세대(55년부터 63년 출생)들이 한창 정년 퇴직을 하는 시기이다. 직장과 사람에 따라서 연장을 하거나 기술이 있는 사람들은 자기 전공을 살려서 나름 제 2의 직장을 찾아 근무하기도 하고, 또는 아파트나 공장 등 경비 생활도 하고, 나처럼 백수 생활도 한다. 나도 칠팔 년 전 정년퇴직을 하고 외국여행 국내여행 등 가보고 싶은 곳을 바쁘게 많이 다니고 몇 개월 알바? 직장생활도 해봤다. 또 나를 필요로 하는 곳에서 같이 일하자고 연락이 오기도 했다. 나를 필요로 하는 직장에서 남보다 더 잘해야 하는데 허리를 다쳐 아쉽지만 포기해야만 했다.
　그렇다고 퇴직 후 목표도 없이 어영부영 하루하루를 보

낼 수는 없어서 내가 할 수 있는 현실성 있는 작은 목표를 설정해 봤다. 그 이유 중에 예전에 지인으로부터 카톡을 받아 감명 깊게 읽었던 〈95세 노인의 수기〉가 생각났다. 요약하면 열심히 일한 직장에서 65세에 정년퇴직을 하고 나머지 인생은 덤이라 생각하고 하루하루 지내다 보니 어느덧 30년 세월이 흘러 95세가 됐다. 어영부영 허송세월 보낸 것이 한이 되어 10년 후 아니 20년 후에 후회하지 않기 위해서 지금부터라도 영어를 배우기로 하고 학원에 등록한다는 내용이다.

나도 목표를 세워보자.

첫째, 하루에 한 시간은 운동을 해보자.

둘째, 하루에 한두 시간은 채마나 나무 가꾸기(농사일)를 하자.

셋째, 하루에 한 시간은 취미활동을 하자. (재능기부 봉사 활동: 노인 복지시설 색소폰 연주 시 낭송)

넷째, 하루에 한두 시간씩 글을 써보자.

다섯째, 가끔씩 친구나 지인을 만나 식사도 하고 세상 사는 이야기도 하자.

※ 가장 중요한 것은 다섯 가지 목표 중에 하루에 다 할 수는 없고 한 가지 이상은 꼭 실천하자. 운동이라고 하면

헬스장에 가서 고정적으로 하는 것이 아니고 아파트나 신정호 산책길을 거닐며 놀이기구?로 대하면 되고, 농사일은 시기에 맞추어서 씨 뿌리고 김매고 거름 주고 소독하다 보면 때로는 한 시간이 아니라 한나절을 할 때도 있고 취미활동은 틈틈이 배운 색소폰을 들고 요양원을 다니면서 일주일에 한두 번에서 많게는 네다섯 군데를 가서 시낭송도 하고 색소폰 연주 봉사활동을 했다.

문제는 글쓰기다. 글을 쓰려면 경험과 지식과 상상력이 풍부해야 하는데 전문적으로 배운 적도 없고 지식과 상식이라도 익히려면 책을 읽는 것이 기본이고 최소한 일천 권의 책을 읽으면 글을 쓸 수 있을 것 같은데 몸을 망칠 것 같아 자신이 없었다. 그래도 생각나는 대로 세상 사는 이야기나 내 고향 소식, 우리 초등 동창 이야기도 써보자.

사람이 살다 보면 많은 사람들을 만나고 헤어지지만 그래도 인연을 맺었던 사람들과는 가끔씩 만나 식사도 하고 술도 한잔하며 얼굴을 마주하는 것이 도리이고 즐거움이 아니겠는가?

올해에는 중국 우한에서 발현한 코로나라는 역병으로 인해 가고 싶은 곳도 보고 싶은 사람도 마음대로 만나지 못하는 세상이 됐다. 외국에서 개발된 백신도 우리나라는 제대로 구입하지 못해 언제쯤 접종하게 될지 모르는 상태다. 하루라도 빨리 안전한 백신을 맞고 정상적인 생활을 하고 싶은 생각은 우리 모두의 바람이다. 정년퇴직을 하고 나이를 먹었다고 인생의 끝이 아니고 제2 제3의 인생의 시작이다.

아무렴 젊은 시절과 달리 마음만 앞서고 몸이 따라주지 않는 것은 지극히 당연한 일이다. 건강한 친구도 많지만 하나둘 몸이 아파 병원을 드나들고, 약봉지는 하나둘 늘어간다. 청소년기에 백 미터를 십 초대에 달렸다면 지금은 일 분대로 걸으면 되고 백만 원 벌던 수입이 십만 원이 돼도 거기에 맞추어 살면 된다. 어차피 인생은 한 번 가면 그만이다. 두 번 다시 사는 것이 절대 아니다. 늙어가는 것도 아픈 것도 자연적인 현상일 뿐 정년퇴직도 우리 삶의 하나의 과정일 뿐이다.

초딩 바보들의 여행기

초딩 친구 세 명이 버스를 타고 털털거리는 비포장 자갈길을 달려간다. 호주머니에 거금을 챙겨 넣고, 그 돈을 쓰기 위해 온양으로 여행을 떠나는 것이다. 초딩에게 그런 거금은 어떻게 생긴 걸까? 며칠 전 정수는 순돌이와 나를 찾아왔다. 호주머니에서 남대문이 새겨진 500원짜리 커다란 지폐를 꺼내어 보여주며, 엄마한테 받은 용돈인데 함께 온양에 가서 맛있는 것도 사 먹고 극장구경도 하잔다. 1965년도 당시 500원은 큰돈이었다. 5원짜리 서울교통을 편도로 100번이나 탈 수 있는 금액이다. 당시에 극장 입장료는 어른이 20원, 학생은 10원이었으며, 아이스께끼가 하나에 5원, 저녁 무렵에는 10원에 3개를 주던 시절이었다. 감히 초등학생이 500원이라는 돈을 만지기도 어려웠지만 쓰기도 어려운 액수였다.

정수는 나에게 말했다. "너는 공부를 잘하니까 더하기 빼기도 잘할 수 있지?" 지금 유치원생이 들어도 웃음이 나오고 초등학생들이 이 사실을 안다면 기절초풍할 노릇이다. 사실 순돌이는 한글을 몰라 만화책을 그림만 보고 엉터리로 읽어대고, 정수는 한글은 대충 아는데 덧셈과

뺄셈을 잘 못하고 구구단도 못 외웠다. 어쨌든 나는 경리가 되어서 온양 가는 여행에 참가하게 됐다.

원래 정수는 4학년 때 전학을 왔고, 정수 아버지는 방앗간을 운영하고 있었다. 그 당시 농촌에서는 방앗간과 양조장을 운영하는 사람이 최고의 부자였다. 당시 방앗간과 양조장은 농촌의 기업체였다. 아무리 부자라 해도 명분도 없이 선뜻 500원을 줄 부모가 있을까? 지금 생각해 보면 정수 아버지가 쌀값으로 받은 돈을 정수가 몰래 훔친 것 같다는 생각은 들지만 확인하지는 못했다. 하여튼 우리는 그냥 거금의 돈을 들고 온양 버스 정류장에 무사히 도착했다. 당시 버스 정류장은 온양관광호텔 동편으로 천안여객 24호, 30호 등이 다니는 복잡하고 조그만 시설이었다. 차는 언제나 만원이었고, 만원 차 안에는 쓰리꾼도 많던 시절이었다. 나는 호주머니의 돈을 꽉 쥐고 버스에서 내렸다.

우리가 제일 먼저 들린 곳은 호떡집이었다. 순돌이는 호떡을 "맛있는 꿀빵"이라고 했다. 정류장 옆에 호떡집에 가서 가격을 물어보니, 커다란 대접 둘레만 한 호떡 하나에 10원이란다. 100원을 내면 덤으로 하나를 더 준다고 했다. 내가 100원어치를 주문했다. 주문한 호떡이 나오자 하나씩 들고 호호 불어가면서 먹기 시작했다. 설탕 맛에 익숙하지 못했던 시절, 생전 처음 먹어보는 호떡은 상상을 초월하는 꿀맛이었다. 그러나 문제가 생겼다. 11개를 가지고 세 명이 똑같이 나누어 먹을 수가 없어서 나는 10원을 꺼내어 1개를 더 주문했다. 공평하게 4개씩 먹은 후에 우리는 극장을 향해 걸어갔다. 이번에도 나는 호주머니에 있는 돈을 꽉 움켜쥐고 걸었다. 순돌이가 짜장을 먹자고 하는데, 나는 극장구경을 한 후에 먹자고 제안했고, 이에 정수가 동의했다.

극장으로 가는 길에 우리는 아이스께끼 6개를 30원을 주고 사서 2개씩 나누어 먹었다. 아이스께끼 맛도 시원하고 달콤했지만, 날이 더워 녹아내리는 바람에 양손에 하나씩 들고 교대로 빨아 먹어야 했다. 드디어 극장표를 사 들고 극장 안으로 들어갔다. 까만 천을 젖히자 갑자기 깜깜해진다. 정수와 순돌이가 돈 조심하라고 귓속말로 주문한다. 조금 있다 보니까 서서히 극장 안이 보이고, 더듬더듬 빈 의자를 찾아가서 앉았다. 정수와 순돌이는 양옆에 앉고 나는 돈을 지키기 위해 가운데 의자에 앉았다. 지금은 영화의 제목도 생각이 나지 않는 영화를 보았고, 영화가 끝나자 우리들은 무사히 극장을 빠져나왔다.

여기서도 나는 한쪽 호주머니에는 돈을 꼭 쥐었고, 우리는 짜장을 먹기 위해 말로만 듣던 '동순관'으로 갔다. 당시 짜장 한 그릇 값이 20원인가 30원이던가 확실하지 않다. 순돌이와 정수는 짜장을 먹어본 적이 있다고 하는데, 나는 생전 처음 대하는 짜장이다. 옆 사람이 하는 대로 젓가락 위로 들어 올려 가며 비비고, 단무지도 먹어가면서 짜장을 먹었던 기억이 떠오를 때면 입가에 웃음이 돈다. 짜장을 먹고 나자, 순돌이가 돈이 남았느냐고 물어본다. 돈이 남아 있으면 아이스께끼를 더 먹잔다. 우리는 또다시 아이스께끼를 2개씩 더 먹었다. 호떡도 먹고 아이스께끼에 짜장까지 먹었으니 배가 불렀다. 정수가 걸어갈까⟨?⟩ 하자 순돌이도 걸어서 가잔다. 내가 걸어가다가 깡패 만나서 남은 돈을 뺏기면 어떡하느냐고 걱정하자, 그러면 버스를 타잔다.

우리는 버스를 타고 무사히 돌아올 수 있었다. 그러나 또 다른 문제가 남아 있었다. 남은 돈을 세어봐야 하는데, 사람들이 볼까 봐 염려가 되니 아무도 없는 '삼신당'으로 가잔다. 나는 학교 운동장 나무 옆에서 금방 정산을 하자고 했다. 그러나 두 사람이 우기는 바람에 결국 삼신당 묘 뒤편으로 갔다. 망을 봐가며 나는 지출한 내역을 하나하나 설명하고, 남은 돈을 동전까지 몽땅 돌려줬다. 그다음 날 순돌이가 나를 보자 헐레벌떡 뛰어온다. "어제 아이스께끼를 많이 먹어서 얼음똥을 쌌다"고 했다. 딱 보니 기가 막히고 코가 뒤집힐 거짓말이다. 가끔씩 지나가는 버스를 바라보면 반백 년 전의 일이 생각난다. 어느새 옛 추억에 잠겨 지난 일을 회상해 보는 나이에 이른 것이다~~^^.

가로수

싱그럽게 하늘거리는 느티나무 가로수 길을 시작으로 나의 아침은 시작되었다. 가로수는 인도나 차도를 따라서 줄지어 심은 나무를 말한다. 그러나 그 가로수가 주는 의미는 매우 크다. 얼마 전 화려하게 피었던 벚꽃을 따라서 얼마나 많은 사람들이 꽃놀이를 즐겼던가. 물론 공원이나 학교, 공장에도 많이 심어졌지만, 아마도 가로수에 심어진 벚나무가 더 많아 벚꽃을 쫓아서 많은 사람들이 꽃놀이를 했으리라. 내 고향 아산에는 시목을 은행나무로 정했다. 현충사 은행나무 길은 이제는 전국적으로도 유명한 길이 되어 단풍철이면 수많은 사람들이 이 길을 찾는다. 얼마나 좋은 일인가. 그 지역도 알리고 관광객으로 인해서 경제적 도움도 되고.

차는 다시 이팝나무 가로수 길을 달린다. 언제부터인가 이팝나무가 등장했다. 하얗게 흐드러지게 핀 길을 지나면 왠지 풍요롭고 순백의 수수함이 기분 좋게 느껴진다. 천안의 능수버들 청주의 플라타너스 나무 터널길, 이 나무가 유럽에서 유명한 정원수라는 것도 알았다. 전남 장성의 편백나무 길, 담양의 메타세쿼이아 길, 전주 군산 간

벚나무 길, 충북 충주의 사과나무 길, 로마시대 전쟁에서 승리하고 돌아오는 장병들의 피로를 덜어주기 위해 만들었다는 우산 소나무 가로수 등, 나의 좁은 식견으로도 기억에 남는 길이었다. 그 외에도 얼마나 많은 그 지역 특성에 맞는 가로수 길이 있으랴. 그리고 알맞은 나무를 심어서 오가는 이의 가슴속에 추억을 만들어 주면 얼마나 좋을까 하는 생각을 하면서 이팝나무 가로수를 누빈다.

돌아온 물고기 떼(고향 소식)

　삼 년 전 폭우로 인해 우리 고향이 재난지역으로 선포되고, 그 후속조치로 인해 송악저수지 아래로 대대적인 하천 제방공사가 실행되고, 전 서남대학교를 가로지르는 다리와 다라미 월구리를 지나는 다리 공사가 교각을 높여 다시 건축되고 있는 현실은 대부분 알고 있으리라. 송악면이 생긴 이래 저수지 공사 다음으로 큰 공사라고 한다. 이제는 하천도 꽤나 넓혀지고, 교각 공사도 준공을 앞두고, 하천 주변 제방공사 및 포장공사가 진행되고 있다.

　하천에는 2개의 보가 설치되어 있다. 하나는 다라미 월구리 중간에 옛날 명칭이 '관음보?'라고 불리던 곳에 수문 개방형 보가 설치되고, 또 하나는 월구리 앞에 '독가보'라고 불리던 곳을 순수 돌로 쌓아서 만든 친환경 보가 설치됐다. 과연 저 보가 제대로 기능을 할까 의아했는데 비가 많이 오면 물이 넘치고 물이 덜 내려오면 고이는 제대로의 기능을 해내고 있다.

　얼마 전 장마와 태풍으로 저수지 물이 많이 넘쳤다. 우연한 기회에 보를 지나다 보니 가마우지가 서너 마리 보인다. 가마우지가 보인다는 것은 물고기가 살고 있다는 증거다. 며칠 후 월구리 다리 밑을 지나다 햇빛에 물결이 반짝거려 자세히 바라보니 고등어만 한 물고기 떼가 흐르는 물결 따라서 유영을 하고 있었다. 잉어가 내려왔나 싶어서 돌멩이를 던져보니, 수백 마리의 물고기가 흩어졌다 모였다를 반복하면서 흐르는 물결을 즐기고 있었다. '아, 물고기 돌아왔구나!' 하는 반가움으로 친구에게 전화를 해보니, 지난 장마에 엄청난 양의 물고기가 내려와서, 주행이 그물로 물고기를 잡아 찜도 해 먹고 어죽도 쑤어서 먹었다고 한다. 물고기는 커다란 떡붕어라고 귀띔하고 지금도 그물만 던지면 얼마든지 잡을 수 있다고 한다.

그 옛날 장마가 지고 나면 도로변 가로수 미루나무 가지를 째서 새끼로 엮어 돌을 삼각형 모양으로 쌓아놓고 발을 놓으면 발 속에 물고기가 가득 잡히던 시절이 생각난다. 냇가에 솥단지 걸어놓고, 고추장과 술만 준비하면 밭에서 나는 들깻잎 대파 고추는 손으로 자르고 마늘 까서 돌로 빻아 어죽 쑤면 그 맛은 영원한 추억의 맛이고, 지금도 해서 맛보고 싶은 충동이 살아난다. 우리의 유년과 청소년 시절 같은 환경은 인류가 존재하는 한 돌아올 수 없겠지만, 그래도 우리들의 고향은 아산시에서 산도 제일 많고 물도 좋아서 타지에서 전원생활을 즐기려는 많은 사람들이 산골 골짜기 따라 집을 지어 터전을 잡는 실정이다.

옛 사람들은 하나둘 세상을 떠나고, 그의 자식들도 일자리 따라서 고향을 등지니 한평생 고향을 지키는 사람들도 모르는 사람들이 부지기수다. 그러나 물고기는 변화된 새 환경 속에서 세상의 변화를 아는 듯 모르는 듯, 가끔씩 입을 꿈벅이며 흐르는 물결 따라 유영하고 있다. 아! 그 옛날 토종 물고기들도 하나둘 모여들어 옛이야기 나누며 오손도손 살아가는 개천이 되기를 바라본다~~^^.

마지막 도벌꾼의 비애
(송대 임업대 도벌과를 아시나요?)

1950년 6·25전쟁이 발발하고 삼 년 후인 1953년 7월 27일 휴전 협정이 맺어졌다. 우리들은 보편적으로 그 이후에 태어났다. 그래서 우리 세대를 '재건세대'라 부르기도 한다. 우리들이 국민학교를 다닐 무렵 구호가 "재건합시다"였던 기억은 누구나 가지고 있을 줄 안다. 또 월라산 병풍바위에 커다랗게 새겨진 "재건"이라는 두 글자를 매일 바라보면서 학창시절을 보냈던 추억도 모두가 가슴속에 남아 있으리라.

그때 그 시절 우리나라에는 이렇다 할 기업체가 별로 없었던, 가난하고도 또 가난한 세상이었다. 우리 동네 최고의 기업은 양조장 그리고 방앗간이었다. 젊은 청년들에게는 일자리가 없었다. 그래서 청년들이 선택한 직장은 '송대 임업대 도벌과'였다. 철수는 어스름한 저녁에 땀이 흠뻑 젖은 잠뱅이에 지게를 지고 싱글거리며 집으로 향하고 있었다. 동네 노인이 철수를 향하여 "어디 다녀오느냐"고 물어보면 "송대 다녀와요" 하고 대답했었다. 그러면 "오늘은 돈 많이 벌었니?" 하고 되묻기도 했었다.

송대 학생들은 꽤나 많았다. 지금은 학교 하면 보통 '교도소'로 통하지만, 슬프게도 그 시절의 대학생은 '도벌꾼'을 말한다. '입학은 누구나 할 수 있지만 졸업은 병들거나 죽어야만 할 수 있다'는 송대. 요약해서 설명하자면 송악면 외암리 3구(지금은 송악농협 느티나무 떡 공장 부지)에 영단 방앗간(정부양곡을 도정하는 방앗간)이었다. 그곳에는 발동기(원동기)를 이용해서 도정도 하고, 그 옆 한편에는 제재소가 있었다. 허가받지 않은 원목을 매매하면 불법이지만 제재된 나무는 거래할 수 있다는 법의 약점을 이용해서 불법 나무 거래가 성행했었다. 그래서 젊은 청년들이 통나무를 도벌하여 제재소에 갖다주면 돈을 받을 수 있었다.

오늘도 철수는 일행 여남은 명과 지게를 지고, 점심 보따리를 지게에 묶고, 송대를 향해 등교한다. 광덕산을 넘어 천안 광덕면 닥그니(?)로 향한다. 각자 자기 체력에 맞는 나무를 골라 톱으로 베어낸다. 그리고는 도끼로 다듬어서 지게에 지고 광덕산을 오른다. 광덕산 등성이에서 준비해 온 도시락(보편적으로 꽁보리 주먹밥)을 먹고 산길을 달린다. 산길을 달려 해가 설핏해지기를 기다렸다가 초저녁이 되면 제재소를 향해 있는 힘껏 내달린다. 제재소에 도착하면 나무 셋수(나무 사이즈를 재는 단위)에 따라 돈을 받는다. 한 푼이라도 더 벌기 위해서는 최대한 크고 무거운 나무를 선택해야 했다. 집에서 출발해서 산길로 왕복 60

리 길이었다. 그래도 몇 푼이라도 만져보려면 송대에 입학해야 했다.

재미있는 일화가 있다. 늦게 군대에 입대한 송대생이 군에서 최종 학력을 묻는 질문에 엉겁결에 "송대 나왔습니다"라고 대답했다. 한 번 대답한 말을 되돌릴 수도 없었다. 그것으로 인하여 동기들이 고향 집으로 편지를 대신 써달라는 부탁이 쇄도했다. 사실 송대생은 국민학교를 졸업하고 외암리 서당을 3년이나 다니면서 한문 공부를 했었다. 그래도 한문을 섞어 가면서 편지 한 장 쓰는 일은 식은 죽 먹기였다. 또한 바둑도 잘 두어서 대우받으면서 군 생활을 할 수 있었다.

송대생은 뭐가 달라도 달랐었다. 그분들은 90세 100세를 넘어 지금은 대부분 돌아가셨다. 아무나 입학할 수 있지만 병들거나 죽어야만 졸업할 수 있다는 송대였다. 저 멀리 바라보이는 광덕산은 말이 없지만 그때 그 시절 슬픈 역사를 알고 있다. 마지막 도벌꾼이었던 철수는 이제 80세를 넘긴 병든 몸으로 광덕산을 바라보며 헐떡거리고 있다. 나도 왕년에는 110사이(대략 이백 킬로)가 넘는 통나무를 지고 저 광덕산을 넘나들었던 최고의 벌목꾼 송대생이었는데…… 그때의 통나무보다 더 무거운 짐이 늙은이의 가슴을 조여오고 있다~~^^.

설날

예전에 설날은 많이 춥기도 하고 눈도 많이 내렸다.

우리들의 어머니는 설 전 대목 장날 곡식 팔아 준비한 소중한 돈을 한복 치마 속옷에 주머니를 달아 잘 숨기고, 20리 자갈길을 걸어서 읍내장으로 장을 보러 가신다.

읍내 대목장은 촌 동네에서, 장 보러 나온 수많은 시골 사람들과 전국에서 몰려온 장사꾼들로 인산인해를 이룬다. 구름처럼 떠밀려서 이동하는 인파들 사이로, 대목장을 노린 쓰리꾼들도 한몫 챙기려고, 눈알을 히끗거리며, 먹잇감을 찾고 있다.

길가 좌판에는 각종 과자(옥꼬시 센베이 과자 꽈배기 튀밥과자 등)와 무지갯빛 옥춘사탕 밤사탕 하얀 십리사탕 제리사탕 등 기억 속에 가물거리는, 과자와 사탕이 어린아이들의 침을 흘리게 했던 시절, 우리의 부모님들은, 명절이 하루라고, 허리띠 졸라매고 아껴둔 쌈짓돈을 풀어서 아들딸 옷을 고르고, 나이보다 한 치수 큰 옷과 신발을 골라 사오셨다.

옷이 크다고 하면, 바지는 접어서 입히고 웃옷은 내년이면 꼭 맞는다고 하시던 우리 세대의 슬픈 추억은 한 번

쯤은 기억하고 있으리라.

설날 아침 제사상에 올라온 각종 과일과 사탕, 떡을 먹을 생각에, 차례가 빨리 끝나기만을 기다리고, 할머니가 나눠주시던 목기에 누구 것이 더 많이 담겨 있나를 바라보던 생각에 입가에 웃음이 난다.

차례가 끝나고, 떡국을 먹고 나면 성묘를 갈 차례다.

눈 쌓인 산길을 미끄러지고 발이 빠지고, 걷고 걸어서 성묘를 다녀오면 어른들께 세배를 한다.

세뱃돈이라고 해야 1원짜리 동전 한두 닢 기껏해야 10원 모으기도 힘들던 세상 오죽하면 촌에서 5원이면 '모갯돈'이란 말이 생겨났을까? 그러했던 세월이 어언 한 갑자를 지났다.

1953년 7월 27일 휴전 협정 이후 칠십 년이 지나도록 전쟁이 없는 평화의 시대를, 우리들은 살아왔다.

그동안 세상은 너무나도 많이 변했다.

세상에서 제일 넘기 힘들다는 '보릿고개' 이후의 세상도 살아왔고, 우리 모두 '잘살아 보자'는 희망의 새마을 운동도 함께 지켜보고 실천하고, 서울올림픽 이후 풍요의 시대를 살고 있다.

아날로그에서 디지털로, 이밥에 고깃국, 자동차에, 손에는 휴대폰이 없으면 불안하고 못 사는 세상이 됐다.

앞으로는 AI(인공지능)가 세상을 지배할지도 모르는 세상

에, 설마? 설날 차례만큼은 우리 사람들이 지낼 수 있겠
지 하는 엉뚱한 생각을 해본다~~.

　* 까치 까치 설날에, 동심의 설날을 회상하면서

세뱃돈

인터넷에 떠도는 세뱃돈 논란에 적정 세뱃돈 얘기가 있어 읽어봤다.

성인은 10만 원 중고등학생은 5~10만 원 초등학생은 3만 원 미취학 아동은 1만 원이 적정하다는 글이었다.

그러면 우리 세대는 어떠했는가?

1950년도에서 1960년대 농촌에 세뱃돈이 과연 있었을까? 기억을 더듬어 보면, 있기도 하고, 없기도 한 것 같다.

설날 차례 지내고 성묘 다녀온 후 어른들께 세배를 드리면, 할아버지께서, 1원짜리 동전 한두 닢 주시면 그걸로 만족하고, 친척들께 세배드려서 다 모아봐야 10원 만들기도 힘든 세상이었다. 그 당시 "시골에서 5원이면 모갯돈(목돈)이야"란 말이 생겨나기도 했다.

우리 동네에는 세뱃돈 대신에, 눈깔사탕 2개를 주는 장수할아버지네와 센베이 과자 2개를 주는 할머니 댁이 있었다. 아침 10시가 지나고 나면, 동네 아이들이 하나둘 몰려들어 문전성시를 이루고 길게 줄이 늘어서기도 했다.

먼저 다녀온 아이는 눈깔사탕을 입에 문 볼탱이가 툭 튀어나온 입으로 싱글거리며 거리를 나돌고, 늦게 나와 차례를 기다리는 아이들은 부러운 눈빛으로, 자기 차례가 돌아오기를 기다리고, 어떤 아이들은 입안에 사탕이 다 녹으면 또다시 찾아가서 세배를 하고 사탕을 타 왔다고 자랑하기도 했다. 나도 친구 따라 두어 번 다녀온 경험이 있다. 안방 할아버지가 앉아 계시던 우측에 커다란 유리 병에 눈깔사탕이 담겨 있고, 세배를 드리면 어디 사는 누구지라고 물으시고 대답을 하면, 유리 항아리에서 사탕을 꺼내 주셨던 기억이 새로와 어쩌다 그 길을 지날 때면, 그 할아버지 생각이 난다. 나중에 안 일이지만, 도시에서 장사를 해서 돈은 먹고살 만큼 벌었지만 자손이 없어, 동네 아이들을 보면 귀여워해 주시고, 동네 아이들에게 세배를 오라고 사탕을 준비해 놓으셨다고 한다.

오늘 아침에 큰손주한테 세뱃돈을 얼마나 받고 싶으냐? 하고 물어보니, 손주 왈 제 나이가 여덟 살이니 8만 원을 받고 싶다고 한다. 다른 손주들도 저두요 하고 조른다.

애들아 할아버지 어렸을 적에는 1원짜리 동전만 받아도 좋아했단다. 할아버지 1원짜리가 어디 있어요? 그래 너희들이 어찌 1원의 소중함을 알 수 있겠니? 그 옛날 1원이면 젖과 꿀이 뚝뚝 떨어지는 유과 사탕을 10개씩이나 살 수 있었단다. 그 옛날을 생각하며 입안에는 유과 사탕으로 침이 가득 고이고 있었다.

명절날 새벽에
은행나무 길을 산책하며

오늘이 추석 명절이다. 여느 때와 같이 새벽 5시에 집을 나와 신정호로 향했다. 날씨가 흐려서 별도 새벽달도 보이지 않는다. 저녁에 보름달을 볼 수 있을까 하는 걱정을 하며 도착해 보니 명절이라 그런지 산책 나온 사람은 없고, 저수지 가로등 불빛에 길게 드리운 물그림자만 나를 반겨주고 있다. 오늘은 현충사 은행나무 길이나 가보자. 매년 두세 번씩 가보던 곳이지만 올해는 단풍이 오기 전에 가보기로 했다. 주차를 하고 은행나무 길을 들어서니 은행나무 옆에 세워놓은 분홍 보라색 가로등 불빛이 교차되면서 나를 유혹하고 있다. 십여 미터 간격으로 늘어선 아름드리 은행나무는 위용을 자랑하며 꼿꼿이 서 있다. 드문드문 어떤 나무는 두 아름이 될성싶게 커 있었다. 1968년 현충사를 박정희 대통령이 성역화시키면서 심어놓은 은행나무가 오십여 년이 지나자 벌써 이렇게 큰 것이다. 변하지 않을 것 같은 푸르름을 유지한 채 서 있는 은행나무에선 노란 은행알이 익어가고, 가끔은 노란 은행알이 떨어져 은행 특유의 구릿한 냄새를 풍기고 있었다.

2차선 좁은 길에 식재한 탓에 양옆으론 은행나무를 보호하면서 방부목으로 테라스를 깔아놓아 훨씬 넓어지고 보기에도 좋아 보인다. 은행나무 길은 전국에서 아름다운 길 50선에 선정되어 단풍이 들면 전국에서 수많은 인파가 몰려오고 은행잎이 떨어져 노란 잔디를 형성할 때까지 쓸지 않고 보호하면서 관리한다. 물론 익은 은행은 다 털어서 냄새도 나지 않고 앙상한 가지 밑에 수북이 쌓여 있는 은행잎은 빨리 퇴색되지 않아 또 다른 볼거리를 제공한다. 나는 서서히 곡교천의 유유히 흐르는 물을 바라보면서 걷기 시작한다. 작년에는 천변의 넓은 공터에 코스모스를 심어 하얀 분홍 빨간 꽃이 소슬바람에 긴 목을 흐느적거리면서 많은 사람들을 유혹하고, 주말이면 나들이 나온 가족들과 연인들로 코스모스와 더불어 형형색색 사람 꽃이 만개했었다. 올해는 큰 장마로 코스모스밭이 매몰되고 다시 정비하여 무엇인가를 심어놨다. 나는 하천으로 내려가 무슨 싹이 났는지 가보았지만, 곱게 단장한 황토흙만 보일 뿐 새싹은 보이지 않았다. 아마도 내년 봄에 노란 유채꽃을 보기 위해 작업을 한성싶다.

이런저런 생각에 잠겨 서서히 걷다 보니 은행나무 광장 카페에 도착했다. 한 사오 년 전 이 광장에서 색소폰을 연주했던 추억이 떠오른다. 아무도 없는 벤치에 앉아서 관람객이 돼본다. 지금은 코로나로 아무 공연도 하지 않지

만 내 마음속에 흐르는 음악은 은행나무 길을 넘어 곡교
천 물결 위로 퍼져나간다. 망상을 접고 돌아서서 가는 길
에 하나둘 은행나무를 세어본다. 열 스물 큰 나무 작은 나
무 같은 날 같은 시간에 심어놓은 나무인데 왜 이리 차이
가 날까? 정성일까? 거름 탓일까? 엉뚱한 생각을 하다가
숫자를 잃어버렸다. 다시 돌아가서 헤아리기에는 좀 멀리
왔다. 다음에 다시 세어보자. 곡교천 건너 별빛 같던 아파
트 불빛이 하나둘 꺼져간다. 이제는 집으로 돌아갈 시간
이다. 샛노란 은행잎이 하나둘 날리는 날 다시 오마 약속
하면서 발길을 돌린다~~^^.

말 이야기 (고향 소식)

따그닥따그닥 발굽 소리를 내며 말이 달려간다. 한 마리 두 마리 때로는 대여섯 마리의 말이 승마복을 입은 기수의 구령에 맞춰서, 승마 경기장이 아닌 농로 콘크리트 포장길을 달린다. 말발굽 소리가 유난히도 크게 들리는 이유는 콘크리트 바닥과 편자의 마찰음이 더해져 큰 소리로 정확하게 들려오기 때문일 것이다. 우리들의 고향 평촌리(월구리)에 승마장이 생긴 것은 한 삼 년 전의 일이다. 승마장의 이름은 '제이클라우드 승마센터'다. 승마센터는 원형과 타원형의 실내와 실외 승마시설을 갖춰놓았다. 어린이 승마체험 및 어른 승마체험, 성인 레슨이 제공되고 트래킹 코스가 준비되어 있다. 트래킹 코스는 주로 월구리에서 송악저수지 쪽으로 달리는 코스다. 우리 동창 '괴물'도 무안에 살고 있을 때, 삼 년 동안 취미생활로 직접 말을 사육하며 타고 다녀 유명인사가 되었다는 사실도 뒤늦게 알았다.

'말'의 역사는 구석기 시대부터 유적을 통해 관찰되고, 많은 역사적 사실이 전해진다. 내 능력으로 말에 관한 역사 전체를 설명하기는 어렵지만, 인류와 밀접한 관계를 맺으면서 군사용 장군에게는 최고의 기호품으로 알려져 있다. 《삼국지》에 나오는 하루에 천 리(400킬로)를 달린다는 관우의 적토마 이야기가 생각난다. 역말(역촌리)이라는 우리 고향의 이름은 이곳이 말과 관련되는 교통의 요지였으며, 역사적으로 오랫동안 말이 중요한 교통수단으로 이용되었다는 사실을 알려준다. 말은 또한 농업용으로 유용한 가축으로 사육되어 왔다. 현재에도 말은 승마체험 및 마사회에서 경주용으로 관리되며, 농가에서는 식용 및 약용으로도 사육되고 있다. 우리나라에는 제주도에서 말이 가장 많이 사육되고 있다는 사실은 모두가 다 아는 이야기다.

　대략 이십여 년 전에 우리 동창 친목회(송온회)에서 부부동반 제주도 여행을 다녀온 적이 있는데, 재미있는 일화가 있어 소개한다. 여행 첫날 공항에서부터 한 친구가 진상을 부렸다. 부부동반임에도 불구하고 계속 술만 먹어 여행 분위기를 흐려놓았고, 친구들뿐만 아니라 친구 부인 속을 엄청 썩였다. 제주도 여행코스 중에 승마체험을 하는 시간이 있었는데, 승마체험장 직원의 주의에도 아랑곳없이 속만 썩이고 있었다. 그러나 막상 그 친구의 승마 차례가 되자 힘차게 말을 몰며 달리기 시작했다. 마치 과천 경마장에서 기수가 1등을 하기 위해 죽을힘을 다해서 달리듯이 달려나갔다. 아마도 그 친구는 전생에 말을 잘 타는 기수였나 보다.

　승마장이 발칵 뒤집혔다. 친구들 또한 사고가 날까 봐 마음을 졸였는데, 다행히 신나게 말을 잘 탔고, 그 친구 기분도 풀렸다. 그러나 기상관계로 비행기가 이륙을 못 해, 돌아오는 일정이 하루 미루어지는 관계로, 직장생활을 하는 친구들은 곤란함을 겪었던 아픈 추억도 함께 남아 있다. 지금은 고인이 된 그 친구, 역시 '말' 하면 그 친구 생각이 난다~~^^.

가을비 내리는 날 삼길포에 가다

　가을 바다에 비가 내린다. 어린 시절 여름철 해 질 무렵 마당 한편에 화독을 걸어놓고 불을 지펴, 김이 날 무렵 살살 날리는 연기에 고개를 돌려가며, 손은 한편 양은그릇 물속에다 담갔다 뺐다 하면서 수제비를 뜨노라면, 매콤한 연기에 눈물 콧물 훔쳐가며 가마솥으로 텀벙텀벙 떨어지던 수제비처럼, 굵은 빗방울이 피어오르는 운무와 함께 바닷속으로 뚝뚝 떨어진다. 얼마든지 받아줄 양 흔적도 없이 쏙쏙 잘 받아먹는다. 멀리서 들리는 천둥소리와 함께 아! 그 시절 어머니가 사무치게 그립고 보고 싶다.

　예전에 통통배가 들어오면 멀리서 지켜보던 아낙들은 안도의 숨과 함께 대바구니를 머리에 이고 한달음에 달려나왔다. 거친 바다와 싸운 남편과 눈인사를 한 후, 갓 잡아 온 생선을 대바구니에 담아 머리에 이고 잰걸음으로, 장날에는 장을 찾아 무쇠날(장이 서지 않는 날의 충청도 방언)에는 이 마을 저 마을로 있는 소리 없는 소리 해대며 팔러다녔다. 돈을 주면 돈을 받고 쌀 보리 잡곡을 주면 자루에 담아 또다시 무거운 짐을 머리에 이고, 지친 몸으로 집으로 향하는 매일 반복되는 삶의 연속이었다. 세월이 흘러

방파제가 생기고 머얼리 발전소 굴뚝에는 하얀 연기가 피어오르고, 유람선 선착장과 빠안히 보이는 양식장에서 잡아 온 생선을 여러 척의 배에서 손 빠른 아낙들이 손님을 부르며, 쪼그리고 앉아 열심히 회를 치고 있다. 기계처럼 돌아가는 손놀림이 짧게는 십 년 이십 년 오래된 분은 삼십 년을 파도와 흔들리는 배 안에서 부모 형제 자식을 위해 차디찬 바닷바람을 이겨온 달인들이다. 힘찬 박수를 보내고 싶다. 아직도 그쳤다 내렸다를 반복하며 가을 바다에 비가 떨어진다.

언제쯤 휘영청 밝은 밤에 하얗게 부서지는 가을 파도를 보고 싶다~~^^.

농촌 야학교에서 맺은 인연의 끈
죽음으로 답하다

"A, B, C, D, E, F, G…" 유치원생이 아닌, 나이 먹은 학생들이 선생님이 발음하는 대로 열심히 따라서 복창하고 있다. 교복이 아닌 작업복과 한복, 검정 치마에 흰 저고리를 입은 여학생도 있다. 낡은 책상과 걸상 앞으로 칠판이 걸려 있고, 분필을 잡은 선생님은 칠판에 영어를 써가면서 열성껏 가르치고 있다.

여러분은 농촌 야학교를 아시나요? 60년대 우리 동네 교회에서 운영하는 야학교가 있었다. 교회 예배당이 아닌 한구석 창고 건물에, 가정 형편으로 국민학교를 못 가서 한글을 모르는 문맹인 사람, 또는 국민학교를 졸업하고 상급학교에 진학하지 못한 학생들을 상대로 초등영어나 국어, 수학 또는 세상 돌아가는 이야기도 들려주고, 신문학 소설을 읽어주던 농촌 야학교. 근대문학의 최고 작가요 근세기 최고의 수재를 넘어 천재로 불리는 춘원 이광수의 〈흙〉과 심훈의 〈상록수〉, 그 소설에 등장하는 '농촌계몽운동'의 발단이 되었던 '농촌 야학교'의 발자취를 우리 동네에서도 찾아볼 수 있다.

서희는 국민학교를 졸업하고 상급학교에 진학하지 못했다. 가정 형편은 그런대로 괜찮았지만 여자라는 이유 때문이었다. "여자는 집에서 어머니에게 살림살이하는 법을 잘 배워서 시집 잘 가는 게 최고"라는 아버지의 뜻에 따라 집에서 어머니를 도와주고 있었다. 그러던 중 동네에 야학교가 생겼고, 서희는 아버지를 조르고 큰오빠를 졸라서 야학교에 입학하게 되었다. 야학교에 입학한 서희는 하루하루가 꿈만 같았다. 영어와 수학 공부도 공부지만, 동아일보에 연재됐던 이광수의 〈흙〉을 낭독해 주는 국어 시간이 제일 재미있었다. 매일 읽어줘도 끝부분은 왜 그렇게 다음에 이어질 이야기를 궁금하게 만드는지? 다음 편을 얼른 읽어달라고 선생님을 조른 적이 한두 번이 아니었다.

이웃 마을 천수도 가정 형편으로 상급학교 진학은 엄두를 내지 못했지만, 야학교가 생겼다는 소문을 듣고 오리 길(2킬로)을 한걸음에 달려왔다. 국민학교 시절부터 영특했던 천수는 상급학교에 못 가는 대신 지인에게 사정을 해서 기초 영어책을 구해서 읽었다. 어쩌다 면사무소나 국민학교 근처라도 오게 되면 철 지난 신문지를 사정해서 얻어가지고 세상물정 돌아가는 것도 배우고 있었다. 늦게 야학교에 입학한 천수는 두각을 나타나기 시작했다. 선생님께 질문도 가장 많이 하고, 하교 후에도 선생님과 토론

하고, 더 많이 배우기 위해 온갖 노력을 기울였다. 유심히 천수를 바라보던 서희도 가끔씩 하교 후에 천수와 지내는 시간이 많아지게 되고 드디어 천수를 연모하게 됐다. '남녀칠세부동석'을 지향하던 시절, 두 사람의 소문이 조금씩 퍼져가고 있었다.

어느 날 서희 오빠가 이 소식을 듣고 서희를 다그쳤다. 사실이 아니라고 발뺌을 하면서도, 그럴수록 서희는 천수를 가슴속에 품게 되었다. 서희 아버지 귀에도 소식이 전해지고, 서희 집에서는 결혼을 서둘러야 한다는 말이 나왔다. 서희 아버지는 딸이 천수와 결혼하는 일에 반대했다. 천수가 가난한 산지기 아들이라는 이유에서다. 천수는 '열심히 공부해서 도시로 나가 터전을 잡아서 부모님을 편하게 모셔야겠다'고 마음먹고 이를 악물고 공부하는 성실 근면한 소년이었다. 서희는 어머니에게 사정하고 애원도 했다. 그러나 완고한 아버지에게는 아무 소용이 없는 일이었다. 아버지가 서희를 광에 가두고 학대해도 서희 또한 포기하지 않았다. 드디어 서희 아버지와 서희 오빠가 서희의 머리를 삭발해 버리는 끔찍한 일이 벌어졌다. 간신히 광에서 풀려난 이후에도 서희는 당당하게 머리에 수건을 두르고 야학교에 등교해 천수를 만나고 예전처럼 공부도 했다. 아무도 이들의 만남을 말리지 못했다.

얼마의 시간이 지났다. 서희가 집에서 목을 매 자살했다는 소문이 빠르게 퍼져나갔다. 이웃 마을에서도 천수가 갑자기 사라졌다. 오늘까지도 천수를 보았다는 사람은 한 사람도 나오지 않고 있다. 어차피 이승에서 이룰 수 없는 사랑, 저승에서 만나자고? 어쩌다 천수가 살던 마을 산마루 위로 안개가 자욱하게 차오르는 날이면, '못 이룬 야학교의 사랑' 사연이 모락모락 피어오른다~~^^~~.

모내기

옛날보다는 최소 열흘에서 보름 정도 일찍 심는 것 같다. 내가 살던 고향은 아직 시작을 안 했는데 천안을 가다 보니 가끔씩 모내기한 논이 보이더니 천안을 지나 평택에 이르자 심기도 꽤나 심어졌고 심으려고 로터리 작업을 한 논 등 모내기 철임을 실감 나게 한다. 차를 달려 포천에 당도하자 여기는 벌써 60~70프로는 모내기를 했다. 그러나 어디를 둘러봐도 참을 이고 오는 아낙도 보이지 않고, 소여물을 머리에 인 아줌마도 보이지 않는다. 밥때가 됐어도 철밥통을 매단 오토바이도 보이지 않는다. 한 사람은 이앙기를 운전하고 논두렁에서 기다리던 사람은 이앙기가 도착하면 잘 자란 육묘상자를 이앙기에 가득 실어 준다. 한쪽으로는 단 한 번 비료를 가득 채운 이앙기는 채칵채칵 소리를 내면서 한 번에 여섯 줄, 때로는 여덟 줄씩 반듯하게 모를 심어주면서 비료까지 일정량을 정확하게 떨어뜨리면서 심어나간다. 1,000평도 넘어 보임 직한 논이 대략 한 40분도 안 돼서 다 심어버리고 다른 논을 향하여 쉼 없이 달려간다. 저 멀리 먼 산을 바라보니 아지랑이 사이로 그 옛날 손으로 모내기를 하던 시절이 그려

진다. 어떤 논은 이삼십 명 또 다른 논은 열댓 명이 어우
러져 양쪽에서 못줄을 넘기면 쏜살같이 심어나간다. 못줄
잡은 사람의 성격에 따라 그날 심을 모를 조금 빠르게 혹
은 좀 늦게 심기도 한다. 때가 되면 여기저기 광주리에 주
전자를 든 아낙들이 각자의 논으로 달려간다. 논에 도착
하면 주인이 아낙의 광주리를 받아주고 대충 손을 씻은
일꾼들은 빙 둘러앉아 주인의 고시레 소리가 끝나자 막걸
리와 밥으로 허기진 배를 채운다. 입담 좋은 사람은 그 시
간에 일꾼들을 웃기기도 한다. 힘든 육신을 웃음으로 풀
어가며 식사를 마친 후 담배도 한 대 피워 문 다음 또다시
흙을 향하여 쉼 없이 모를 심는다. 오늘은 철수네 내일은
영희네 품앗이, 모레는 갑돌네 온 들판이 파랗게 변할 때
까지 우리들의 생명 씨앗을 계속 심어나간다.

가을걷이

　가을은 아파트 창가에 노크도 없이 방문을 했다. 성질 급한 길가에 느티나무는 벌써 진홍색을 띠어가고, 노란색을 자랑하는 은행나무, 단풍도 질세라 최고의 어여쁜 색깔을 만들어 가고, 목련도 덩달아 누르스름하게 치장을 하고 있다. 늘 푸른 소나무와 아카시아만이 가을은 나와 상관없는 듯 푸르름을 간직하고 있다. 머얼리 보이는 감나무는 빨갛게 주렁주렁 달린 감의 무게가 힘겨워 선지 버드나무처럼 포물선을 그리며 소슬바람에 시계추처럼 춤추고 있다.

　아! 가을은 누가 뭐래도 수확의 계절임에는 거론할 여지가 없다. 서늘한 바람에 가슴을 열며 지난여름 폭염과 더위에 찌든 내 몸 구석을 대청소라도 할양 크게 심호흡을 해본다.

　아! 이것이 상쾌함이리라.

　일찌감치 밭에 나온 동네 아줌마가 애 고추를 따면서 반갑게 인사를 한다. 텃밭에 심은 고추가 서리 피해를 입을까 서두르는 농심, 밭에는 메주콩이 노랗게 익어가고, 옥수숫대를 타고 오른 넝쿨 강낭콩에 동부팥 땅콩 들깨,

고개 숙인 수수 배추 무 당근 대파 쪽파가 잘 커가며 영글어 가고 있다. 예전에 나락은 손으로 베어 묶어서 논두렁에 세워놓고 이쪽저쪽 둘러가리 쳐가며 말린 다음 지게로 한 짐 두 짐 져가며 집 마당에다 높이 볏가리를 쌓아놓고, 호롱기나 탈곡기로 털어 가마니에 담아, 토광이나 툇마루에 차곡차곡 쌓인 나락을 바라보며 흐뭇해하시던 아버지가 그립다. 지금은 그 일을 콤바인이 대신 하지만 그래도 농촌의 가을걷이 할 것은 이것저것 한두 가지가 아니다.

바빠도 좋다. 힘들어도 좋다. 일 년 동안 일한 보람이 흐뭇함으로 남으니까.

가을 들판에 서서

올해도 어김없이 황금물결이 찾아왔다. 노오란 개나리가 울타리 담장에서 부끄러운 듯 삐죽히 피어나는가 싶더니, 양지쪽 언덕에 진달래 피고 봄의 화신 새하얀 벚꽃과 빨알간 연산홍 집 안을 가득하게 채워주던 라일락꽃 향기가 가시는가 싶게 들녘에 모내기가 시작되고, 가뭄과 농심을 태우던 시뻘건 태양 속에 살인적인 폭염을 다 이기고, 누우런 나락이 소슬바람에 잔물결처럼 일렁이며 퍼져나간다. 논두렁에 피어난 억새풀도 덩달아 하얀 깃발을 흔들며 흥겨워하고 있다. 아! 가을이다. 결실의 계절이 다시 돌아왔다. 매년 되풀이되는 행사요, 풍요의 시간이다. 일 년 내내 가을을 기다리며 온갖 풍파를 이기고 결실의 문턱에 다가선 농민들은 가을 들판에 출렁거리는 나락을 바라보면 먹지 않아도 배부르고 저절로 흥이 나는 것은 농사를 지어본 사람들만의 특권이리라. 하지만 언제부터인가 우리들의 생명과 농민들의 가계를 책임져 온 소중하고 금쪽같던 나락이 천대받기 시작했다. 쌀은 곧 돈이요 쌀만 있으면 자식들 교육은 물론이요, 시집 장가도 쌀로 해결했다. 화폐로서의 가치가 충분했다.

엊그제 뉴스에 계속되는 풍년으로 쌀값 하락이 예상되어 극도로 흥분한 농민단체에서 조금 있으면 수확할 누렇게 익어가는 벼를 트랙터로 갈아엎고 있었다. 얼마나 안타까운 일인가? 이는 생명을 포기하는 일이다. 지금도 전 세계에는 기아에 허덕이는 수억 명의 인류가 숨 쉬고 있다. 언제부터 우리나라가 그렇게 잘사는 나라였던가? 어떤 경우에도 식량을 가지고 장난치는 일은 하지 말아야 한다. 화가 치밀어 오르고 가슴이 아려온다. 아픈 내 마음과 상관없이 저 건너 논에서는 콤바인이 굉음을 내며 나락을 흡입하고 있다. 빙빙 돌아가면서 볏짚을 토해내며 알곡만 기계 속으로 털어 넣는다. 콤바인이 지나간 자리는 반듯하게 고속도로가 생기고, 일렁이던 황금물결은 사라지고 볏짚만 가지런하게 쌓여간다. 저 멀리 설화산을 바라보니 산꼭대기엔 노르스름하게 어설픈 물감이 석양에 퍼져가고, 늘어진 감나무엔 설익은 감들이 붉은 물감을 기다리고, 내 가슴엔 그토록 화려하고 아름다웠던 지난해의 단풍과 아득하게 그려지는 지난날의 풍요로운 농심을 꿈꾸고 있다.

가을은 은행잎과 함께 사라지다

　겨울을 재촉하는 싸늘한 바람에 눈발까지 더해져 하나 둘 떨어지는 은행잎을 바라보니 어언 칠십여 년 살아온 내 인생의 여정처럼 처량하기만 하다.

　말없이 흘러가는 저 강물 속에 둥그런 보름달이 내 그림자처럼 따라가다 구름에 찢어지고 바람에 일그러지는 그 모습이 왜 그리도 외롭고 스산한지 이미 내 마음속의 보름달이 아니었다.

　꼭 쥐면 사라질까 호호 불면 날아갈까 세상에 하나밖에 없는 금쪽같던 내 새끼들 하나둘 짝을 찾아 내 곁을 떠나가니 품 안에 자식이라고 이미 내 새끼가 아니었다.

　아까워서 못 쓰고 꼬쟁이에 숨겨놓고 옷장 속에 감춰놓고 벼개 속에 넣어놓고 이고 지고 살다가 이 세상 하직하니 한 줌의 재로 사라지더라 오로지 내가 쓴 돈만이 내 돈이다.

　부동산으로 주식으로 통장으로 쌓아놓은 돈 나 죽고 나니 아들딸 며느리 사위 소송으로 형제자매 의만 갈라놓고, 딸랑 장례비만 남겨놓고 죽은 집 자손들은 화목하더라.

　어차피 죽으면 동전 한입 물고 가거늘 있는 돈 다 쓰고 가는 것이 최상의 길인데 아프고 병들면 쓰고 싶어도 못 쓰는 것이 돈이라는 걸 알면서도 못 쓰고 사는 것이 인생이더라.

우리 동네 노인회장 왈 마누라도 팔벼개 하고 살 섞고 살 때가 최고지 늙어서 힘없으니 내 마누라가 아녀 이미 내 것은 아니지만 평생 살아온 정이야 어디 가랴.

바람에 긴 머리 찰랑거리며 미소 짓던 그녀 안 보면 보고 싶고 못 만나 애태우던 그녀 사철 푸르른 소나무처럼 영원할 것 같던 그녀도 마음 변해 돌아서니 남는 건 미움과 원망이더라.

너도나도 백 세 인생이라고 말하지만 나 가는 날은 아무도 알 수 없고 길어야 이삼십 년 이라고 생각해 보지만 그나마 행복한 삶은 한 십여 년 남았을까?

몸은 운동으로 단련하고 행복은 마음으로 수련해야 한다고 입속으로 되뇌이지만 아무리 운동하고 수련해도 좀 더 살아보겠다고 발버둥 쳐도 누구나 결국은 다 죽는다.

죽음은 끝을 의미한다. 찬 바람에 힘없이 떨어지는 은행잎은 내년 봄에 파아란 새싹으로 다시 태어나지만, 인간은 돌아가신 조상님 중 한 분이라도 살아 돌아오신 분을 본 사람이 있는가?

나이를 먹을수록 가고 싶은 곳도 갖고 싶은 것도 하고

싶은 것도 자꾸만 멀어진다.

　나이를 먹을수록 내 것은 없어지고 빚만 남은 빚쟁이처럼 서글프고 처량하다.

　사람이 나이를 먹으면 추억을 더듬으며 산다고 한다. 그나마 생각해 보니 어릴 적부터 지내온 친구들이 생각난다.

　돈 많고 어리숙하면 사기꾼이 달려들고

　음식물이 썩으면 똥파리가 꼬여들고

　덕을 쌓으면 사람들이 모여드는 것은 진리다.

　식당에 가면 그나마 건강한 노인들이 삼삼오오 모여서 순대국밥에 소주 한잔 나누는 광경을 가끔은 볼 수 있다. 이것이 우리보다 조금 더 많이 살아온 사람들의 일상이고 이것 또한 평범한 삶의 진리다.

　우리 주변의 친구들도 저 노오란 은행잎처럼 이미 하나 둘 사라졌다. 나도 언젠가는 힘없이 사라지겠지 하는 마음에 서글픈 생각이 든다.

　오늘처럼 으시시하게 느껴지는 날에는 따듯한 동태찌개가 생각난다. 친구들을 불러 먹어야겠다.

　새벽에 현충사 은행나무 길을 걸으며~~^^.

가을을 보내며

비도 아닌 것이 이슬도 아닌 것이 아까운 시간을 채운다. 그래도 그 무게를 못 이기고 가로수 은행잎이 사뭇 떨어진다. 단풍잎은 쪼그라들며 서러운 눈물만 흘린다. 내년에 다시 태어날 수 있음을 기약할 수 없는 것같이 오늘은 퇴직동인들과 오찬을 같이 했다. 자주는 아니지만 한달에 한두 차례 만나는 삼십 년 이상씩 같은 업종 직장에서 만나고 헤어짐을 반복했던 동인들이다. 이제는 법에 의해 젊음을 불사르고 희로애락을 반복하던 직장을 뒤로한 채 하나둘 서로의 가정으로 귀환했다. 취미생활을 하는 사람, 틈틈이 모은 돈으로 건물을 구입해 임대사업을 하는 사람, 텃밭을 가꾸며 재능기부 봉사활동을 하는 자, 또 다른 꿈을 가지고 열심히 노력하는 사람 등 각자의 길이 다르다. 이제는 삶의 터전에서 후배들에게 의자를 물려주고 제2의 인생을 살아가는 동인들을 바라보니 저물어 가는 가을을 바라보는 것 같아 왠지 쓸쓸하다. 옛날과 달리 백 세 시대에 인생은 육십부터라고 흔히들 말한다. 매스컴을 통해 백 세 노인의 실상을 가끔씩 접하게 된다. 그럼에도 막상 제2의 인생 취업은 힘들다. 우리보다는 젊은 세대도 취업전쟁을 겪고 있는 현실에서 우리의 취업을 논하는 것은 자식을 둔 부모 입장에서 어불성설이라고 자위해 보지만, 노인 인구가 급속하게 늘어가는 현실에 비춰볼 때 큰 고민이 아닐 수 없다. 가랑비에도 힘없이 떨어지는 낙엽이야 내년에 새잎을 돋우어 새 삶을 창출할 수 있는데, 어찌 사람이 지나간 시간을 되돌릴 수 있을까마는, 마음만은 새로운 꿈과 희망을 새롭게 다지면서 저물어 가는 가을을 더 좋은 모습으로 내년에 만날 것을 기대해 본다.

소주값 5,000원

용팔이는 요즘 고민에 빠졌다. 대대로 농사만 짓던, 나름 먹고살 만하던 조그만 시골 마을에서 태어나, 면 소재지에 위치한 국민학교를 졸업하고, 중학교와 고등학교는 20리나 떨어진 꼬부랑 산길을 걸어서 읍내로 통학을 했다. 대학에 진학하고 싶었지만 형님이 도시에 있는 대학에 진학했기 때문에, 당시 농사에만 매달리던 부모님 형편으로는 두 아들을 가르칠 수는 없었다. 그 때문에 용팔이는 대학 진학을 포기하고 부모님을 도와서 농사일을 배웠다. 농후소로 논 갈고 써리고 못자리해서 모내기하고, 김매고 벼 베서 수확하는 과정부터, 우마차 다루는 일, 밭작물 재배하는 법 등 농촌의 상 일꾼으로 거듭나고 있었다. 대부분 힘든 농사일을 하면서, 참이 되면 농주를 마시는 것이 보편화된 일상이었다. 용팔이도 그때부터 술을 마시기 시작했다. 술 한잔 걸치면 힘든 일도 잊고, 또다시 뙤약볕에서 일을 할 수 있는 원동력이 됐다. 일이 끝나면 또다시 술을 한잔 마신다. 그렇게 시작한 술은 말술이 됐다.

보통 사람들은 술을 많이 마시면 취해서 실수도 하고 토하기도 하는데 용팔이는 달랐다. 남들은 다 취해 나가 떨어져도 용팔이는 실수도 안 하고 토도 안 하고 멀쩡했다. 다음 날도 언제 술을 마셨냐는 듯 또 그렇게 매일 마셔댔다. 친구들이 너는 타고난 술 체질이라고 한마디씩 거든다. 용팔이는 "매일 농사일만 할 바엔 왜 힘들게 중고등학교를 다녔는지 몰라" 하면서 가끔은 투덜대기도 했다. 어느 날 뉴스에서 소줏값을 인상한다는 보도가 나왔다. 식당에서는 너도나도 술값을 올리기 시작했다. 용팔이는 술값이 오르는 게 제일 싫었다. "마트에서 얼마면 사는데 왜 이렇게 비싸게 받는 거야?" 하면서 마지막 선언을 한다. "내가 아무리 술을 좋아해도 소주 한 병에 5,000원 하면 술을 끊는다"며, "만약 술을 마시면 네 아들이다" 하고 친구들한테 선언을 했다.

내가 말했다. "담뱃값 5,000원 하면 끊는다던 사람 지금도 다 피우고 있더라"

드디어 술값이 올라 5,000원씩 받는 식당이 늘어났다. 하지만 착한 가격으로 3,000~4,000원 받는 식당이 있는가 하면, 6,000~7,000원 받는 고급 식당도 있었다. 용팔이는 친구들과 식당을 가기 전에 소줏값부터 물어보는 습관이 생기고, 5,000원 이상 받는 집은 아예 가지를 않았다.

연말에 친목 모임에서 다가오는 부부동반 송년회를 횟집에서 하기로 정했다. 그날이 되어 다 같이 모인 자리에서 한 친구가, "용팔아! 여기는 소줏값을 6,000원 받는데, 너는 5,000원 이상 받는 술집은 안 온다면서?" 하고 농담을 던졌다. 갑자기 용팔이가 벌떡 일어서면서, "내가 모임이라 물어보지 않고 왔는데 미안하다" 하면서, 나가 버린다. 갑자기 분위기가 싸해지면서, 용팔이를 바라본다. 모두들 난감해했다. 그 말을 던진 친구와 모임 회장이 덩달아 따라 나와서, 농담 한마디 했는데, 미안하다고 사과하면서 달랬지만 막무가내였다. "간다", "들어가자" 실랑이가 벌어졌다.

내가 나가서 마트에서 소주 두 병을 몰래 사 들고 와서, 용팔이를 보면서 말했다. "용팔아, 이 소주는 마트에서 1,800원 주고 사 온 소주니까 여기서 마시자" 하면서, 종이컵에 소주를 따르고, 오징어포를 찢어서 건네자, 아무 말 없이 벌컥벌컥 마셔댄다. 농담을 건넨 친구가 회 한 접시를 들고 나왔다가 내가 눈짓을 하자 슬그머니 접시를 놓고 들어간다. 몇 순배의 술잔이 돌자 내가 말했다. "우리가 중, 고딩 시절에 버스요금이 얼마였지? 아마 5~10원 했을걸. 그것 봐 강산이 대여섯 번 바뀌고, 물가도 천정부지로 올랐어! 용팔아 이제는 생각을 바꾸자!" 용팔이는 고개를 끄덕이면서, 밤하늘을 말없이 바라본다.

벌목

1974년 2월 10일 나는 고등학교를 졸업하고 가정사로 대학을 진학하지 못한 채 동네 친구들과 빈둥거리며 놀고 있던 중 동네 형으로부터 산판 일을 가자는 제의를 받았다. 할 줄도 모르는데 어떻게라고 반문하자 너는 키도 크고 힘도 좋으니 할 수 있다고 하길래, 경험 삼아 해보기로 하고 졸업한 지 10일 후 부모님한테는 친구네 놀러 간다는 말씀을 드리고 아침 일찍 가방에 책 대신 작업복과 팬티 양말을 챙겨서 차에 올랐다. 온양온천 시외버스 터미널에서 서산행 직행버스를 타고 서산을 향해 달려갔다. 그 당시만 해도 포장 안 된 도로가 더 많았다. 덜컹거리며 뿌연 먼지가 나는 길을 달려 서산에 도착하자 먼저 서산 목재소로 가서 점심을 밥사발보다 위로 더 많이 올라오게 푼 고봉사발에 된장국으로 배부르게 먹고, 2.5톤 타이탄 차에 바닥에는 비닐멍석을 깔고 지게를 몇 개 올린 후 그 위에 같이 온 일행 여남은 명이 타고 다시 비닐멍석을 덮은 후 쪼그리고 앉거나 누워서 밖이 보이지도 않고 컴컴한 비닐포장 속에서 어디로 가는지도 모르고 달려간다. 한마디로 팔려가는 돼지 새끼 같다는 생각을 하면서 덜컹거리는 길을 달려서 도착한 곳이 서산군 태안읍 소원면 법산리 2 구란다. 목재소에서 일러준 대로 이장 집을 찾아서 가방을 풀어놓은 채 술과 제물을 들고서 산에 올랐다. 커다란 소나무를 손톱으로 베어서 쓰러트린 후 그 등걸 위에 북어포를 올려놓고 술을 따른 후 다 같이 절을 했다. 산신령님, 일하는 동안 사고나 없게 해 주십사 하고. 그날은 날이 저물어 함바집에서 쉬고 일찍 아침 식사를 마친 후 산에 올라 일제히 나무를 베기 시작한다. 그 당시만 해도 기계톱이 없어서 손톱으로 벌목을 하던 시절이었다. 산판 일이 처음인 나는 아는 형에게 무슨 일을 하느냐고 물어보니 납작하고 날이 하얗게 선 미제도끼를 주면서 베어놓은 나무에 붙어 있는 가지를 도끼로 치라고 일러주었다. 한나절이 지나자 베어놓은 나무가 여기저기 쌓이기 시작한다. 어떤 나무토막은 여섯 자 또는 아홉 자, 나무 용도에 따라서 재단을 했다. 정신없이 일하던 중 이젠 도끼질은 그만하고 베어놓은 나무토막을 나르는 일을 하라고 한다. 우리나라 지형상 동고서저라 그런지, 산이 야트막해서 칠팔 부 능선 위에 있는 나무토막은 위로 나르고 그 밑에 있는 나무는 아래로 나르라고 가르쳐 준다. 산 능선으로는 말 마차가 다닐 수 있는 길이 있었다. 가까운 곳은 어깨로 메서 나르고 조금 먼 곳은 지게로 져서 날랐다. 하루 종일 어깨로 지게로 무거운 나무를 나르다 보니 어깨가 부어오르고 살이 까져 피가 났다. 그다음 날 동네 형이 보고서 어깨에 수건을 대고 메어 나르라고 귀띔을 준다. 하루 이틀이 지나니 다리에 알이 배서 아침에 화장실에 쪼그리고 앉을 수가 없을 정도로 근육이 뭉치고 온몸이 뻐근하고 허물이 벗겨진 어깨가 쓰리고 아프다. 오로지 참고 견디는 수밖에 없다. 일주일이 지나니 요령도 생기고 몸이 풀렸다.

일이 끝난 저녁에는 그 동네 청년들과 인사도 나누고, 멀리 갯내음이 나는 바닷가에서 막걸리도 한잔하는 여유가 생겼다. 삼월 초 밤바다 바람은 비릿하면서도 추웠던 생각이 든다. 바닷가 사람들은 물때에 맞추어서 바지락도 캐고 낙지도 잡고 해태(김)양식과 벼농사도 지으면서 일거양득으로 수입을 올리고 있었다. 부러웠다. 13일을 벌목을 하고 나니 나무가 빽빽하게 많았던 산이 벌거숭이가 되고 베어낸 나무토막이 산처럼 쌓였다.

이제는 상차다. 베어다 쌓아놓았던 나무토막을 규격별로 나무 사이를 잰 후 5톤 트럭에 싣는 일이다. 나무 한 사이는 열두 자를 베어진 말구(윗부분) 기준으로 한 치면 한 사이, 두 치면 네 사이, 세 치면 아홉 사이, 한 자면 일백 사이가 되는 것도 그때 알았다. 작은 나무토막은 사오십 킬로, 큰 나무는 백 킬로에서 백오십 킬로나 나가는 나무토막을 어깨에 메고, 흔들거리는 쪽나무를 타고서 트럭에 차곡차곡 쌓는 힘들고 위험한 일이다. 지금이야 포클레인에 집게를 달아서 기계로 하지만, 그 시절에는 사람이 그 일을 다 했다. 이틀 동안 상차를 끝내고 그날은 낙지로 포식을 했다. 커다란 양푼에 가득 썰어놓은 낙지회에 연포탕 술과 함께 배부르게 먹었다. 낙지도 한 죽에 스무 마리라고 했다. 일하던 사람 여남은 명이 여러 죽을 해치웠다.

다음 날 아침 일 가방을 챙겨서 태안읍 이북면으로 옮겨서 벌목을 했다. 농담으로 이북으로 일하러 간다고 했다. 지금은 이북면 원북면을 합쳐서 원이면이라고 한다고 하는데, 확인해 보지는 않았다. 장소만 다르지 똑같은 일을 열흘 동안 하고 총 베어낸 나무토막을 사이로 환산하고 일 단가를 곱해서 품삯을 나누었다. 동네서 하는 일의 세 곱의 품삯을 받았다. 25일 동안 일했지만 75일 동안 하루도 쉬지 않고 일을 한 셈이다. 어린 나이에 참으로 위험하고 힘든 일이었지만 품삯을 받으니 흐뭇하고 웃음이 절로 났다. 집에 돌아오니 산판에 일하러 간 걸 뒤늦게 아신 어머니가 나를 붙잡고 통곡을 하신다. 나중에 안 일이지만 며칠 동안 우셨단다. 대학 진학을 포기하고 그 험한 산판 일이 웬일이냐고 하시면서 한 이 년 일해서 대학을 갈까 생각도 했지만 산판 일이 연중 있는 일도 아니고 대학도 가까이 있는 것도 아니었기에 그만 생각을 접었다. 하지만 어린 나이에 힘들고 위험했던 일을 해본 경험이 세상 살면서 어떤 일도 할 수 있다는 자긍심을 갖기에는 도움이 됐다. 그 후 동네 형이 또 가자고 했지만 부모님의 만류에 포기해야만 했다. 가을이 짙어가면서 그때 그 시절이 그리워진다. 나 자신도 가을처럼 익어가는가 보다.

신정호의 밤

　주차장이 만원이다. 완연한 봄 날씨에 삼삼오오 짝을 지어 밤 나들이 나온 사람들로 산책로를 메우고 있다. 아장아장 걸음마를 갓 배운 아기의 손을 잡고 행여 넘어질까 고개 숙여 걸어가는 아빠. 아기가 한 발 한 발 디딜 때마다 운동화에 형형색색의 불빛과 함께 "삑삑" 나는 소리가 앙증맞다. 드디어 내 고향에도 벚꽃이 피기 시작했다.

　나무에도 음양의 조화에 따라 양지바른 남향은 벚꽃이 먼저 만개하고, 서북향에 서 있는 나무들은 늦을세라 연분홍 꽃잎을 부끄러운 듯 살포시 벌려가고 있다. 주차장 건너편에 바라보이는 서너 그루의 백목련은 목화솜을 몽골몽골 뭉쳐놓은 듯 순백의 극치를 자랑하고, 호수 건너 바라보이는 가로등 불빛은 긴 그림자를 드리워서 강태공의 카바이트 불빛을 연상시킨다. 몇 년 전부터 신정호 둘레를 채워가는 카페는 휘황찬란한 불빛을 자랑하며 손님을 유혹한다.

　만수로 가득 채운 호숫가에 버드나무는 고요한 호수 속에 거꾸로 머리를 처박고 멋진 그림을 그려내고 있다. 작년에 자란 갈대마저 물그림자를 드리웠다. 하늘 높은 줄 모르고 커가는 메타세쿼이아 나무는 벌거벗은 채, 새잎을 기다리고, 드문드문 매실나무가 하얀 꽃을 피우고 있다. 호숫가에 설치해 놓은 그네에서 아이들이 재잘대며 그네를 구른다.

"향단아, 그넷줄을 밀어라, 머언 바다로 배를 내어 밀듯이, 향단아"

미당 선생이 쓴 시 속에서 '춘향이의 말'이 들려오는 듯하다.

요즈음 전국적으로 많은 사람들이 즐겨 찾는 '출렁다리'를 제일 먼저 설계하고도 안전사고 예방 원칙에 밀려 설치하지 못했다는 소식을 접한 적이 있다. 신정호 중간에 '중도'라는 섬 같지 않은 섬이 있다. '중도'를 가로지르는 '출렁다리'가 있었으면 얼마나 좋았을까? 아쉬움이 남지만 그래도 신정호는 계속 개발되고 있다. 인근 천안시에서 가장 부러워하는 곳이 '신정호'로 천안에서도 뒤늦게 호수 개발에 열을 올리고 있다고 한다. 자연적인 호수를 친환경적으로 개발해서 시민 모두가 적극적으로 활용하는 사례는 전국적으로도 모범이 되어 아산의 신정호는 그 이름이 널리 알려지고 있다.

신정호 중간중간에는 공연장이 조성되어 있다. 요즘은

코로나로 각종 공연이 취소됐지만 봄부터 가을까지 아름다운 음악이 울려 퍼지는 곳이다. 산책 나온 시민들이 발걸음을 멈추고, 가족들 또는 연인 친구들이 모여 식사도 하고 커피도 마시며 산책도 할 수 있는 내 고향의 신정호는 아산 시민의 휴식 공간이자 자랑스러운 명소가 되었다. 어디 그뿐이랴! 산란 철이 다가오면 팔뚝만 한 잉어가 짝을 찾아 호숫가에서 푸드득거려 살아 있는 호수임을 증명한다. 호수 주변에 조성된 연꽃이 만개하고 연잎 위로 영롱한 옥구슬을 맺으면 그윽한 향기가 일품이다. 철 따라 꽃동산을 이루는 남산에서부터 아카시아꽃이 만개하기 시작하면 달콤한 내음이 호숫가에 넘쳐나며 산책 나온 시민들에게 봄의 향기를 듬뿍 선사한다.

　아침마다 운동을 나온 마라토너(?)들의 하얀 입김은 물 안개와 함께 호수를 뒤덮는다. 야자수 매트가 깔린 주차장 앞 소공원에는 하얀 국화와 소녀상이 함께하고, 나라를 구한 민족의 성웅 이순신 장군 동상이 호수를 바라보며 딱 버티고 있다. 철 따라 꽃을 피우고 산책 나온 사람마다 빠짐없이 향기로운 기운을 가득 채워주는 곳이다. 아산의 시민과 함께하는 신정호에서 봄날의 어느 하루는 그렇게 저물어 가고 있었다~~^^.

아카시아

5월은 아카시아꽃이 피는 계절이다. 우리나라는 일제 강점기를 거치면서 질 좋은 목재를 수탈당하고 6·25전 쟁 당시 무차별적인 벌목 그 뒤로도 화석 연료에 의존하 다 보니 50~60년대에는 일부 관리 지역을 빼고는 전 산 림이 황폐하였다. 그 시절 산림녹화사업의 일환인 사방공 사라 하여 심어진 나무가 아카시아나무이다. 오스트레일 리아가 원산지고 나무뿌리가 길게는 50미터까지 뻗어나 가는 나무이기 때문에 황폐된 우리나라 임야와 절개지 부 분에 심기는 적당한 수종이었다. 아카시아 나무는 자르면 자를수록 뿌리가 길게 뻗어나가는 특성이 있고 잘 가꾸어 크게 키우면 단단하고 물에서도 잘 썩지 않는 목재를 생 산할 뿐 아니라 향기 나는 하얀 꽃을 피우고 그 꽃 속에는 많은 꿀을 포함하고 있어 양봉농가들은 아카시아꽃 피는 시기에 따라서 남부지방에서 시작하여 강원도 지역에 꽃 이 질 때까지 이동하면서 아카시아 꿀을 채취하는 일석이 조의 나무이다. 그 나무가 지금 꽃을 활짝 피워 꿀 향기를 날리고 있다. 작년에는 그 향기가 그리워 이른 새벽마다 남산에 올라 향기에 취하고 했던 일들이 주마등처럼 스쳐

간다. 예전에는 아버지와 함께 우마차 체대를 만들기 위해서 커다란 아카시아 나무를 베어서 지게에 지고 오던 때가 엊그제 같은데, 벌써 시간이 많이 흘렀고, 아카시아 나무는 비가와도 잘 썩지 않는다는 사실도 그때 아버지를 통해서 알았다. 여기저기 이 산 저 산에 하얗게 활짝 피어 꿀 향기 날리면서 오가는 벌을 유혹하고 있다. 옛날에 나도 양봉을 2군으로 시작 약 30군까지 늘려서 우리 집보다 밀원이 좋은 친구 집으로 옮겨서 사양을 했던 적이 있었다. 진짜 꿀만 뜬다고 고집하다가 벌 세력이 약화돼서 실패를 했던 가슴 아픈 추억이 있다. 그 당시도 최대 밀원은 아카시아꽃이다. 평상시에는 아카시아 나무가 어디 있는 줄도 잘 모르지만 꽃이 피면 알 수 있듯이, 사람도 아름답고 훌륭한 좋은 일을 하면 만인 앞에 드러나게 되는 것은 자연의 이치와 같은 것이다. 옛날에 양봉도 하고 벌목도 했던 생각을 떠올리며 아카시아 나무 밑에서 크게 심호흡을 해본다. 달콤하면서도 아름다운 꿀 향기와 추억이 가슴속에 깊이 머물 수 있도록~~^^.

안개 서리꽃을 아시나요?

창문을 여니 안개가 자욱하다.

휴대폰을 열어 날씨를 확인하니 −5도를 기록하고

곳곳에 안개가 자욱하고 미세먼지 농도가 짙다고 한다.

두툼한 점퍼를 걸치고 밖을 나섰다.

희뿌연 하늘을 바라보니 당연히 별도 달도 없이 아파트

불빛과 희미한 가로등이 별을 대신하고 있다.

일찍 깬 비둘기 떼가 아스팔트 바닥에서 무슨 먹이를

찾는지 연신 부리를 쪼아대다

내가 가까이 다가서자 푸드득 소리를 내며 날아간다.

인간은 흙이나 물, 나무에서 식량을 구하는데,

비둘기는 저 딱딱한 아스팔트에서도 식량을 찾는구나.

아파트 정원 양지바른 구석에 피어 있는 공작단풍은

아직도 겨울을 마다하고 가을을 보내기 아쉬워 빨간 자

태를 유지하고,

먼저 홀연히 잎새를 떨군 적단풍은,

앙상한 가지가 거미줄처럼 엉켜

서리도 아닌 것이 잔 서리처럼 희뿌옇게 설켜 있다.

듬직한 소나무 솔잎 사이에도 봄에 피는 연산홍 잎새

위에도 알게 모르게 피어 있다.

  아! 이것이 안개 서리꽃인가 보다.

  * 내가 만든 말: 안개 서리꽃

심부름

문을 열자 매콤한 고춧가루 냄새와 고소한 기름 내음까지 더해져 매캐한 공기에 재채기가 난다. 일찍 나온 동네 아낙들도 가끔씩 재채기를 하면서 문을 더 열든지 환풍기를 다 틀어놓으라고 한다. 떡도 만들고 고춧가루도 빻고 기름도 짜는 동네 방앗간의 풍경이다. 주인이 내가 들고 간 자루를 받아들며 "참깨요? 들깨요?" 하고 묻는다. 들깨라고 답하자 "어떻게 짜드릴까요?" 하길래 적당히 알아서 짜달라고 하자 시간이 좀 걸리니 커피 한잔 드시면서 기다리라고 한다. 자판기 커피 하나 뽑아 들고 아주머니 옆에 앉았다. 남자는 나 혼자뿐이고 아주머니는 여섯분이다. 동네 아주머니의 수다가 시작된다. 작년에는 들깨를 네 가마니나 수확했는데 올해는 태풍 때문에 두 가마 반밖에 수확을 못 했다. 들깨가 바람 맞아서 기름이 덜 나온다. 들깨를 두 말 사다가 이뤄서 말려 달아봤더니 한 말에 오백 그램씩 줄더라. 나는 아산만 가서 중국 참깨 들깨 사다가 기름 짜서 아들딸에게 나눠 줬더니 맛만 좋다고 하더라. 중국산이 국산만 어림없더라. 왜 비닐멍석 깔아서 깨끗하게 해놓고 들깨를 털었는데 흙모래가 많이 나오더

라. 나는 장에서 들깨 한 말에 6만 원 주고 샀는데 누구는 광천 장에서 5만 원에 사왔더라 등등 이루 말할 수 없을 만큼 수다를 떤다. 여자들은 입을 가만히 두면 입안에 가시가 돋는다더니, 세상 살아가는 그 얘기가 밉지만 않아 호주머니에서 슬쩍 휴대폰을 꺼내서 사람 사는 이야기를 적어본다.

우리 동네는 면 소재지인 관계로 옛날에도 기름집이 있었다. 어머니를 따라서 기름집에 가본 기억으로는 커다란 쇳덩이 중앙에 구멍이 사방으로 뚫린 기름틀이 두어 개 놓여 있고, 한쪽에는 커다란 무쇠 가마솥이 걸려 있어 장작으로 불을 때서 깨를 넣고 커다란 나무주걱으로 혹여 깨가 탈세라 이리저리 저어가면서 깨를 볶는다. 고소한 냄새를 풍겨가면서 그래서 신혼부부에게 깨소금 냄새가 난다고 하는가 보다. 볶은 깨는 베보자기에 감싸서 기름틀에 놓고서 사람이 기름틀 구멍에다 나무를 끼고서 힘들게 돌려가면서 기름을 짰다. 기름틀이 돌아가면서 아래에 놓인 깡통에 고소한 기름이 흐르고 방울방울 모인다. 기름을 짜러 온 사람은 기름이 많이 나오게 더 돌려 달라고 하고 주인은 더 돌리면 보자기가 터진다고 옥신각신하면서, 아마도 내 기억이 맞는다면, 한두 번씩은 구경했으리라. 지금은 볶는 것도 짜는 것도 스위치 하나만 누르면 이루어지는 세상이 됐다. 단 하나 변하지 않은 것이 있

다면 정겨운 여자들의 수다?일 것이다. 주인이 나를 부른
다. 깨가 잘 영글어서 그런지 다른 집보다 기름이 많이 나
왔다고 하면서 수다를 거든다.

　짧은 시간 방앗간에서 세상 사는 이야기도 듣고 집사람
심부름도 잘했다. 저물어 가는 올가을도 참기름 들기름처
럼 고소한 냄새 풍기는 가을이기를, 가끔은 매콤한 고춧
가루 내음에 재채기도 하면서~~.

아름다운 칠순 잔치?

영태는 요즈음 고민에 빠졌다. 40여 년 동안 운영해 오던 시장의 고무신 가게(말이 고무신 가게지 99프로 이상이 운동화임)를 처분하자는 마누라(순실)의 성화에 못 이겨 대답을 해놓고 보니 여기저기 부동산에서 가게를 보러 오는 사람이 늘어나고, 한 사람 두 사람 다녀갈 때마다 가슴이 철렁거린다.

영태는 충청도 바닷가 마을의 가난한 어촌에서 5남매의 막내로 태어나 국민학교를 입학해서 1학년부터 6학년 졸업할 때까지 1등과 반장을 놓치지 않는 수재였으나 가정 형편으로 중학교 진학을 포기하고 지인의 소개로 읍내의 대장간과 철물점을 운영하는 집에 점원으로 취직했다. 그 당시 영태의 아버지는 광산에서 일을 하다 다리를 다쳐 일을 못 하고 고통으로 술로 하루하루를 보내고, 영태 어머니는 물때에 맞춰서 바닷가에 나가 바지락을 캐서 팔고 물고기를 받아서 머리에 이고 이 동네 저 동네 다니면서 팔아서 연명하던 시절이라 부모를 원망할 수도 없었다. 담임 선생님도 두어 번 영태 부모님을 만나 아깝다며 사정했지만 방법이 없었다.

순실이는 영태와 같은 동네에서 태어나 같은 국민학교를 다녔고 영태가 반장일 때는 항상 부반장을 했다. 하지만 순실이네 집은 영태와 달리 농사도 많이 짓고 어선도 가지고 있는 부잣집 딸이었다. 국민학교 졸업 후 읍내에 있는 중학교 고등학교를 졸업하고 읍내에 있는 농협에 취업했다.

영특하고 눈치 빠른 영태는 대장간에서 풀무질도 하고 철물점과 대장간을 오가며 온갖 심부름에 어깨너머로 쇠 다루는 기술도 배우고 철물점에서 장사도 터득했다. 그래도 마음 한편에는 못다 한 공부도 하고 싶고 돈도 많이 벌고 싶었으나 현실은 녹록지 않았다. 영태는 취업한 지 4년 만에 철물점을 그만두고 짐 자전거를 한 대 샀다. 그 당시 타이어표 검정 고무신이 유행하던 시절이었다. 그는 읍내에서 가장 큰 고무신 가게를 찾아가서 고무신 장사를 하고 싶은데 돈이 부족하니 물건의 반만 외상으로 주시면 팔아서 바로바로 정산을 해드리고 절대로 읍내에서는 팔지 않고 면 단위만 돌아다니면서 팔겠다고 약속했다. 겨우 큰 가게 사장님의 허락을 받아 영태는 자신의 고무신 장사를 시작할 수 있었다.

영태는 자전거에 고무신과 장화를 가득 싣고서 면 단위를 누볐다. 오늘은 ○○면 ○○리 내일은 다른 동네 골목 골목과 어촌을 누볐다. 이른 새벽에 출발해서 먼 동네부터 가까운 곳으로, 비가 오는 날에는 장화와 비닐우산 우비를 팔고, 날씨가 추워지면 양말을 신고서 허벅지와 종아리가 퉁퉁 붓도록, 어머니가 머리에 무거운 생선을 이고 동네를 헤매던 삶의 무게를 생각하며 자전거 페달을 밟았다. 저녁에는 아무리 힘들어도 중학교 고등학교 검정고시 교재를 공부하면서 또 일주일에 한 번 장사해서 남은 돈은 순실이가 근무하는 농협에 예치하고 순실이 얼굴 보는 것도 잊지 않았다.

영태의 가슴에는 순실이에 대한 사랑이 알알이 쌓여가고 있었다. 고무신 장사를 시작한 지 오 년, 너무나도 성실한 그를 지켜보던 고무신 가게 사장의 소개로 영태는 시장 안에 있는 조그만 고무신 가게를 인수한다. 사장 왈 "나와 경쟁되는 가게를 소개한다는 것은 너무나 경우에 안 맞고 바보 같은 일이지만 너 아니면 다른 사람이 올 테니 네가 인수해서 장사를 잘 해봐라" 하며 개업 준비부터 각종 신발과 운동화 거래처도 소개해 줬다. 사장은 "한 5년 기반을 닦아서 아예 내 가게를 인수해라" 하고 농담인지 진담인지 모르는 소리를 남겼다. 실제로 영태는 7년 만에 사장님 가게를 인수하게 되었다.

반듯한 직장과 어엿한 숙녀로 성장한 순실이는 매일 결혼하라는 부모님의 성화에 하루도 마음 편할 날이 없었다. 아버지 지인 선장의 아들, 농사를 많이 짓는 부잣집 아들, 도시에서 공기업 다니는 총각 등, 일요일마다 선을 보라고 재촉하고 매파는 순실네 문지방을 제집 안방 드나들듯 하고 있었지만, 순실이의 가슴에도 영태라는 어릴 적 친구가 사랑의 똬리를 틀고 있었기에 그녀의 대답은 언제나 NO였다. 보다 못한 순실이 엄마가 술을 한잔 걸친 후 순실이를 앉혀놓고 담판을 짓자고 무릎맞춤을 했다. 더 이상은 피할 수 없음을 직시한 순실이는 영태 아니면 죽어도 결혼을 안 한다고 선언한다. 순실네 집에서는 난리가 났다. 순실의 부모님은 아무리 영태가 성실하지만 초등학교밖에 졸업 못 하고 시장에서 고무신 가게를 하는 영태와는 어느 정도 짝이 맞아야지 뭐로 봐도 결혼시킬 수 없다는 완고한 입장이었다. 하지만 자식 이기는 부모가 어디 있으랴? 말리다 지친 순실의 부모님이 영태를 집으로 데려오라고 하신다. 그동안 영태는 틈틈이 공부해서 중학교 고등학교를 검정고시로 마치고, 자신을 시험해 보자고 도내에 있는 공립 대학교에 응시해서 합격 통지서를 받고 가게를 정리하고 입학할 것인가를 고민하던 중이었다. 영태는 입학 통지서를 들고 순실네 집을 찾아갔다.

아버지 어머님이 반대하는 이유는 차고도 넘치지만 제 입장에서 나름 열심히 준비를 했습니다. 결혼만 허락하신다면, 대학을 가서 열심히 공부하라면 하고, 그대로 고무신 가게를 하라시면 이 또한 열심히 노력해서 제 자식에게만큼은 좋은 환경에서 하고 싶은 것 마음대로 할 수 있도록 하겠습니다. 꼭 약속을 지키겠습니다. 다 듣고 난 순실 부모님은 할 말이 없었다. 왜 순실이가 그토록 영태를 고집했는지 알 것 같았다.

결혼식을 끝낸 두 사람은 남들이 다 가는 제주도 신혼여행 대신 가까운 온천에서 하룻밤을 보내고 순실 부모가 마련해 준다던 신혼집도 마다하고 영태가 살던 조그마한 가겟방에서 신혼생활을 시작했다. 두 사람의 노력으로 가게는 날로 번창하고 첫딸을 선두로 아들딸을 낳아서 삼남매를 둔 어엿한 가장이 됐고, 부모의 유전자를 받은 아이들도 읍내에서 고등학교를 졸업하고 서울에 있는 일류 대학을 졸업해서 큰딸은 모기업 연구원, 아들은 모 대학 교수, 막내딸은 서울에서 대학을 끝내고 미국에 유학해서 유학생과 결혼해서 잘 지내고 있다. 물론 영태 내외도 읍내에 꼬마 빌딩도 사서 세를 주고 시장에 가게도 하나 더 장만하고 무엇 하나 남부럽지 않은 가정을 꾸렸지만 인생사 새옹지마라 했던가 복에는 마가 끼는 법, 몇 년 전부터 영태 몸에 이상이 생겼다. 검진결과 고혈압에 당뇨 식도염 그리고 무릎 연골이 닳아서 가끔씩 깜짝깜짝 놀랄 만큼 통증이 전해졌다. 젊은 시절 자전거를 무리하게 타서 생긴 병이라 수술을 해야 한다고 한다.

올해 영태 부부의 나이 칠십 동갑내기다. 순실이가 영

태에게 제안한다. 여보 우리 남들 안 하는 칠순 잔치나 한 번 합시다. 영태가 펄쩍 뛰며 생뚱맞게 그게 무슨 소리요? 당신이나 나나 앞만 보고 달려왔으니 우리도 한번 멋지게 베풀어 봅시다. 그렇게 시작해서 친척, 친한 친구, 친목회원 등 고르고 뽑아서 오십 명을 선정해서 호텔에서 칠순 잔치가 시작되었다. 영태 내외의 인사와 아들딸 내외 손주들이 모여서 〈어머님의 은혜〉를 선창으로 교수 아들의 〈아버님 인생 여정〉을 낭독할 때는 가족 포함 하객들이 숨죽여 우느라 잔칫집이 초상집 같았다. 정성 들여 준비한 음식을 먹고 흥에 겨운 사람들의 노래와 함께 관광버스 춤이 이어지고 돌아가는 하객에게는 푸짐한 선물과 현찰 신권 100만 원 봉투를 하나씩 나눠줬다. 물론 화환이나 축의금은 단돈 1원도 사절이었다. 하객들은 이런 칠순 잔치는 처음이라며 돌려주려 했으나 영태 내외는 "그동안 여러분의 성원으로 제가 이 자리에 올 수 있었습니다. 젊어서는 처자식 먹이고 가르치느라 못 쓰고 나이 먹으니 나 위해서는 못 쓰는 것이 돈 아닌가요? 적지만 여러분 위해서 꼭 쓰십시오"

그렇게 칠순 잔치를 끝낸 영태는 가게를 정리하기로 하고 무릎수술 날짜를 정해놓은 상태다.

가게 한편에 진열되어 있는 여남은 켤레의 검정 고무신, 유난히도 반짝이는 고무신을 바라보며 영태는 어느덧

뽀얀 흙먼지가 날리는 시골길을 자전거를 타고 달리고 있었다~~^^. 끝

※ 우리가 어린 시절에는 있는 집은 있는 대로 가난한 집은 빚을 내서라도 부모님 환갑잔치는 꼭 차려드렸다. 그 이유는 1950년대 우리나라의 평균 수명이 52세였다. 2020년 우리나라의 평균 수명이 83.2세다. 우리 세대 모두 100세를 기대수명으로 생각하고 산다. 그래서 환갑은 물론 칠순 팔순 구순 잔치는 찾아보기 힘들다. 가끔은 백순(상수연) 잔치는 매스컴을 통해서 보기도 하지만 나머지는, 건강하면 여행을 가고 그렇지 못하면 가족들이 모여 식사를 하는 것이 통례이고 용돈을 드리는 것이 상례이다.
우리 동창 중에 올해로 칠순이 되는 친구들이 여러 명 있는 걸로 알고 있다. 생각이 있다면 백순 잔치 전에 위와 같은 칠순 잔치는 어떨까?

앗! 물고기가 사라지고 있다

여기저기 대형 포클레인이 몇 달째 굉음을 내면서 바쁘게 움직이고 있다. 1960년대 준공된 송악저수지 공사 이래 최대 사업인 수해복구 사업으로 송악저수지부터 삼막골 다리까지 초대형 하천정비 사업을 시행하고 있다. 2020년 여름 수해는 우리 세대는 물론 90세를 넘긴 노인들도 평생 처음 겪는 물난리라고 이구동성으로 말하고, 매스컴을 통해서도 전국적으로 방송됐다.

우리들의 영원한 고향이 재난지역으로 선포되고, 그에 따른 확고한 대책으로 하천정비 및 확장공사가 시작됐다. 공사비는 국비 80프로 도비 20프로 합계 약 380억 원이 든다고 한다. 대략적인 공사개요를 설명하면 하천을 기존보다 약 20미터 넓히고, 제방 둑을 현재보다 1미터 높이면서, 제방 도로도 기존 4미터를 6미터로, 기존 3미터를 5미터로 넓히고, 현재 하천에 설치된 교량 3개 중 1개는 영구 폐쇄하고, 서남대학교 연결 기존 5미터 교량은 11미터로, 다라미와 월구리를 연결하는 기존 3미터 교량을 5미터로 확장하는 사업이다.

하천은 굵은 돌을 모아 한쪽에 쌓아놓고 하천 중앙을

깊게 파서 물이 흐르고 있다. 금년 말 준공을 목표로 실행하고 있지만 공사 관계자의 말에 따르면 지연될 수 있다고 한다. 그 옛날 우리는 지금 공사하는 하천을 앞 냇가라 불렀다. 농사짓는 물을 이용하기 위해서 중간중간 돌을 쌓아 보를 만들고, 여름에는 그 봇물(특히 새보) 속에서 물장구치고 놀던 곳, 하천 옆에는 하얀 자갈과 모래로 뒤덮이고, 깨끗한 하천물은 목마르면 마음대로 마셔도 탈이 없는 1급수였다. 장마가 지나고 나면 신작로 가로수 미루나무 가지를 꺾어서 발을 만들고, 하천 돌을 V 자 모양으로 쌓아서 고기를 잡고, 초크그물을 가진 사람은 그물을 치고, 그 물속에 갇힌 꽁치만 한 은어가 펄쩍펄쩍 뛰던 곳, 농사가 끝날 때쯤이면 보를 터서 물을 빼면 붕어, 메기, 뱀장어, 피라미, 중태기(버들치), 구구락지, 미꾸락지, 새뱅이 및 참게가 갈지자걸음을 하던 곳, 날이 추워지면 해머나 도끼를 둘러메고 냇물 속에 있는 돌멩이를 내리치면 물고기가 하얀 배를 드러내며 둥실둥실 떠오르던 곳, 솥단지 둘러메고 고추장만 있으면 푸성귀는 아무 밭이나 들어가서 조금 뜯어다가 철렵을 즐기던 내 고향 하천이 새롭게 변모해 가고 있다.

그 많던 물고기는 어디로 사라졌는지? 앞으로 그런 날이 다시 올 수 있을는지? 덜커덩거리며 바쁘게 움직이는 포클레인 소리를 들으며 그 옛날 추억에 잠겨본다~~^^.

별똥별

오늘도 여느 때와 같이 저녁 식사를 하고 밖으로 나왔다. 하늘을 바라보니 서편 쪽으로 반달님이 그런대로 환하게 빛나고 달님 밑으론 별 3개가 삼각형을 만들어 놓았다. 오른쪽 꼭짓점 밑엔 별 하나가 가물가물하게 붙어 있다. 좌우를 살펴보니 여기저기 별들이 숨어 있다. 저 어딘가엔 내 별도 사랑하는 사람의 별도 숨어서 나를 바라보고 있겠지. 문득 아침뉴스에 오늘 저녁은 별똥별이 지구를 향하여 쏟아지는 우주의 대잔치가 벌어진다는 뉴스가 떠올라 어린 시절 이맘때쯤 자주 보아왔던 밤하늘의 별들 생각이 스친다. 칠석을 전후해서 앞마당에 밀짚방석을 깔아놓고 옆에는 쑥대나 곤쟁이 대를 베어다가 모깃불을 피워놓고, 밭에서 수확한 감자, 돌담에서 따 온 애호박에 대파 고추를 넣고서 수제비를 떠서 맛있게 저녁 식사를 마친 후에 할아버지를 졸라 무릎을 베고서 옛날이야기를 해달라고 조르면, 구성진 목소리로 들려주시던 이야기에 밀려오는 졸음도 참으면서 하늘을 바라보면 수많은 별들과 은하수는 강물처럼 흘러가고 가끔씩 그 사이로 별똥별이 수직으로 쏜살같이 떨어졌다.

할머니는 별똥별이 떨어질 때 부자를 아홉 번만 외치면 큰 부자가 된다고도 하셨다. 아무리 빠르게 외쳐봐도 서너 번을 넘기지 못하고 별똥별은 알 수 없는 곳으로 사라졌다. 어디로 떨어졌을까? 별똥별은 어떻게 생겼을까 하는 궁금증은 높아만 가다가 잠들곤 했던 기억이 새롭다. 몇 년 전에 외국여행 일정에 사막투어를 하고 온 막내가 하늘에 그렇게 별이 많은 줄 몰랐다고 하던 생각이 난다. 아빠는 어린 시절에 그 많은 별과 은하수를 보면서 자랐단다. 옛날을 회상하며 다시 하늘을 바라봐도 그 모습은 찾을 수가 없다. 문명의 이기 속에 발생한 공해 때문이리라. 엊그제 입추가 지났건만 여전히 훈훈한 바람이 귓가를 스치고, 어디선가 귀뚜라미 소리가 들려온다. 이제는 서서히 가을이 오나 보다. 또다시 하늘을 바라보니 반달님과 삼각형으로 빛나는 별 사이로 비행기가 2개의 불빛을 반짝거리며 지나간다. 별똥별이 내린다던 예정시간이 지나가면서 유난히 초저녁잠이 많은 나는 졸립고 조금씩 초조해지기 시작한다. 옆에서 밤하늘을 바라보던 일행이 스마트폰으로 인터넷 방송을 보면서 대전에는 지금 별똥별이 내리고 있다는 뉴스를 접했다고 하면서 자리를 뜬다. 그것도 관측소에서. 아 도심의 하늘이라 보이질 않는구나, 아쉬운 마음과 함께 어린 시절 하얀 꼬리를 달고서 떨어지던 별똥별이 뇌리에 스쳐 가고, 꼭 보고 싶어 부풀

었던 가슴을 다음 기회로 미루어 달래며 아쉬운 발길을
돌린다.

독한 년? 보통 년? 게으른 년?

상쾌한 아침이다. 어제 내린 봄비로 공기가 맑아지고 아파트 정원의 수목들도 한결 생기가 돋는듯하다. 가을 아침 새벽처럼 가벼운 마음으로 동네 공원, 인근 학교 운동장을 천천히 걸어본다. 어릴 적 모교의 운동장은 왜 이리 넓어 보였는지, 학생들은 왜 그렇게 많았는지, 지금 바라보는 운동장은 좁기만 하다. 어쩌다 학생들이 모여 있는 모습을 봐도 예전의 반의반도 안 되는듯싶다.

옛날을 생각하면서 초등학교 일 학년 키만큼 쪼그리고 앉아 바라보니 운동장은 훨씬 커 보인다. 키가 작으니 마음도 작아져서 운동장이 더 커 보이는 건가? 키가 큰 만큼 마음도 넓어져서 세상이 좁아 보이는가? 내 마음 가는 대로 세상을 아름답게 만들 수 있을까? 이런 상념에 잠겨 아침 산책을 끝내고 고향으로 달려간다. 여러 명의 공공 근로 아주머니들이 도로 옆 화단에 이름 모를 활짝 핀 꽃들을 모양을 갖춰서 열심히 심고 있다.

노란 꽃, 분홍 꽃, 제비꽃, 형형색색의 꽃들이 둥그런 형태를 띠며 아주머니들의 입담과 함께 가지런하게 심어져 간다. 재잘거리며 꽃을 심는 아주머니들을 바라보니,

불현듯 예전에 들었던 이야기 하나가 생각난다. 이십여 년 전에 전국에서 모인 동인들과 교육에 참여한 적이 있다. 나와 함께 룸메이트였던 동료 중에 전북 김제가 고향인 사람이 있었다. 기계화 이전에 전국에서 제일 넓은 김제평야에서는 어떻게 농사를 지었느냐고 물어보았다. 룸메이트는 "말도 마쇼, 지금 생각하면 한마디로 전쟁이었죠" 하면서 이야기를 이어간다. 날이 풀려 얼었던 땅이 녹으면 논갈이가 시작된다. 여기저기 소 모는 농군들의 목소리가 두어 달 동안 이어지는데, 한편에서는 못자리를 시작하고, 모내기는 40여 일간 지속된다. 모를 끝낸 논에서는 40~50일 동안 비료 주고 소독하고 호미로 김을 매기 시작해서 칠월칠석 무렵에야 끝이 난다. 볏대가 맬롱하게 불러가는 수잉기부터는 농한기로 더위와 노동에 지친 체력을 회복한다. 팔월 한가위 명절이 끝나고 나면 벼를 베기 시작하여 40여 일 동안 벼를 벤다. 발동기 소리와 함께 탈곡을 시작하면 한 달 동안이나 이어지는데, 하얀 눈을 털어내며 탈곡했던 적도 많다고 한다.

그중에서도 가장 바쁜 시기가 모내기 철이다. 부부가 같이 살면 아기를 낳게 되고, 그때 그 시절 오륙 남매는 기본이요 많게는 십여 남매도 낳던 시절이었다. 그때 애를 낳은 아기엄마가 애를 낳고 3일 만에 모를 심으러 논에 나오면 '독한 여자', 10일 안에 나오면 '보통 여자', 삼

110

칠일이 지나서 나오면 '게으른 여자'란 말이 생겨났다고 한다. 지금 생각해 보면 말도 안 되는 얘기 아닌가? 농사일이란 때가 있는 법이라 일손이 절실해서 그랬을 것이다. 어린아이들도 걸음마만 떼면 논에 나와 남자아이 여자아이 할 것 없이 일손을 도와야 했다.

내가 물어봤다 "아기는 어떻게 하고?" 남편이 지게에 바수거리를 얹어 깨끗하게 추린 볏짚 토매를 두어 단, 그 위에 포대기에 싼 아기도 함께 지고 논에 나온단다. 그리고는 논뚝에다 볏짚을 깔고 포대기에 싼 아기를 뉘고 바수거리로 덮고, 그 위에 벼 보자기를 씌운 후에 아기엄마는 논에서 모를 심는다고 했다. 아무리 오월 중순 유월 초라고 하지만 출산한 몸이 얼마나 시리고 차가웠을까? 어쩔 수 없는 선택에 마음이 아픈 이웃사촌들이 울지도 않는 아기 운다고 젖 주라고 엉덩이 쿡 찔러 내보내고, 못줄 잡은 농부가 구성진 목소리로 못줄을 넘기다가도 "애기 운다, 젖 줘라" 해서 쉬게 하면서 서로가 안타까움에 훈훈한(?) '농심'을 베풀었다고 했다. 우리 어머니 우리 할머니가 그랬노라며 "나도 논두렁에서 어린 시절 보낸 사람이요" 하면서 눈시울을 붉히던 모습이 눈에 아른거린다.

그때 그 시절을 보낸 우리들의 어머니 할머니들은 골병이 들어 모두가 저세상으로 떠났지만, 농촌의 훈훈한 정만은 계속 이어지기를 바라면서~~^^.

앵두꽃을 바라보며

"앵두나무 우물가에 동네처녀 바람났네,

물동이 호밋자루 나도 몰래 내던지고,

말만 들은 서울로 누굴 찾아서,

이쁜이도 금순이도 단봇짐을 쌌다네"

이 노래는 우리가 태어날 무렵 김정애가 부른 〈앵두나무 처녀〉다. 우리 세대 친구들은 어릴 적부터 들어보면서 컸으리라. 오늘 우연히 활짝 핀 앵두꽃을 바라보자니 나는 어느새 60년대 추억의 길로 줄달음친다.

우리가 국민학교에 입학한 때가 1961년도다. 가슴에 하얀 손수건을 달고 송남국민학교 운동장에 부모님의 손을 잡고 모였다. 생면부지 첫 친구들과의 만남은 어색하기 그지없었다. 선생님은 '신'과 같은 존재요, 모교를 처음 나들이 온 시골과 산골에 사는 친구들도 많았다. 나는 코앞이 학교지만, 다른 친구들은 1~2킬로는 보통이고, 먼 곳은 산을 넘고 물을 건너 10리(4킬로)도 넘는 곳에서 책가방이 아닌 책보를 어깨에 묶어서 걸치거나 허리에 두르고 등교하고 하교를 했다. 비가 많이 오는 장마철에는 냇물을 건널 수가 없고, 눈이 많이 와도 결석을 하는 친구들이 많았다.

　모교가 있는 소재지에는 2일과 7일, 즉 5일마다 한 번씩 장이 열렸다. 장날에는 각 동네에서 몰려들어 옷도 사고 양말도 사고 그릇도 구입하고, 할머니 할아버지는 손주 줄 엿이나 과자를 살 수 있었다. 호미, 괭이 등 농기계를 수리하거나 구입할 수 있는 대장간이 있었고, 저녁 무렵에는 장작나무를 팔고 사는 나무 장이 열려 지게에 장작을 지고 또는 머리에 이고 온 사람들의 흥정으로 장날의 하루는 마무리되었다. 어쩌다 장터에서 연극을 하거나 가설극장이 열리면 인산인해를 이루던 장터는 오늘날의 종합마트요 예술의 전당이었다.

　명절 즈음 친구 아버지가 운영하던 푸줏간(정육점)의 풍경을 기억하는가? 당시에 고기와 내장을 포함해서 눈금과 추가 달린 대저울에 올려 고기 무게를 달았다. 누런 종이나 신문지에 고기를 포장하고 볏짚으로 질끈 묶어서 들고 다니던 시절, 재미있는 일화가 생각난다. 동네 선배가 죽은 쥐를 누런 종이에 볏짚으로 묶어 고기인 것처럼 예쁘게 포장해서 모교 뒤 다리 난간 위에 올려놓고는, 그걸 누가 가져가나 숨어서 엿보고 있었다. 어떤 사람이 지나가다 봉지를 발견하고 주위를 둘러보다가 사람이 없자 그 봉지를 들고 가는 모습을 보면서 우리들은 배꼽을 잡고 웃었다. 고기인 줄 알고 가져온 봉지를 풀어보니 거기에서 죽은 쥐가 나왔다면 얼마나 황당해했을까, 그 풍경은 모두의 상상에 맡긴다.

우리 동네 담배 가게에서는 일주일에 한 번씩 봉초담배가 나왔다. 그날이 오면 오늘날 코로나로 마스크를 사기 위해 줄을 섰던 것처럼 봉초담배를 사기 위해 줄을 서야 했다. 유가사탕은 1원에 10개를 주던 시절, 어쩌다 받은 용돈으로 산 유가사탕은 젖과 꿀이 넘치도록 맛이 있었다. 전기가 없던 시절 등잔불을 켜기 위해 석유를 사 와야 했다. 석유를 파는 집에서는 미군이 쓰던 스피어깡에 둥그런 철사 달린 국자로 깔때기를 댄 대병에 석유를 담아 주던 풍경을 기억하는가? 등잔불이 호롱불로, 호롱불이 촛불로 전깃불로 바뀌는 과정을 친구들은 모두 보았으리라. 주거환경 또한 초가지붕이 90프로요, 기와집은 한동네에 손꼽을 만큼 귀했다. 엄동설한도 문풍지 바람 소리를 들으며 견뎌야 했고, 삼복더위 또한 우물가에서 등목을 하는 것으로 만족해야 했다.

세상에서 가장 넘기 힘들다는 보릿고개를 넘는 사람들도 많았다. 세상과 소통할 수 있는 채널로 동네마다 삐삐선(유선)으로 연결된 스피커를 통해서 뉴스를 들었다. 스피커에서 노래가 나오면 여러 청년들이 모여 잡기장(공책)을 뜯어 연필로 가사를 적어 노래를 배웠다. 아낙들은 우물가에 물동이를 이고 혹은 물지게를 지고 물을 길어다 밥을 짓고 국을 끓였다. 우물가 빨래터는 동네 소식을 주고받으며 온갖 수다를 떨 수 있는 오늘날 라디오와 텔레비전의 뉴스광장이었다. 아낙들은 우물가에 모여 빨래를 하고, 남정들은 산에 올라 자연 연료인 통나무 칠월나무 갈퀴나무를 지게에 지고 무거운 팔걸음을 옮기던 그때, 그 시절은 아득한 날의 먼 추억이 된 지 오래다.

하얗게 핀 앵두꽃을 바라보니 노랫말처럼 바람나서 고향을 떠난 사람들도 있겠지만, 힘들고도 어려웠던 시절 어쩔 수 없이 고향을 떠나 식모살이 공순이로 고향을 등진 사람들의 얼굴이 떠올라 가슴이 먹먹하다. 환하게 피어오르는 앵두꽃이 나를 유혹하지만, 가슴 한편으로는 아련하고도 슬픈 꽃(?)이다~~^^.

봄비

애타게 기다리던 반가운 봄비가 내린다. 내 고향 설화산, 광덕산, 우리 모교 운동장, 내가 살던 고향 집 지붕 위에도 공평하게 주룩주룩 비가 내린다.

뉴스에서는 사람이 열흘 동안 진화하지 못했던 대한민국 역사 이래 최악으로 기록된 울진 삼척의 산불을 하늘이 꺼주셨다고 고마움을 표한다. 산불에 외양간이 타버릴까 봐 풀어줬던 소가 산불을 피하고 다시 자기가 살던 농장으로 돌아왔다. 자신이 키우던 소를 맞이하여 주인이 감격하는 장면은 한편의 감동 스토리다. 60년대부터 공을 들였던 산림녹화사업이었다. 유튜브 관계자는 단 며칠 만에 제주도 면적(?)만큼의 산림이 불에 타버렸음을 안타까워하며, 200년 이상 키워온 우리 민족의 자존심 '금강송'을 지키기 위해 사투를 벌인 산불진화 관계자에게도 심심한 사의를 표한다.

우산을 쓰고 동네 한 바퀴를 돌아보니 연산홍 잎은 파란 잎을 틔울 준비를 하고, 산수유는 노오란 꽃망울이 짙어지고, 목련도 하룻밤 사이에 꽃망울을 키웠다. 담장 벽 한편에는 하얀 매화꽃이 하나둘 꽃잎을 벌리고 있다. 숨

죽여 기다리고 기다리던 봄비에 너나 할 것 없이 기지개를 켠다.

마음이 급해 저수지로 달렸다. 호수를 가득 채운 푸른 물은 "올해 농사는 끄떡없어"라고 말해주고, 내 고향 뒷 냇가에 졸졸 흐르던 시냇물을 바라보니 흙탕물이 아닌 맑은 물이 불어나 경쾌한 소리를 내면서 기분 좋게 흐른다. 모진 한파를 견디고 뾰족하게 돋아난 마늘도 파랗게 웃고, 쪽파도 시금치도 푸르름을 더해간다. 하룻저녁에 내린 봄비가 만물을 소생시키고 있다. 이보다 더 강력한 영양제가 있을까?

삽을 들고 땅을 파보니 촉촉하다. 해갈이다. 옛말에 "자식 목구멍에 밥 넘어가는 것 보는 것과 마른논에 물 들어가는 것이 제일 행복하다"는 말이 실감이 난다. 이것이 '농심'이다. 이제 훈풍과 함께 봄비가 두어 번 더 오시면 죽은 고목나무처럼 숨어있던 가지에 꽃 피고, 새가 울고, 열매를 맺으리라. 갑자기 가수 이은하가 부른 〈봄비〉 가사 속에 "봄비가 되어 돌아온 사람 비가 되어 가슴 적시네"라는 가사가 생각난다. 누구에게나 공평한 봄비가 전 세계를 강타하고 있는 코로나로 상처받은 가슴을 싸아악 씻어주기를 바라본다~~^^.

복사꽃 필 무렵 아련한 추억이

불그스름하고 화사한 복사꽃(복숭아꽃)이 흐드러지게 피었다. 잘 가꾸어 놓은 과수원 그리고 앞산에도 복숭아나무 꽃이 제철을 만나 아름다움을 마음껏 뽐내고 있다. 활짝 핀 복사꽃을 바라보면 마음이 훈훈하고 따듯해진다. 예로부터 복숭아나무는 행복과 부귀를 상징하는 나무이기도 하다. 《삼국지》에 나오는 유비 관우 장비의 도원결의가 생각난다. 장비네 집 복숭아 꽃나무 아래 각자 성이 다르고 사는 곳이 다른 세 사람이 모여 의형제를 맺은 행사다. 태어난 시기는 다르지만 죽는 날은 함께 죽자고 굳은 결의와 의리를 다짐한 행사로, 현재까지도 많은 사람들의 입에 회자되고 있다.

활짝 핀 처녀 볼처럼 화사한 복사꽃을 바라보니 멀고 먼 아득한 추억이 떠오른다. 내가 초딩 3학년 때의 일이니까 1963년으로 기억된다. 내가 살던 집에는 커다란 복숭아나무가 한 그루 있었다. 어릴 적이라 그런지 한 아름도 넘는 커다란 복숭아나무에는 복사꽃이 활짝 피고 열매를 맺으면 불그스름한 복숭아가 주렁주렁 달리고, 잘 익은 복숭아를 따면 큰 광우리(광주리) 가득 2개를 따고도 남았다. 복숭아 맛 또한 기가 막히게 좋았다. 한 광우리는 이웃과 나누어 먹고, 한 광우리는 엄마가 머리에 이고 온양 장날 팔아서 고기나 생선을 사거나, 우리들이 먹을 과자도 사 오셨다. 나는 할머니에게 이렇게 맛있는 복숭아를 두고두고 먹지 왜 파느냐고 여쭈어 보면, "복숭아는 따서 바로 먹어야지 오래 두면 물러서 못 먹는다"고 나를 달랬다.

또 옛날에는 무속신앙 중에 동티(가만히 놔두면 괜찮을 일을 쓸데없이 건드려서 생기는 화(禍)를 말하며, 나무를 베거나 돌을 파내거나, 물건을 사거나 움직이는 일 등이 화의 원인으로 지목되었다)가 나면 동티를 잡는 사람이 동네마다 한두 명 있었다. 그럴 때에는 동쪽으로 뻗은 복숭아나무 가지가 꼭 필요했다. 그때마다 사람들은 우리 집으로 와서 복숭아나무 가지를 잘라 갔다. 때로는 소문을 듣고 타 동네에서도 복숭아나무 가지를 구하러 왔다. 참고로 복숭아는 제사상에 올라가지 못한다. 이유는 귀신 쫓는 나무에 달린 열매이기 때문이다.

매년 복숭아 익기만을 고대하던 어느 날, 나보다 세 살 많은 사촌 형이 우리 집에 놀러 왔다. 그날따라 사촌 형은 나에게 초란만 한 복숭아를 따 먹자고 제안했다. 나도 평소에 풋복숭아 맛이 몹시 궁금했었다. 그리하여 사촌 형과 둘이서 복숭아나무에 올라가서 복숭아를 따다가 할아버지한테 들키고 말았다. 할아버지는 꼼짝 말라고 하시면서, 톱을 가져와 복숭아나무를 베기 시작했다. 반쯤 벤 후에 나와 형을 나무에서 내려주셨다. 복숭아가 잘 익으면 너희들이 다 먹을 건데 풋과일 먹다가 배탈 나면 죽는다는 것이 할아버지 지론이셨다. 서럽게 우는 나를 할머니가 달래주셨다.

할아버지와는 또 다른 일화가 생각난다. 그 옛날 아득한 시절 겨울철, 시골에서는 놀이가 많지 않았으며, 썰매타기 제기차기 팽이치기 자치기 등이 전부였다. 어느 날 썰매를 타기 위해 포강(송남중학교 뒤편에 있는 조그만 호수)에 가서 썰매를 재미있게 타고 돌아오다가 할아버지한테 들켰다. 할아버지는 "너 포강에 썰매 타러 갔었지?" 하고 물으셨다. 나는 "네"라고 대답했고, 할아버지는 "거기서 썰매 타다 빠지면 죽는데 왜 포강을 갔느냐"는 호령과 함께 썰매는 두 동강 났다.

한번은 친구들과 스케이트를 타다가 얼음이 깨져 친구들이 산내끼(새끼)를 꼬아서 물에 빠진 친구를 살려낸 적도 실제로 있었다. 그 친구가 이 글을 읽으면 추억이 새로워지리라. 또 이런 일도 생각난다. 초딩 5학년 전기의 직렬 병렬 방식을 배우고 집에 와서 재봉틀 의자를 놓고 올라가 전기를 만지다가 감전돼서 떨어진 적이 있다. 그때도 할아버지께서는 "전기에 감전되면 이다음에 결혼해서 자식을 낳을 수 없다"고 크게 걱정을 하셨다. 그리하여 나는 할아버지가 무섭고 밉기도 했었다. 내가 성인이 돼서 할머니에게 할아버지가 왜 나에게 혹독하게 했느냐고 여쭤보았다. 할머니는 나에게 형 이야기를 들려주셨다. "너에게는 너보다 여덟 살 많은 형이 있었단다. 할아버지에게는 첫 손자요 종손이요, 장남인 형을 무척 아끼고 귀여워해 주셨지" 민족의 비극인 6·25동란 당시 피난 다녀오다가 감기로 인해 약 한 첩 못 쓰고 각흘고개에서 우리 가족은 형을 떠나보내야만 했다. 그래서 내가 우리 집의 종손이 되고 장남이 됐다.

두 번 다시 손주를 잃지 않기 위해 할아버지는 나를 혹독하게 대하셨던 것이다. 겉으로는 엄하셨지만 속으로는 언제나 깊은 사랑으로 채워져 있었다. 활짝 피어나는 복사꽃 속으로 할아버지의 사랑은 봄마다 따뜻하게 다가오고 있었다.

표고버섯에서 염소까지

요즈음 물 맑고 공기 좋고 산수가 수려한 곳에서 전원 주택을 지어놓고 노후를 보내고 싶어 하는 사람들이 넘쳐 난다. 아니 그런 꿈을 가지고 사는 젊은이들도 많은 것이 현실이다. 나의 고향 아산 송악은 산 좋고 물 맑기로 이름난 곳이다. 벌써 마을마다 고을마다 전원주택과 펜션이 많이 들어섰지만, 아직도 값싸고 좋은 것을 찾는 구매자들이 많다. 세상에 값싸고 좋은 물건이 어디 있으랴?

평생을 열심히 전답 경작은 물론이요, 표고버섯, 사슴, 산양, 산삼 등 지금은 염소를 사육하고 있는 초딩 때 만난 나의 죽마고우가 있다. 그 친구도 계속되는 농사일과 동네 이장 일 등 과로로 인하여 몸이 불편하다. 어제 그 친구 집에 가보니 삼십 년 이상 표고버섯을 키우던 버섯하우스를 부수고 있었다. 표고버섯 재배는 원래 힘이 드는 일이다. 버섯목 하기 좋은 참나무를 구매해 벌목허가를 내고 벌목을 한 다음, 버섯 재배할 곳으로 운반하고 참나무에 드릴로 수십 수백 개씩 구멍을 뚫고 버섯 종균을 넣어서 배양을 한 다음에 버섯하우스로 옮겨서 세워놓고 적정 시기에 물을 주고 버섯을 키워서 따고 말리고, 특히 소나무 무게의 2배나 되는 참나무를 다루는 일은 보통 힘이 드는 일이 아니다. 그래서 잔손은 많이 가지만 힘이 좀 덜 드는 염소사육으로 바꾸고, 버섯하우스는 아깝고 온갖 사연과 정이 들었지만 부수어 전원주택 부지를 조성하노라고 말하는 친구의 주름진 얼굴에 수심과 고뇌가 가득하다. 남들보다 일찍 결혼해서 아들 형제 딸 자매 사 남매를 대학까지 교육시키고, 삼 남매는 출가시켜 손주를 넷이나 둔 할아버지가 됐다. 그만큼 열심히 살았으면 이젠 노후가 보장돼서 앞으로는 좀 안락한 생활을 해야 될 나이도 나이거니와 경제가 뒷받침이 되어야 하건만, 농촌의 현실은 실로 그렇지 못하다. 전원주택 부지를 만들어 팔아서 애들 가르치고 출가시키느라 그동안 진 빚도 청산하고 결혼 안 한 아들놈 집이라도 한 칸 마련해 주고픈 아버지의 애틋한 심정이리라. 잘 살아보자고 공들여 만들어 놓은 버섯 하우스를 이제는 나이 들고 힘들어 더 이상 표고버섯 농사를 할 수 없어 부수는 친구의 심정이야 오죽하랴마는, 그래도 그 길이 살길이라면 부지조성을 잘해서 좋은 값을 받아 앞으로의 삶이 윤택하고 편안해지기를 마음속으로 간절히 바라면서, 돌아서는 발길이 왠지 허무하다.

봄은 바람과 함께 오고 있다

엊그제까지만 해도 눈보라 휘날리는 산속에서 표고목을 벌목하기 위해서 요란하게 울리던 기계톱 소리가 멈췄다. 나무에 물이 올라 더 이상은 나무를 벨 수가 없기 때문이다. 산골짜기 바위에 붙어 있던 얼음도, 가랑잎을 덮고 있던 잔설도 서서히 녹아 한 방울 두 방울 산 도랑에 물을 보탠다. 어느덧 훈풍과 함께 봄이 오고 있음을 알리는 신호다. 아무리 매섭고 추운 겨울도 봄에는 이길 수 없고, 반대로 아무리 무더운 여름도 가을 겨울에는 버틸 수가 없다. 시곗바늘처럼 째깍거리며 정확하게 돌아가는 자연의 섭리 속에 숙연해지는 마음으로 고향의 들녘을 달린다.

도로 곳곳마다 대통령 선거 플래카드가 나부끼고, 저 멀리 밭 등성이엔 아낙이 호미와 비닐봉지를 들고 냉이를 찾고 있다. 봄나물의 대명사 냉이. 향이며 맛이며 봄날 입맛 돋우는 음식으로는 냉이보다 더한 나물이 있을까? 갑자기 냉이를 넣어 끓인 된장찌개 생각이 나서 밭 주위를 둘러보지만 내 눈에는 봄과 바람이 보인다.

봄은 바람과 함께 오고 있다.

옹달샘 1(이마당)

"깊은 산속 옹달샘 누가 와서 먹나요?
새벽에 토끼가 눈 비비고 일어나
세수하러 왔다가 물만 먹고 가지요"

'옹달샘' 하면 먼저 〈옹달샘〉이라는 동요가 떠오른다. 생각만 해도 고향이 생각나게 하는 정겨운 말이다. 옹달샘은 자연의 이치에 따라서 자연히 생긴 조그마하고 오목한 샘을 일컫는다. 우리들이 살던 고향에도 옹달샘은 무수히 많을 것이고, 한 번쯤은 옹달샘 물을 마셔본 기억이 있을 것이다. 옛날에 나무를 이용해서 밥도 짓고 난방도 하던 시절 나무꾼에게는 갈증을 해소해 주는 더할 나위 없는 고마운 샘이요, 요즘처럼 건강을 위해 등산을 즐기는 등산객에게도 꿀물처럼 달콤한 샘이다. 또 동요에 나오는 토끼뿐만 아니라 모든 동물들이 수시로 이용하는 생명수다.

나의 고향에서 제일 높은 광덕산에도 대표적인 옹달샘이 두 군데나 있다. 해발 약 500미터에 위치한 이마당과 장군바위다. 아무리 가물어도 물이 한 번도 끊긴 적이 없

는 옹달샘을 지금은 약수터라 칭한다. 나는 지금부터 약 반백 년 전 가을이 오면 머루 다래 으름을 따라 친구들과 함께 광덕산에 오르곤 했다. 간단하게 점심 도시락을 준비하고 포대 자루 하나 둘러메고 광덕산에 올라가면서 머루도 따고 다래도 따고 으름도 따면서 오르다 보면 어느새 이마당에 도착한다.

우리보다 일찍 도착한 뱀 잡는 이웃 동네 애들도 도시락을 까놓고 식사를 하고 있었다. 그 힘들고 어려운 시절에 도시락이라고 해야 까만 보리밥에 장아찌 고추장이 전부였다. 나는 뱀이 무서워서 쳐다보기도 싫은데 왜? 위험한 뱀을 잡느냐고 물어보면 어디 가서 돈 벌 곳도 없고 뱀을 잡아 팔면 돈벌이가 된단다. 뱀에 물려 손가락이 잘린 사람도 또다시 뱀을 잡아야만 했던 서글펐던 시절의 땅꾼에게도 갈증을 풀어줬던 고마운 옹달샘. 나는 엎드려서 호호 불어가면서 벌컥벌컥 물을 마신다. 목마름을 해소해 주는 물맛이 시원함을 넘어 꿀맛이다. 그래서 옛 어른들이 자식 목구멍에 밥 넘어가는 것 보는 것 하고 메마른 논에 물 들어가는 게 제일 행복이라고 했던 말씀이 생각난다. 그 시원함과 달콤함에 나도 행복해진다.

옹달샘 2(장군바위)

    사람이 살다 보면 누구나 힘든 시기가 다가온다. 나도 할아버지 아버지 두 분을 8일 만에 여의고 일찍 돌아가신 아버지가 한이 되어 할머니 어머니를 지극정성 모시며 동생들을 돌보며 살던 힘든 시절이 있었다. 그마저도 할머니 어머니 내가 힘들게 교육시켜 세무 공무원 만든 막냇동생까지 몇 년 내에 다 잃었다. 우리 집은 할아버지 할머니 부모님 그리고 우리 육 남매 합해서 열 명이나 되는 대가족이었다. 누님과 동생들은 출가하여 새로운 가정을 이루고 나 또한 아들 삼 형제를 둔 가장이지만 남부럽지 않게 살았던 열 식구 중에서 절반을 육칠 년 사이에 모두 잃었다. 하늘이 무너졌다. 어디다 마음 둘 곳이 없어 나를 피곤하게 학대하면서 힘들게 해야만 겨우 잠을 잘 수 있었다. 자다 말고 벌떡벌떡 일어나 뜬눈으로 밤을 지새웠던 날이 하루 이틀이 아니다. 곤히 자고 있는 집사람과 아무것도 모르는 세 아이들 하루 살면 하루 빚, 이틀 자면 이틀 빚, 빚은 눈덩이처럼 커져만 가고 있었다. 나는 살아야만 했다. 이 시련을 꼭 이겨야만 했다. 그래서 시작한 것이 헛되게 밤을 새우지 말고 광덕산에 올라 약숫물이라도 떠 와야 되겠다고 마음먹고 배낭에 20리터 물통을 하나 담고 10리터 통을 하나 준비해서 오토바이에 싣고 광덕산 임도에 오토바이를 받쳐놓고, 장군바위 약수터를 오르기 시작했다. 밤 12시 새벽 1시 2시 가리지 않고 여름에는 2~3일에 한 번 가을 겨울에는 3~4일에 한 번씩 삼년 동안 배낭에 20리터 물통을 지고 한 손에는 10리터 물통을 들고 미친놈처럼 오르내렸다. 나도 사람인지라 어찌 그 깜깜한 밤에 산짐승들의 눈빛이 반짝거리고, 여기저기서 괴상한 동물 울음소리 들리고, 뱀도 웅크리고 있었을 텐데 무섭지 않겠는가? 그러나 무서움보다도 내가 살아야 한다, 이겨야 한다는 절박함이 나를 지탱해 줬다. 그렇게 삼 년이 지나자 나도 서서히 건강도 회복하고 안정감을 찾기 시작했다. 한번은 이런 일도 있었다. 여느 때처럼 장군바위 약수터에서 물을 받아가지고 내려오는데 갑자기 앞에서 두런거리는 인기척이 들렸다. 나는 상관없지만 저 사람들이 얼마나 놀랐을까? 새벽 4시 반이나 5시쯤 된 시간으로 기억하는데 주위는 칠흑 같은 밤이었다. 내가 헛기침을 하면서 놀라지 마시라고 안심시키면서 다가가자 길옆에 숨어 있던 두 사람이 나타났다. 알고 보니 남편이 몸이 아파서 요양차 강당골에 왔는데 남들이 장군바위 약수터 물이 좋다고 하여 첫물을 뜨러 온 부부였다. 내가 첫물을 받았으니 어쩌랴. 오른손에 들고 있던 10리터 물통을 내주면서 가져가시라고 권했다. 처음에는 힘들게 떠 온 물인데 어찌 가져갈 수 있느냐고 사양하다가 자주 오는 사람이니 가져가시고 물통은 어느 장소에 놓아달라고 부탁하자, 고맙다고 인사하면서 헤어졌다. 며칠 후에 보니 물통은 그 자리에 있었지만 그들은 다시 볼 수 없었다. 어느 날 온양에서 지인을 만나고 온 집사람이 뜬금없이 ○○이란 약나무를 아느냐고 묻는다. 왜 하고 묻자 그 약나무를 이용해서 약을 만드는데 수년 동안 약나무를 공급해 주던 사람이 나이를 먹다 보니 힘들어서 못 한다고 하는데 그 약나무가 많이 필요하단다. 힘들고 어려웠던 시절이라 내가 해주기로 자처했다. 처음에는 광덕산에서 오토바이로 나무를 실어 나르다가 나중에 차를 이용해서 가져온 나무는 톱으로 20센티로 자르고 도끼나 자귀를 이용해서 윷가락 크기로 쪼갠 다음 햇볕에 말려서 80킬로 포대에 담아서 ○○을 받고 공급해 줬다.

그렇게 시작한 것이 80킬로 자루에 약 500개 이상 공급해 줬다. 약 십 년 동안 나는 새벽과 밤을 이용해서 약나무 장사를 했다. 어렵고 힘들었던 시절 나에게 조금은 보탬이 됐다. 지금도 광덕산을 바라보면 골짝골짝마다 그 무거운 나무를 어깨에 메고서 새벽을 헤매다 넘어지면 다시 일어서고 몸을 수없이 다쳐도 또다시 일어서며 남들이 알세라 끙끙대던 삶의 무게에 눈물이 앞을 가린다. 장군바위 옹달샘(약수터)이 나의 생명을 구해준 셈이다. 그로부터 시간이 흘러 옛날을 회상하면서 지금의 나는 하루에 백만 원 아니 천만 원을 준다 해도 장군바위 옹달샘과 약나무는 할 수가 없어, 가끔씩 집사람에게 말하는 나약한 인간이 됐다.

하지만 나의 생명을 살려준 옹달샘처럼 앞으로 나이가 먹을수록 내가 옹달샘이 돼보자. 그때 그 시절을 생각하며 저 멀리 아득히 보이는 광덕산을 바라본다.

외암민속마을 짚풀문화제에서

제16회 짚풀문화제가 10월 16일부터 18일까지 외암민속마을에서 열린다.

지역 축제로 시작한 지가 엊그제 같은데 이제는 16돌이나 된 어엿한 전국 축제로 성장했다. 외암마을은 설화산을 배산으로 하고, 앞으로는 광덕산에서 흐르는 하천과 설화산에서 흘러오는 실개천이 반석다리에서 만나고, 서남향 방향으로 들어선 주택은 역사가 말해주듯 고목나무와 이끼 낀 돌담으로 둘러쳐진 고래 등 같은 기와집과 잘 가꾸어진 정원,

비 오는 날이면 진지랑물(지지랑물의 방언)이 뚝뚝 떨어지는 두툼하고도 정겹게 느껴지는 초가지붕이 군데군데 펼쳐지고, 집 앞과 뒤로 이어지는 다랭이 문전옥답이 정감을 더하고 있다. 굳이 풍수를 공부하지 않은 사람이라도 명당처럼 느끼게 하는 그림같이 아름답고 자랑할 만한 곳이다. 어릴 적 친척 집 심부름과 초등학교 겨울방학 한 달 동안 한학을 배우기 위해 자주 다니던 골목길은 높게 쌓인 돌담에 커다란 고목들이 담장 너머로 늘어져서 대낮에도 어둠침침하여 을씨년스럽고 무섭기만 했다.

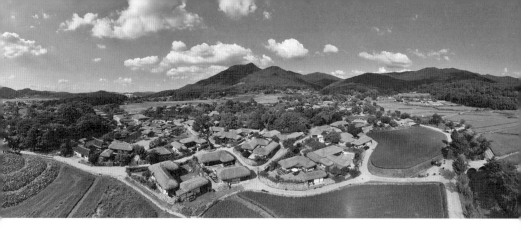

옛날을 생각하며 축제장을 갔다. 저잣거리 국밥집에서 점심을 먹고, 공연장에서 사물놀이 공연과 판소리 창도 들어보고, 기념품 가게도 기웃거려 보고, 전통혼례 체험장 등 옛날 우리 조상들의 실상을 느끼면서 이런 생각을 해본다. 축제는 안전하게 진행되어야 하고 볼거리도 볼거리지만 먹거리가 좋아야 한다. 금강산도 식후경이라고 바가지가 아닌 제값에 잘 먹었다는 소리를 들어야 한다. 인근 흥타령축제에서는 그 지역 맛집만 참석할 수 있도록 했다는 이야기를 듣고서 박수를 보낸다.

축제는 축제여야 한다. 다 같이 배우나 가수가 아니라도 마음속에 같은 느낌을 가질 수 있고 우리의 희망인 어린이가 꿈을 키울 수 있는 배움의 장이었으면 하는 바람이 뇌리를 스치며 축제가 끝난 후에도 고향을 떠나 삶의 현장에서 지치고 힘들 때 다시 찾고 싶은 친절하고 포근한 모든 이의 쉼터로 영원히 발전되기를 기원해 본다.

만남

나는 잠에서 깨면 바로 밖으로 나오는 오랜 습관이 있다.

날이 밝든 어둡든 시간에 구애 없이 집을 나와 저수지 대학교 나의 전담 아파트 헬스장 가리지 않고 발길 내키는 대로 향한다. 오늘 아침에는 논으로 갔다. 군데군데 추수를 끝낸 볏짚이 나란히 누워 있고, 조생종을 심어 추석 전에 수확을 마친 논에는 일명 공룡알이라 불리는 볏짚 뭉치가 하얗게 드문드문 위용을 자랑하고 있다. 잘 여문 나락을 한 움큼 잡고서 손바닥에 꺼칠하면서도 탱글탱글한 알곡의 행복을 느끼는 순간 볏짚 뒤에 붙어 있던 메뚜기가 깜짝 놀라 추위에 움츠린 몸으로 살금살금 몸을 움직여 숨어버린다. 볏짚을 헤치고 잡았다.

오늘의 첫 만남은 메뚜기다. 어린 밤송이처럼 다리 부분이 까실까실하고, 눈은 투명한 유리에 파리가 쉬를 한 것과 같은 매섭고 기분 나쁜 눈이다.

문득 학창시절 하굣길에 친구들과 메뚜기를 잡은 후 강아지풀 줄기에 귀를 꿰어 모아서 솔방울로 모닥불을 피운 후 네모난 도시락에 참기름을 두르고 볶아 먹던 추억들이 주마등처럼 지나간다. 그 고소했던 향기가 코끝을 흐른다. 나에게는 특별한 만남이 있다. 약 이십오륙 년 전으로 기억한다. 채권회수 업무를 담당했던 나는 어렵게 채무자의 주소지를 찾아 그를 만났다. 찾아온 이유를 말하자 호탕하게 웃으면서 부인에게 고향에서 손님이 오셨다면서 술상을 보게 한 다음 술부터 권한다. 그분의 스토리는 대략 이렇다. 영농자금 대출을 받아 하천 변에 땅콩 농사를 크게 지었는데, 그해 큰 홍수가 와서 쫄딱 망하고, 야반도주하여 안산에 정착해 보니, 마침 개발 초이던 안산은 노는 땅이 수백만 평, 배운 짓이 도둑질이라고 농사가 천직인데 알거지 신세인지라 궁리 끝에 트랙터는 사장과 오랜 투지로 담판을 지어 외상으로 구입하고, 종자 비료 농약은 담당직원이 목에 칼이 들어와도 아무 담보 없이는 공급할 수 없다는 말에 조합장을 설득, 조합장이 보증서는 조건에 해결하고, 농사지을 일꾼은 농사를 지은 후에 지급하겠다는 순 어거지 우여곡절 끝에 땅콩과 콩 농사를 순 외상으로 지어서 누구도 피해자 없이 농기계 회사는 트랙터 팔아서 좋고, 농협은 비료 농약은 물론 가을에 콩을 1,500가마 수매실적을 올리고, 마을회관에서 놀기만 하던 아낙은 돈 벌어서 좋고, 안산시는 잡초가 무성할 휴경지 관리해 줘서 고마운, 1석 4조에 그렇게 세월이 흘러 이제 살만해졌노라며 허공을 바라보며 너털웃음을 짓던 잠깐의 만남이지만, 내 가슴속에 깊이 각인된 그 모습이 눈에 선하다.

아마 그분이 사업을 했더라면 제2의 정주영 씨가 됐으리라고 믿어 의심치 않는다. 경의를 표하며 기립박수를 보내고 싶다. 누구에게도 소중한 만남이 있다.

부모님과의 만남, 불알친구와의 만남, 어릴 적 우상이던 스승과의 만남, 학창시절 끼리끼리와의 만남, 사랑하는 사람과의 만남, 직장 동료 상사와의 만남, 전철 안에서 스마트폰에 고개 숙인 사람들과의 표정 없는 만남, 마트에서 거리에서 스쳐 가는 만남, 만나지 말았어야 할 사람과의 만남 등, 어차피 인생은 수없이 많은 사람과의 만남의 연속이다.

인생사 회자정리라 하지만 올가을에는 꼭 만나고 싶었던 소중한 사람과의 만남을 가져보는 것은 어떨까?

동산에 오르다

가을은 들판에서 시작하는가 보다. 넓은 들을 황금빛으로 물들인 것도 성에 차지 않아 사철 푸르름을 자랑하는 뒷동산 늠름한 소나무에도 영글은 솔잎이 황토 빛이 되어 가끔씩 미풍에 소리 없이 낙하하고 잘 익은 상수리도 갈잎과 함께 툭 소리를 내며 땅바닥을 구른다. 무심결에 소리 나는 쪽으로 눈을 돌려 자세히 살펴보니 여기저기 삼삼오오 모여서 아직 도착 못 한 가족을 기다리는 양 도란거리고 있지 않은가? 한 움큼 집어서 물수제비뜨듯 멀리 던져본다. 내 손을 떠난 상수리는 각자의 안식처를 찾아 허공에 흩어진다. 사람이 성장하면 부모 품을 떠나듯이 조물주는 매일 밤에 온 세상 만물에게 아주 조금씩 물감을 선물하는가 보다. 노오란 물감 빠알간 물감 주황 물감 갈색 물감, 인간에게는 가을 물감을, 주어진 물감을 들고 주어진 대로 살아가면 될 터인데, 빨강은 노랑을 노랑은 빨강이 그립고 부럽듯이, 인간의 욕망은 정해진 크기가 없어 채울 수가 없다고 하지만 오늘만큼은 가을을 가득 채워보자. 상념에 동의하는 듯 서리 까마귀도 까악까악 대답한다.

고개 들어 하늘을 보니 까마귀 사이로 펼쳐진 하늘은 새것인양 더없이 맑고 푸르다. 바람도 달다. 이것이 상쾌함이랴! 아, 오늘은 드디어 가을이 채워지려나 보다!

이병오 스토리

1. 괴물

　순창 하면 강천산 군립공원이 생각난다. 강천산 서남쪽으로, 10여 리 떨어진 곳에 조그만 호수가 바라보이는 해문산 동서쪽으로 널널하게 펼쳐진 두릅밭엔 뭉퉁뭉퉁 탐스러운 두릅이 하늘을 향해 자랑스럽게 솟구치고 있다. 두릅밭 뒤로는 어디가 끝인지 모를 넓디넓게 심어진 호두나무가 기다란 수꽃과 눈에 보일 듯 말 듯 노란 암꽃을 피워 음양의 조화를 이뤄가고 있다. 쉼터 겸 전망대로 만들어 놓은 정자에서 만삭을 훌쩍 넘긴 두툼한 배통을 자랑하는 친구가 옛날을 회상하며 벅차오르는 가슴을 진정시키며 넉넉한 미소로 살아온 삶을 털어놓는다. 〈기생충〉이란 영화로 전 세계에서 가장 유명한 아카데미상을 수상한 봉준호 감독이 제작한 〈괴물〉이라는 영화 이야기가 아닌 우리 초딩이 살아온 삶의 이야기다. 나는 그를 '괴물'이라고 부르고 싶다.

≡ 17세에 철공장 사장이 되다

　그는 1954년 농촌의 자그마한 마을에서 가난한 소작농의 아들로 태어났다. 농촌의 조그마한 국민학교를 졸업하고 상급학교 진학은 꿈도 꾸지 못한 채 보통사람들이 하는 것처럼 아버지를 도와 농사일을 배우고 지게를 지고 산에 가서 나무를 하는 것이 거개의 농촌사람의 일상이었다. 1967년 가을 농사일이 끝날 무렵 지인의 소개로 서울 영등포구 신남동 소재 철공장에 동네 선배와 함께 취직을 했다. 서울은 육 학년 수학여행 때 다녀오고 처음이었다. 철공장이라고 해야 약 삼십여 평의 함석지붕에 사장 포함 여섯 명이 연탄집게와 삼발이 뚜껑 등을 수작업으로 만드는 대장간 수준이었다. 그 당시 연탄은 난방뿐이 아니고, 서울사람 70~80프로가 연료로 사용했던 시절이라 수요 또한 많았다. 그에 따라 남달리 일 욕심이 많고 우직했던 그는 밤낮없이 배우고 익혀 상경한 지 삼 년 만에 용산 변두리에 조그마한 철공장을 차렸다. 세상을 다 가진 것 같았고 날아갈 듯이 기뻤다. 직원들이 퇴근한 후에도 하나라도 더 만들려고 잠도 자지 않고 일하고 또 일했다.
　낮에는 만든 물건을 자전거에 싣고 서울 시내 철물점을 누볐다. 그때 기록이 자전거에 약 1톤의 철물을 싣고서 서울 시내 곳곳을 다니면 길 가던 사람들이 안 쳐다보는 사람이 없을 정도의 명물이 되었다. 자랑이 아니라 지금까지 살아오면서 자전거에 그렇게 많은 짐을 싣고 다니는 사람은 한 사람도 찾아보지 못했다. 아! 호사다마라 했던가? 둘째 형이 돈 냄새를 맡고서 동생을 찾아와 도와준다고 했다. 일손이 달리던 차 너무 고마워 형에게 수금을 맡기고, 만들고 배달에만 치중하던 차 처음에는 잘하는 것 같아 믿었는데 가면 갈수록 공장은 빠듯하게 돌아가고 어느 날 겨울 수요를 생각해서 여름 내내 만들어 놓은 제품을 5톤 트럭에 까마득하게 싣고서 팔러 나간 둘째 형은 영원히 돌아오지 않는 함흥차사가 되었다.

며칠을 기다려도 돌아오지 않는 형에게 사기당한 것을 확인한 후에 공장을 접고 타 공장으로 취업했다. 배신감에 분을 삭이지 못해 일이 끝나면 술로 살았다. 원래 일을 잘해 여기저기 공장에서 모셔갔지만, 일도 재미없고 삶 자체가 싫어 술로 지내다 문득 정신을 차리니 삼 년이란 세월이 흘러가고 있었다. 여기서도 술내기를 하면 그를 이길 자는 아무도 없었다. 하룻저녁에 됫병 소주(1.8리터) 5병을 먹어치웠으니 누가 그를 이길 수 있으랴. 모든 것을 접고 장항선 차표 한 장 달랑 들고서 고향을 향해 달려가고 있었다.

≡ 내 목장을 만들자

고향 떠난 지 칠 년 만에 알거지가 되어 돌아온 그는 며칠을 고민하다가 소를 키우기로 마음을 먹는다. 원래가 똥구멍이 찢어지게 가난했던 집안이라 부모님에게 매달릴 형편은 못 됐고 그럴 생각조차 없었다. 아산시 신창면 소재 제일 큰 젖소(홀스타인)농장을 찾아가 내가 당신 목장에서 열심히 일해줄 테니 6개월 후엔 나에게 젖소 한 마리를 달라는 친구의 황당한 요구에 일손이 부족했던 농장 주인은 쾌히 승낙하면서도 속으로는 '네놈이 얼마나 버티나 보자' 하고 큰 기대는 하지 않았다. 나중에 안 일이지만 어떤 목부도 1개월을 버티지 못하고 도망갔다는 악명 높은 목장이었다. 그는 아랑곳하지 않고 열심히 배우고 익혀가며 새벽 3시 반부터 시작해서 저녁 9시까지 뚝심 있게 일해서 6개월을 채웠다. 얼마나 열심히 일을 잘했던지 주인장 왈 6개월만 더 일해주면 젖소 두 마리를 더 주마, 서운하면 세 마리도 줄 수 있다고 설득했지만 마다하고, 그 목장에서 제일 혈통이 좋은 암송아지 한 마리와 분유 1포 택시비 3,000원 막걸리 1통 들고, 택시에 송아지를 안고서 개선장군처럼 돌아와 목장주인이 됐다. 친구가 목부로 일했던 그 자리에는 훗날 순천향대학교가 설립됐다. 그동안 배운 기술과 정성이 더해져 송아지가 어미 소가 되고 어미 소는 새끼를 낳고 착유를 해서 번 돈으로 송아지를 또 사고 그렇게 칠 년이 지나자 착유 소가 이십여 마리로 늘어 어엿한 목장주인의 꿈을 이뤘다. 이는 은근과 끈기 뚝심이 더해져 이룬 결과였다. 얼마나 많은 전설과 괴물 같은 행동이 있었을까? 목장을 하면서 결혼도 했고 첫딸도 낳았지만 친구 부인 얘기는 나중에 하기로 하고 몇 가지만 나열해 본다. 첫째 농토가 있어야 옥수수를 심어서 옥수수가 영글면 엔실리지를 만들어 겨울 저장먹이를 준비해야 하는데, 농지가 없으니 남들이 경작하기 힘든 산밭을 임대해서 매일 새벽과 달밤에 퇴비를 지게에 지고 산을 넘어서 옥수수를 경작했다.

둘째 초지가 없어 매일 냇가에서 자라는 풀을 베어 자전거에 산더미처럼 싣고 오르막길을 다녔다. 거짓말 안 보태고 경운기만큼 싣고 다녔다. 또한 한 포대에 25킬로나 나가는 사료를 30포씩 자전거에 싣고 언덕을 오르는 괴력의 사나이, 이 모두가 전설이다.

셋째 목장을 하려면 트랙터가 기본인데 이 또한 짐 자전거와 튼튼한 지게가 대신했고 나중에 구입한 경운기 한 대가 농기계의 전부였다.

친구 부인 또한 경운기 달인이다.

나에게는 친구에게 잊히지 않는 추억이 두 가지가 있다. 하나는 어미 소가 새끼를 낳으면 젖이 나오기 시작한다. 처음에 나온 소의 젖을 초유라 한다. 초유는 지방이 많아 팔 수가 없다. 송아지에게 먹이고 남는 초유를 친구가 초대해 몇 번을 시식해 볼 기회가 있었다. 마트나 시장에서 사 먹는 우유하고는 비교가 안 된다. 고소한 맛이 일품이다. 지금도 생각하면 그 배트름하고 고소함이 입가에 맴도는 것 같다.

또 하나는 술이다. 둘이 만나 술을 맛있게 먹었으면 끝내고 집으로 가야 하는데 집으로 간다고 하고 또다시 돌아와 딱 한 잔씩만 더 하자고 해서 먹고 간다고 하고서 돌아와 또 한 잔 하고, 가다 말고 또 돌아와서 또 한 잔, 다리 건너다 말고 돌아와 딱 한 잔, 밤새는 줄 모르고 가게 주인 깨워서 또 한 잔, 그만하고 다음에 하자 해도 막무가내로 하여튼 진상이다. 결국 그다음 날 친구의 어머니가 찾아오셔서 속도 모르고 친구 술 먹이지 말라고 해서 일단락됐다.

잘나갈 것 같던 목장도 80년대 초 소 파동으로 흔들리기 시작했다. 결국 소를 팔기로 결정한다.

소가 팔려 가던 날을 친구 부인은 이렇게 회상한다. 힘든 목부로 시작해서 가져온 송아지를 애지중지 키우다 보니 멀리 있다가도 주인이 나타나면 달려오고 다른 소가 새끼를 낳을 것 같으면 울음소리로 알려주고 주인을 잘 따라서 애완견보다도 영특했다. 그래서 우리는 그 소를 1

144

호 소라고 불렀다. 날마다 빗질해 주고 쓰다듬어 주니 혈액순환이 잘돼서 우유도 많이 나오고 유지방 등급도 최고였다. 하루 착유량이 60킬로에 육박해서 아산시뿐만 아니라 전국에서도 1등급 소였다. 트럭에 실려 팔려 가던 날 트럭에 안 타려고 뒷걸음치고 커다란 눈망울에서 눈물이 뚝뚝 떨어지며 자꾸만 뒤돌아보는 모습을 차마 볼 수가 없어서 집 안으로 들어가 혼자 울 수밖에 없었다.

서운함과 아픔을 뒤로하고 어느새 친구는 또 다른 꿈을 꾸고 있었다.

≡ 미지의 세상에서 대농을 꿈꾸다

애지중지 키우던 소를 판 돈으로 부인과 어린 딸을 데리고 고향에서 300킬로 이상 떨어진 전남 무안으로 이사를 했다. 동기를 물어보니 서울에서 사업을 하는 처남이 무안의 간척지를 몇십만 평 불허받았다는 소식을 듣고 자갈논 한 평 없이 아버지가 소작농을 하던 시절이 한이 되어 에라 땅이나 많이 사서 농사나 지어볼 심산으로 평당 90원 하는 간척지를 18,000평(90마지기)을 사고 집도 한 채 샀다. 그 당시도 그랬고 지금도 송악에서 자기 논을 90마지기 가진 사람은 아무도 없다.

간척지란 글자 그대로 바다를 막아 조성된 농토로 말이

번듯한 논이지 처음에는 갯수렁이라고 해서 어떤 곳은 허리까지 빠졌고, 모를 심다 이앙기가 빠져 포클레인을 불러 꺼내기를 반복하고, 염도가 강해 날이 가물면 염도로 인해 벼가 자라다가 말라 죽는다. 비가 많이 오는 해는 농사가 잘되지만 가물면 농사는 망치게 돼 있다. 몇 년 동안 고생은 말로 표현할 수 없이 해봤다. 하지만 그가 누구인가? 바로 괴물이다.

어느 해는 가물어 모를 심으면 죽고 또 심으면 말라 죽고 하다가 팔월 초에 태풍과 함께 비가 많이 와서 모를 심으려고 하자 동네 사람들이 이구동성으로 말렸다. 지금 모를 심으면 벼가 패서 여물기 전에 서리가 내려 농사를 망치니 절대 심지 말고 내년이나 기약하라고.

여기서 괴물의 뚝심이 발휘된다. 남들의 간곡한 만류에도 불구하고 죽으면 또 심고 다시 또 심고 8월 16일까지 모내기를 마쳤다. 일찍 모내기를 마친 다른 집 논에서는 벼 이삭이 나오고 있었다. 그러나 괴물은 포기하지 않고 정성을 다했다. 모 심은 지 한 달 만에 벼가 패고 벼 이삭은 다른 집 벼보다도 크고 튼실했다. 그 어느 해보다도 소출이 많았다. 그토록 만류했던 사람들의 코가 납작해졌다.

괴물은 그 동네의 명물이 되었고 역사를 새로 쓴 산증인이 됐다. 그렇게 시작된 농사는 90마지기가 200마지기가 되고 결국은 300마지기(60,000평)가 되어 그런대로 대농의 꿈이 실현됐다.

어디 그뿐이랴. 이력이 나자 처남 논 600마지기도 경작했다. 도합 900마지기의 논을 경작하는 우리나라 최고 수준의 농사꾼이 된 것이다.

농토가 늘어나자 새로운 농법을 도입한다. 직파재배다. 직파란 육묘상자에 모를 키워서 모내기를 하는 것이 아니고 논을 갈고 마른 논을 로터리해서 벼를 기계로 직접 심는 방법이다. 직파하고 제초제를 주고 벼가 어느 정도 자라면 그때서야 물을 대서 벼를 키우는 방법이다. 한 달간만 잘 관리하면 모내기보다 편하고 수확량도 엇비슷하지만 이 년 직파를 하고 나면 삼 년째는 원래 방식대로 모내기를 해야 한다. 원래 방식대로 모내기를 하려면 육묘상자가 필요했다. 그 당시 하나에 3,000원 이상하는 육묘상자가 약 14,000개 정도 필요했다. 4,000만 원이 넘는 돈이다. 그나마 돈이 있어도 내가 원하는 육묘상자는 살 수가 없었다. 둘이서 아이디어를 냈다. 논을 갈아 로터리를 치고 평평하게 수평을 잘 잡아 비닐을 펀칭해서 바닥에 깔고 이앙기에 맞는 30센티 간격으로 각개목을 대서 논바닥에서 육묘상자를 만들어 파종하고, 모가 자라자 60센티로 잘라서 모내기를 했다. 대성공이었다. 모를 뜨기도 편했고 뿌리형성도 잘돼서 그해 풍년농사를 이루었다. 돈도 별로 들지 않아 사람들이 부러워하고 또 따라서 했다.

여기서 괴물의 위력은 또다시 표출된다. 수확이 끝난 논은 뻘이기 때문에 논이 마르면 단단하기 그지없다. 이 때 물을 대면 흙이 풀어져 부드럽게 된다. 이 시기가 내년 농사를 위하여 논을 경작하는 시기다. 대형 트랙터에 12날 원반쟁기를 달고 논을 갈기 시작하면 3일 밤낮을 쉬지 않고 달린다. 잠깐씩 밥을 먹는 시간 트랙터에 유류를 보충하는 시간 큰 볼일을 보는 시간을 제외하면 잠도 자지 않고 72시간을 트랙터에서 쉬지 않고 논을 경작하는 괴력의 사나이. 무지함인가? 어리석음인가? 어쨌든 900마지기를 경작하는 대농의 꿈을 실현한 이 사나이를 나는 괴물이라고 부른다.

≡ 새로운 수산 양식 사업에 도전하다

괴물이 어느 날 목포를 놀러 갔다가 영산강을 산책하던 중 우연히 가물치 양식장을 방문하게 됐다. 주인과 가물치 양식에 대하여 이것저것 대화를 하던 중 갑자기 필이 왔다. 나도 한번 해보자. 때는 9월 중순으로 넓은 논에서는 나락이 누렇게 익어가고 있었다. 양식장 주인의 말로는 시월 말 이전에 치어를 넣어야만 한다고 했다. 불과 20여 일만 있으면 나락을 수확하는 시기인데 마음이 급했다. 대형 포클레인을 불러 땅을 파라고 지시했다. 포클레인 기사가 손을 부들부들 떨면서 차마 손을 못 대고 있었다. 아무려면 나만 하것소. 걱정 말고 땅을 파시요 이렇게 시작된 작업은 한 달 만에 12,000평(60마지기)의 논을 5미터를 파서 대형 양식장이 완성됐다. 남들은 미친놈이라고 손가락질했다. 일 년 내내 농사지어서 수확이 코앞인데 양식장을 만들어 놨으니, 쯔쯔 하고 혀를 찼다.

 양식장에 물을 가득 채우고 치어로는 붕어 황빠가사리 쏘가리를 넉넉하게 넣었다. 정성껏 키우다 보니 일 년 동안은 잘 자라주었다. 그다음 해 여름 어느 날 물고기들이 머리를 쳐들기 시작했다. 산소 부족 현상이다. 경험이 없었던 그가 치어를 너무 많이 넣어서 생긴 일이었다. 부인이 고급어종이니 잡아서 급랭을 시키자고 하자 괴물은 살아 있는 물고기를 팔아야지 하는 고정관념에 사로잡혀 어떻게 죽은 고기를 파느냐고 말을 듣지 않고 바라보다가 다 죽이고 말았다. 물을 빼고 고기를 썩힌 후 다 걷어냈다. 나중에 안 일이지만 부인의 말대로 그 당시 고급어종인 황빠가사리 쏘가리를 배를 갈라 냉동고에 보관하고 팔았으면 수억을 벌 수 있었는데 오히려 수억 원을 손해 봤다. 괴물은 속이 상했지만 친구 부인은 눈 하나 깜짝 않고 "하는 일마다 성공할 수 있나 실패할 수도 있는 거지" 하면서 친구를 위로하고는 다시 시작하자고 했다고 한다. 어쩜 친구보다 부인이 더 괴물인가보다?

다음 해에는 가물치 치어를 20만 마리를 넣었다. 한 번의 실패를 경험 삼아 확실하게 성공했다. 지난번에 넣었던 참붕어가 죽으면서 알이 부화돼서 함께 자라고 있었다. 가물치 사료는 고등어 정어리 새끼다. 하루에 26킬로 상자 130박스를 먹어 치우는 엄청난 식욕을 자랑하는 가물치는 일 년만 되면 4킬로 정도까지 큰다. 계산상으로는 1년에 80톤을 생산해야 되지만 약 60톤에서 70톤을 생산했다고 하니 그 규모 또한 대한민국에서 최고였다고 한다.

양식장 옆에 판매장 시설도 약 일천여 평 갖추어 놓고 산지 직도매도 하고 지인들을 불러 약 40킬로 정도씩 회를 떠서 시식 행사도 자주 했다고 하는데 바닷고기만 회로 먹는 줄 알았던 사람들은 그 맛을 잊지 못한다고 한다. 처음에는 민물고기를 회로 먹으면 디스토마나 촌충이 서식하는 줄 알고 꺼렸다고 한다. 괴물 왈 1~2급수 냇가에는 디스토마가 서식하지만 양식장 물은 3급수를 초과하기 때문에 디스토마가 살 수 없다고 한다. 수천 명이 시식했지만 디스토마 걸린 사람은 한 명도 없다는 새로운 사실도 알았다. 덤으로 자라던 참붕어는 평균 1킬로가 넘는 대형 붕어로 자랐고, 최고 큰놈은 2.8킬로 두툼하고 널찍한 것이 보는 사람마다 평생 이렇게 큰 붕어는 처음 본다며, 기네스북에 올리라고 아우성치고 회를 쳐서 먹어보니 맛 또한 기가 막힌다고 한다. 나 또한 친구가 회 쳐준 가물치회를 먹어본 적이 있다. 처음에는 민물회라 찝찝했지만 맛있었다.

가물치는 횟감으로 팔고 허약한 자 산모는 참붕어와 함께 즙을 내려 파는 등 괴물의 통장은 자꾸 배가 불러가고 있었다. 하루는 냉동 사료인 정어리를 커터기로 자르다가 실수로 손가락 하나가 절단되어 너덜거리는 것을 끊어서 집어 던지고 남은 사료를 다 주고 병원에 가서 봉합수술을 했다고 한다. 얼마나 무지하고 어리석은 행동인가? 아님 《삼국지》의 명장 관우가 화타에게 수술을 받을 때 바둑을 두면서 참았다던 영웅의 틀인가? 아무리 생각해 봐도 괴물인 것은 틀림없다. 나중에 물어보니 지방 병원에 제대로 봉합수술 하는 곳도 없고 서울로 가야 하는데 아무래도 늦을 것 같아 영광의 상처로 생각하고 참았다고 한다. 돌이켜 보면 아픈 상처지만 아무튼 괴물은 양식업으로 짭짤한 재미를 봤고, 괴물이 양식장을 할 때는 고등어나 정어리 한 상자가 3,000원 정도 했는데 10년간 하고서 양식장을 접으니 15,000원을 넘어 30,000원까지 올라갔고 공급이 딸려 중국산을 수입하는 일까지 벌어졌다고 하니 괴물이 생산한 가물치가 전국 공급량을 좌지우지하고 또한 얼마나 복 받은 사람인가? 괴물은 역마살을 탔는지? 다시 가슴 한편엔 새로운 사업의 원동력이 꿈틀거리고 있었다.

≡ 전원주택 부지에서 임업으로 대성하다

철공장도 해봤고 젖소목장도 해봤고 논농사도 배짱껏 지어봤다. 가물치 양식장도 최고 크게 운영해 봤고 하고 싶었던 취미생활도 마음껏 즐겨봤고 돈도 많이 벌어봤다. 이제는 전원생활을 즐기려고 그동안 등산과 수석 탐석 활동을 통해 봐왔던 곳을 기반으로 전원주택 부지를 물색하던 중 최종적으로 경북 봉화 지역과 경남 함양 지역을 낙점하여 부동산을 물색하던 차 함양 지역에 12,000평짜리 마땅한 부지가 있다는 연락을 받고서 찾아갔다. 그곳이 마음에 들어 3일 후에 계약하기로 약속하고 급한 일을 처리한 후에 지인들과 함께 3일 후에 찾아가 보니 다른 사람과 어저께 계약이 끝났다고 미안하다고 사정한다. 정말로 괴물에게는 좋은 땅이었는데 먼저 계약한 사람도 마찬가지였나 보다. 다시 봉화 지역을 찾아가서 알아봐도 마땅한 부동산이 없어 돌아오다가 순창에 가서 순대나 먹고 가자고 들러 식사를 하던 중 부동산이 보이길래 찾아가 알아보니 괜찮다 싶어 순창에 터를 잡게 됐다.

구입한 부동산 평수가 60,000평인데 임야이기 때문에 실제 경작 및 사용할 수 있는 평수는 130,000평 이상이 되다 보니, 전원주택만 짓고 생활하기에는 너무 평수가 컸다. 여기서 괴물은 나무나 심어볼까? 하는 생각이 뇌리를 스치자 당장 실행에 옮긴다. 2012년 6월에 계약과 동시 잔금을 지불하고 군청에서 벌목허가를 받아서 벌목을 하고 나무 및 잔가지를 모두 정리하고 그해 가을 나무를 심는다. 모두 다 6개월 만에 130,000평을 바꿔놓은 것이다. 여기서도 일화가 있다. 호두나무 사방 10미터 간격으로 2,700주×15,000원(81,000평)=40,500,000원

두릅나무 묘목 50,000,000원(약 40,000평) 도합 묘목값이 90,500,000원이 들어갔는데, 순창군에서 내년 봄에 심으면 50프로를 보조(45,250,000원)해 줄 테니 내년에 심으라고 권유하자 필요 없다고 거절했단다. 남들은 보조를 못 받아서 안달인데 이상한 사람 다 봤다고 수근거렸다.

그러나 괴물의 선택이 얼마나 현명했는지 삼 년 후 현실로 나타났다. 6개월 빨리 심어서 활착이 빨라 두릅 묘목을 ○억 이상 분양할 수 있었다. 그 사실을 안 군청직원들이 미련한 사람 이상한 사람으로 보았다가 확실히 성공하는 사람은 선견지명이 있다고 우러러보고 있다. 어디 그뿐이랴 공선회(공동선별회)를 조직하고 작목반을 만들어 '생산은 임업인이, 선별 판매는 농협에서'를 지향하며, 순창 하면 '고추장'에서 '두릅'으로 바뀌고 전국 두릅 생산량의 80프로를 순창에서 생산하는 등 그중에서도 괴물의 두릅밭과 생산량 품질 또한 전국 1등이란다. 무엇이든 하면 전국 최고 전국 1등의 원동력이 무엇일까? 아마 송아 설화산 정

기를 받고 태어난 덕이 아닐까 생각한다(오로지 내 생각). 이로 인해 순창군 소득창출 일자리 창출 등으로 순창 농협 장상 수상, 순창 군수상 수상, 전북도지사상 수상, 산림조합 중앙회장상 수상, 자랑스러운 임업인상 수상 등, 단기 임업인으로는 최고의 수상경력의 임업인이 됐다.

또 사람도 살지 않던 오지가 선진지 견학으로 북새통을 이루고 KBS MBC SBS 지역방송 촬영이 줄을 이루고 있다. 해발 350미터 약 3,000평 부지 남향에 주택 48평, 창고 200평, 수석 전시실 50평, 전망대 10평을 일구었다. 그리고 포클레인과 뿌레카를 이용해서 20일 동안 암반을 뚫고 파고 천정은 45센티 암반 구멍을 내서 천연 동굴을 10평 정도 만들었는데, 1년 평균 기온이 13도로 그날그날 채취한 두릅을 보관했다가 농협에 출하하면 싱싱해서 최고의 품질을 자랑하고 괴물의 욕심으로는 한 30평 정도 하고 싶었는데 포클레인 사장이 기계 부서진다고 포기해서 아쉬움이 남는 상황이고 나머지는 정원 주차장 등으로 활용하는 괴물의 이름은 평촌리 3구(월구리) 우리 송남 초딩 41회 이병오다. 그의 아내 김복남 여사와 슬하에 3녀를 둔 괴물은 농장 이름을 부부 이름을 딴 오복농장이라 칭하고 임업매출 10억을 향하여 오늘도 묵묵히 걸어가고 있다.

2. 괴물의 취미활동에 대하여

첫째 **등산**이다. 원래 농사일이란 봄부터 가을까지라고 하지만 사월 중순 경에 못자리를 시작해서 논을 갈고 오월 중순을 지나 로터리를 쳐서 모내기를 하고 2주 후에 중거름을 주고 중경 제조제를 하면 약 50일 후에 벼 생육 상태를 보고 이삭거름을 준다. 그러면 80프로 이상 농사 일이 끝나고 시월 중순경부터 벼를 베기 시작하면 모든 농사일이 거의 끝난다. 틈틈이 논두렁도 깎고 소독도 하지만 지금은 항공방제를 하기 때문에 편리하고 물관리 도 관리 틀을 설치하면 자동으로 조절이 된다. 지금의 우리 농촌은 기계화로 아무리 대농이라 하더라도 90일만 열심히 하면 벼농사는 끝이다. 짐승을 키우면 365일 하루도 쉬는 날이 없고 수산 양식업도 봄부터 가을까지만 일하면 겨울에는 물고기도 잠을 자기 때문에 농한기가 생긴다. 그래서 논농사를 주로 할 때 시작한 것이 등산이다. 원래 부터 산을 좋아해서 우리나라 400대 명산을 두루 섭렵하기로 목표를 세우고, 전국 각지의 이름난 산은 안 가본 곳이 없을 정도로 다녔다. 어떤 때는 산에서 텐트를 치고 자고 생활하기를 반복하면서, 한 달 동안 산행을 할 정도로 산에 미친 사람이 됐다.

여기서도 괴물의 전설의 기록은 유지된다. 영하 20도를 오르내리는 겨울날 조그만 폭포수 아래 냇가에서 얼음을 도끼로 깨고 물속에서 20분을 견딘 초인간적인 기록을 세운다. 일찍이 송악 앞 냇가에서 영하 10도의 추운 겨울날 맨발로 함마를 들고 멧고기를 잡을 때 보면 쇠도 얼고 자루도 다 어는데 손을 잡은 곳만 얼지 않는 것을 여러 친구들이 목격했다. 또한 잡은 물고기는 날로 고추장을 찍어 반 양동이를 다 먹어 치우는 괴물이다. 배가 남산만 해서 어떻게 산을 타느냐고 물어보면 첫날 하루만 힘들지 그다음 날부터는 거뜬하단다. 심지어 겨울에 참나무에 기생하는 겨우살이를 나무를 올라가서 100킬로 정도 채취해서 해발 1,500고지에서 지고 내려온 적도 있다고 하니 확실히 괴물이다.

둘째 **동물 박제 표고**다. 박제를 실시하게 된 동기는 양식업을 하면서 양식장에 치어를 넣으면 물새 종류나 수달이 먹잇감을 쫓아 양식장으로 와서 고기를 잡아먹는 걸 보고 안 되겠다 싶어 경찰서에 신고를 하고 제일 좋은 공기총을 하나 사서 유해조수를 잡기 시작한 것이 동기란다. 그런 동기로 시작해서 닥치는 대로 잡아서 박제를 시작했다. 잡은 동물은 종류별로 어떤 짐승은 어디가 잘한다면 거기까지 달려가서 박제를 맡기고 또 다른 새 종류는 어디서 잘한다고 하면 달려가고 부산 마산 울산 포항

창원 목포 등등 박제를 잘하는 곳이면 무조건 달려가 맡기고 찾아오기를 십 년간 반복하다 보니 약 2,000점의 박제를 집은 물론 70평의 창고에 선반을 매어놓고 가득 채웠다고 한다. 괴물의 한번 미치면 끝을 보는 성격을 짐작할 수 있다. 그러던 어느 날 더 이상 살생을 하지 말자 마음먹고 박제 동호회를 찾아가서 나는 더 이상 박제가 필요 없다고 말하고 필요한 사람은 공짜로 주겠으니 가져가라고 하자 소문이 나서 한 달만에 전국에서 모여든 사람들이 싹쓸이를 했다고 한다. 가치로 따져도 십 억이 넘고 그 비용도 수억이 들었건만 아니다 싶으면 쉽게 포기하는 괴물의 성격을 엿볼 수 있다.

셋째 **수석 수집**이다. 동기는 산이 좋아 전국 명산을 다니다 보니 가끔은 수석을 구경할 기회가 있었다. 아 저거 나도 한번 해볼까? 한번 시작하면 끝을 보는 성격을 아는 부인이 처음에는 말렸다고 한다. 그러나 그 황소고집을 누가 꺾으랴! 그렇게 시작해서 수석에 미쳤다. 전국에서 유명한 수석이 발견되는 곳이 267군데가 있다고 한다.

순창 괴물의 수석 전시실에도 전국 200군데 이상의 수석이 진열돼 있다. 수석공부도 하고 시간 될 때마다 후비고 다녔다. 얼마나 수석에 미쳤으면 수석을 탐석하고 전시회를 다니느라 한 달에 15,000킬로 이상 주행했다고 한다. 보통사람 일 년 주행거리를 한 달에 주파한 것이다. 장마가 끝나고 나면 지리산에 들어가 텐트 치고 한 달씩 골짜기를 누비는가 하면, 남, 서해안 무인도를 내 집 드나들듯이 돌아다니고 발견되면 해군 경비정보다 훨씬 빠른 쾌속정을 임대해서 채취를 해가지고 실어 날랐다고 한다. 2000년대 초 쾌속정 임대료가 한 시간을 쓰든 하루를 빌리든 70만 원인데 수석을 위해선 하나도 아깝게 생각하지 않았단다. 불법이기 때문에 무조건 경비정보다 빨라야 했다. 내가 **2014년**도에 괴물 집에 방문했을 때 엘리베이터가 없는 4층 집에 살고 있었는데, 방과 거실 할 것 없이 수석으로 꽉 차 있어 〈세상에 이런 일이〉에 나올법하게 살고 있었다. 이런걸 하려면 1층에 살아야지 왜 4층에 사느냐고 묻자 일부러 다리 힘을 기르기 위해서란다. 자기관리도 확실하게 하는 괴물이다. 모두가 등짐으로 옮겨놨는데 부인뿐만 아니라 이웃들도 집 무너지면 어쩌려고 이렇게 많이 진열해 놨느냐고 걱정했단다. 괴물에게는 꿈이 있었다. **수석 박물관**을 만들고 싶다고 했다 그 꿈이 이사 간 순창에서 이루어졌다. **50평 규모**의 수석 전시실을 짓고 570여 점은 전시실에 진열하고 2,000점이 넘는 수석은 야외에 정렬해 놨다. 2014년도 당시 구입한 수석 비용이 ○○**만 원**이 넘고 수집한 것은 그보다 훨씬 많다고 하니 보통사람 취미생활치고는 과하고 괴물이기 때문에 가능한 일이다. 비용 또한 수억 원이 들었다고 한다. 괴물은 초등학교 졸업이 학업의 전부지만 수석만큼은 박사다. 그 많은 수석에 대해서 물어보면 이 돌은 원산지가 어디고 어떻게 수집했고 어떤 사람이 어디에서 많이 가지고 있으며 가격은 얼마에 거래됐다 등등 막힘이 없다. 학창시절 그렇게 공부했으면 무조건 장학생이 되지 않았을까?

한때는 **분재**에 미쳤던 적도 있고 말이 타고 싶다고 해서 부인이 두말하지 않고 사줬다. 커다란 말을 타고 달리다 보면 안 쳐다보는 사람이 없을 정도로 무안에서는 유명인사가 됐다. 괴물은 "나는 해보고 싶은 것 다 해보고 먹고 싶은 것 실컷 먹어봤으니 지금 죽어도 여한이 없다"고 늙은이처럼 말한다. 괴물도 인간인지라 늙어가는가 보다.

3. 괴물의 부인 김복남 여사 그는 누구인가?

김복남 여사는 전북 **고창군 부안면**에서 2남 5녀의 넷째딸로 태어났다. 그 유명한 〈국화 옆에서〉 시를 쓴 서정주 시인과 동향이다. 초등학교부터 고등학교까지 **고창**에서 다녔는데 학창시절 초딩부터 고딩까지 학교 성적이 1등을 놓친 적이 거의 없는 수재라는 사실을 다른 사람한테 들어서 아는 정도고 확실한 건 괴물보다 배짱이 더 두

둑하다는 사실. 또 내가 색소폰 부는 모습을 보고 취미생활로 하고 싶어 잠깐 배웠지만 아는 노래는 따라서 부를 줄 아는 타고난 예능인이다. 괴물과 만난 사연을 물어보니 괴물이 목장 할 때 부인은 부산에서 직장생활을 했단다. 괴물 형수의 옆집 아줌마가 중매를 서서 선을 봤는데 처음에는 맘에 안 들어 안 만나려고 했단다. 괴물은 여러 사람 만나보던 중 제일 마음에 들어 애태우고 목장 때문에 만날 시간이 없어 자주 편지를 했는데 다섯 번에 한 번 정도 답장을 해주며 일 년 정도 교제를 했다. 중매쟁이가 성실하고 태평양 한가운데 집어 던져도 거북이 등을 타고 오든, 상어 꼬리를 잡고서라도 살아남을 사람이고 절대 밥은 안 굶길 거라고 꼬드겨서 결혼하게 됐노라며 "괴물 친구 대단하지요?" 하며 웃는다. 여러 장의 편지를 써서 보냈다는데 편지 내용은 물어보지 못했다. 어찌 남녀 간의 오묘하고 애틋한 정을 알 수 있을까? 두 사람 천생연분이 확실하고 괴물이 집착하면 꼭 해내고 마는 끈질긴 면을 엿볼 수 있다. 또 농장을 경영하면서 발생되는 모든 일도 부인이 해결하고 신청하는 일, 심지어 농협이나 은행에 관한 업무도 부인이 도맡아 한다. 부인 말로는 괴물은 농협통장으로 1원 한 장 인출해 보지 않았을 걸요? 그러면서도 일을 벌였다 하면 최고 크게 시작한다. 마무리나 수습은 부인 몫이다. 두 사람의 만남이 어찌 항상 행복하기만 했겠습니까마는, 시련은 극복하고 불행은 이겨내고 이만큼 살 수 있음에 항상 감사한다. 이만 생략하고 김복남 여사가 직접 자작한 두릅송, 랩으로 부르면 한결 맛이 난다. 두릅 농사를 지으면서 흥얼거린 두릅송을 소개한다.

두릅송

봄에만 맛볼 수 있는 참두릅
지금 이 시기 놓치면 맛볼 수 없는 참두릅
겨우내 땅속의 기운을 듬뿍 머금고 있다가 마음껏 터뜨리는 향기로운 두릅 봄나물의 최고 으뜸으로 꼽히는 두릅
봄을 타는 모든 사람들의 입맛을 돋우어 주는 두릅

봄나물의 제왕 참두릅 민요를 들으며 쑥쑥 자라는 두릅은
영양 만점이고 건강을 지켜주는 두릅이다
여름이면 푸르름으로 눈을 시원하게 해주고
가을이면 단풍으로 갈아입고 나에게 손짓하네
겨울이면 벌거벗고 모진 비바람도 거센 눈보라도 끄떡없이 이겨내서
영양보충 실컷 했다가
봄이면 나물 캐는 아낙네들 불러모아 우리 맛으로 대결할까나?

161

하면서

톡 하고 봉우리를 터뜨리는 두릅 데쳐서 초장에 꾹 찍어 먹고,

튀겨서 막걸리 한 사발 벌컥벌컥 들이키는 농부들의 술안주로 먹고

전골냄비에 살포시 얹어 일단 한번 끓여서도 먹고

장아찌를 담아 오래도록 보관해서 먹을 수 있는 밑반찬으로 먹고

효소를 담아 구슬땀을 흘리며 힘이 들고 지칠 때마다 시원하게 한잔하면

온몸의 기운이 샘솟듯 솟아오르고

부침개를 바삭바삭하게 부쳐서 간식으로 먹고

뿌리는 사포닌이 많이 들어 있어서 술 담아서 먹고

혈액순환 잘 돌아서 기운이 펄펄 나네

버릴 게 하나도 없는 두릅 두릅 두릅 두릅

순창 두릅은 맑은 공기 마시고 경치 좋은 곳에서 자라서 더욱더 맛있다네

오복농원이여 영원하라!

맛도 좋고 향도 좋고 몸에 좋은 두릅 두릅 두릅 두릅

4. 현재 괴물부부는 어디서 어떻게 살고 있고 또 살고 싶어 하는가?

전북 순창군 ○○면 ○○리

이병오 김복남

상기 주소는 괴물 부부가 현재 살고 있는 주소다.

위 주소에 집을 짓기 위하여 어떤 일들이 있었는지 괴물의 포부를 알아보자. 제일 먼저 해야 할 일이 전기를 설치하는 일이다. 워낙 오지다 보니 전기 끄는 비용이 만만치 않았지만 괴물 부부는 아랑곳하지 않고 ○○만 원을 들여서 전기를 설치한다. 둘째 지하수 개발이다. 암반을 200미터 뚫고서 샘을 팠는데 수질검사를 해보니 46개 항목 모두 합격이다. 아는 사람들은 약수라고 물통을 가지고 와서 받아간다. 해발 350미터의 높은 산에다 집을 지으려니 2단 3단 계단식으로 조성해야 했다. 우선 조경돌을 터를 닦느라 모아놓은 자연석 수십 톤과 별도로 25톤 앞사바리 차로 200차가 필요했고 포클레인 6따블이 석공 두 명과 함께 40일 동안 밧줄을 걸어서 쌓아 올렸다. 쌓아놓은 계단을 채우기 위해 흙은 15톤과 25톤 차량이 천 번 이상 날라다 부어야 했다. 거기에 조경을 하고 세워진 전원주택과 비닐하우스 3동은 순창군 공무원들이 뽑은 순창에서 가장 살고 싶은 곳 1위에 선정됐다. 물 좋고 공기 좋고 전망 또한 좋아서 빠지는 게 없다고 칭찬을 하고 또한 순창에 연고도 없는데 살다 보니 정이 들고 전기까지 끌어주니 땅값이 올라 마을 사람들이 복덩이가 덩굴째 굴러들어 왔다고 좋아한다. 이제는 남은 여생을 어떻게 살 것인가?

무안에서 대농의 꿈을 이루자 괴물 부인이 괴물에게 당신 우리는 남들보다 일도 훨씬 많이 했고 어느 정도 부도 이루고 애들도 많이 컸으니 일만 하지 말고 해외여행이나 가봅시다. 이렇게 해서 처음으로 중국 배낭여행을 떠났다. 북경과 양자강 중경에서 배를 일주일 타고 악양까지 한 달간, 처음으로 외국여행 떠난 사람이 배낭에 한 달 동안 괴물답게 배포 있게 다녀온 것을 필두로 그때부터 여행을 시작해서 일 년에 네다섯 번씩 해외여행을 다니고 즐기면서 살고 있었다. 자랑 같아서 쓰지 말라고 부탁했지만 나열해 보면 남미 여행 시 고산병 때문에 고생도 했고 칠레 아르헨티나 브라질 페루 볼리비아 마추픽추, 우유니 사막, 면적이 충청남도만 한데 지프차 10대가 일렬로 한나절을 달려도 소금 사막은 끝이 보이지도 않고 밤에 별빛투어 높게 뛰면 닿을 듯이 가까웠는데 해발 약 4,000미터. 전 세계에서 하나밖에 없는 소금 호텔에서 잠도 잤는데 이삼 년 전에 예약해야 가능하단다. 이구아

수 폭포는 어마어마하고 환상적이라고 회상한다. 그뿐이랴 괴물이 마음만 먹으면 끝을 보는 성격은 이미 여러 번 언급했지만 서유럽 동유럽 미국 러시아도 여러 번 다녀왔고, TV로 보는 것 하고는 전혀 달라 백문이 불여일견이라고 말하며 남극 북극 전 세계 사람이 갈 수 있는 곳이면 다 가볼 예정이란다. 원래 두릅 농사는 약 40일 동안 두릅을 따고 한 달 동안 가지 치고 한 보름 거름을 주면 남는 게 시간이란다. 올해는 이월 초에 유럽을 다녀오고 유월 달에 예약을 했지만 코로나로 취소가 돼서 아쉽단다.

내가 짓궂게 물어봤다. 돈은 얼마나 벌어놨니? 알다시피 빈털터리로 시작하고 농사지은 걸론 많이도 벌었지 하지만 애들 가르쳐 출가시키고 취미생활로 한 ○○만 원 쓰고 순창에 땅 사서 두릅 호두농사 시작하고 집 짓느라 한 ○○만 원 들었나? 길바닥에 깔아놓은 돈도 ○○만 원은 훨씬 넘을걸. 그러다 보니 쌓아놓은 돈은 없단다. 까짓거 "인생 뭐 있어" 벌어서 쓰고 즐기면서 살면 되지. 앞으로 바라는 것이 있다면 한마디만 해달라 부탁하자, 부인이 더도 덜도 말고 지금처럼 건강하고 행복하게 살았으면 좋겠고, 전국에서 두릅 견학을 자주 와서 재배기술을 잘 전수해 주는데 재배농가 모두 고소득을 올려서 두루두루 잘 살았으면 좋겠고 몸에 좋은 봄나물의 제왕 참두릅도 많이 먹어서 모두 함께 건강해졌으면 좋겠다고 흥부하자 괴물은 고개를 끄덕이면서 두툼한 배통을 내밀고 넉넉한 미소 짓는 얼굴엔 자신감이 흘러넘치고 있었다~~^^.

괴물부부 항상 건강하고 행복하길 기원하며 글을 끝냅니다.

5. 괴물을 끝내면서

마음먹은 숙제를 다 해냈다는 휴~ 하는 안도감과 며칠 밤을 괴물의 세상에서 살았던 여운이 살아남아서 몽롱하기도 합니다. 또한 더듬적거리는 손가락으로 마음을 전하느라 힘들었던 것도 사실입니다.

지루하리만치 재미없는 글을 읽어주신 동창 여러분께 죄송하다는 말씀과 함께 그럼에도 불구하고 여러 친구들이 격려해 주시고 정주영 자서전보다 실감 난다는 과분한 칭찬을 해주신 이역만리 살고 있는 친구에게도 감사의 인사를 전합니다.

제가 이 글을 쓰게 된 동기는 병오 동창과 친해서가 아닙니다. 친하려 해도 초딩 6년 목장운영 7~8년을 제외하면 아시는 바와 같이 고향을 떠나서 반백 년을 살아온 사람입니다.

가끔 만나거나 지인을 통해서 소식을 듣게 되면 누구라도 보통사람과 다른 인생을 살아왔고 무에서 유를 창조

166

하고 자수성가한 자랑스러운 우리 동창임에는 틀림이 없는 사실이기에 동창 여러분에게 알려드리고 싶었고 또 하나는 호랑이는 죽어서 가죽을 남기고 사람은 죽어서 이름을 남긴다는 말처럼, 나중에 병오 친구의 자녀들이 고생하신 우리 부모 자서전이라도 혹여 쓰게 된다면 자식들이 잘 모르던 사항에 참고가 될 수 있도록 최대한 사실에 입각하여 쓰려고 노력했습니다.

시국이 시국이니만큼 만나서 대화도 못 나누고 전화 통화를 하면서 친구와 부인의 도움도 많이 받았습니다. 코로나가 진정되면 우리 동창 중에서 순창 쪽으로 여행하실 기회가 생기면 방문해도 좋다는 허락도 얻었습니다. 물론 두릅 농사로 바쁜 시기는 피하는 것이 좋습니다.

다시 한번 동창 여러분께 감사드리며 끝으로 눈에 보이지도 들리지도 않는 코로나라는 역병이 광란의 질주를 하고 있습니다. 최고의 백신은 마스크라고 합니다. 우리 모두 살아남아 행복과 건강한 삶이 지속되기를 진심으로 기원 하면서 초가을여행을 끝냅니다~~^^.

감사합니다.

6. 별이 뜨는 언덕에서 괴물과 함께

눈을 뜨니 새벽 2시 반이다. 습관처럼 밖으로 나왔다. 코끝을 스치는 바람이 서늘함보다도 상쾌하다. 농촌에서 평생을 살았지만 나름 맑은 공기의 고마움은 망각하고 더 좋은 공기를 꿈꾸고 맛보았던 추억이 몇 번 있었다. 설악산 텐트촌에서 자고 일어나, 아! 이것이 맑은 공기요 진짜로 기분 좋은 공기구나 했던 기억, 태종대 등대에서 하룻밤을 보낸 바다에서 밀려오는 새로운 공기(?) 등… 몇 번의 맑은 공기의 기쁨을 오늘 새벽 해발 350미터 산장의 공기로 고마움을 깨닫는다. 하늘을 바라보니 동편 하늘에 하얗게 별이 깔렸다. 엊저녁에는 별이 안 보여 내심 마음이 안타까웠던 기분은 금세 사라졌다. 하늘을 이리저리 둘러보니 유독 동편 하늘에만 별이 반짝이고, 남, 서, 북의 별들은 옅은 구름 속에 살짝 숨어 숨바꼭질하고 있다.

요즘 코로나로 중국 굴뚝산업이 침체되다 보니 우리나라 하늘이 맑아졌다는 소식을 생각하면서 북두칠성을 찾아보니 보이지 않는다. 아무렴 어딘가 있겠지 하고 나는 시인이 되어 별을 하나둘 세어본다. 작은 별은 내 별 큰 별은 마누라 별 밝은 별은 아들 별 흐린 별은 딸(?) 별 전체는 우리 거… 오늘은 동심으로 돌아가 내 키의 200배의 높이에서 별을 다 세어볼 작정으로 고개를 숙였다 들었다

하면서 별을 세어본다. 마음은 커지지만 별은 하나도 줄어들지 않는다. 그러면서도 나는 그 옛날의 흘러가는 은하수를 꿈꾼다.

며칠 전 친구로부터 안부 전화와 함께 친구들이 놀러 오니 바쁘지 않으면 같이 올 수 있느냐는 전화와 함께 친구들과 어제 가을여행을 떠났다. 내가 우리 동창들에게 소개한 괴물이란 친구다. 무안에 살고 있을 당시 두 번 정도 다녀왔지만 순창으로 이사를 오고서는 처음이다. 한 번쯤은 가보고 싶었고 무안에 살아왔던 과정은 들어서 기억할 수 있지만, 순창 생활은 전화로만 듣고 글을 썼는데 꼭 가서 확인하고 싶었다. 천천히 서너 시간을 달리다 보니 저 멀리 괴물 집이 보인다고 한다. 좌우를 살피면서 어떻게 어떤 식으로 집을 짓고 두릅이며 호두나무는 어디에다 심었는지 확인하고 싶었다. 온다는 소식에 전화를 기다리던 친구 내외가 반갑게 맞아준다. 주차장에 주차하고 집을 바라보니 25톤 200차를 쌓았다던 조경석은 석광에서 채취한 돌이 아닌, 세월의 때가 고스란히 묻어 있는 자연석 바위라는 사실에 우선 놀랐다. 천천히 구경하자는 친구의 제의로 집 안으로 들어가서 차를 마시면서 저 멀리까지 보이는 두릅밭을 바라보면서 샅샅이 살펴보자 마음에 새긴다.

맑은 공기 마시며 정성껏 준비한 좋은 안주와 함께 저

녁 식사를 일찍 끝마치고 집 주변을 둘러본다. 한여름에
도 선풍기조차 필요 없다는 앞이 툭 트인 정자에서 바라
보는 저 멀리 산등성이까지 이어진 두릅밭이며 오염원이
전혀 없는 조그만 저수지에 해가 저물어 간다. 정성 들여
가꾼 정원수, 손주들을 생각해서 만들어 놓은 나무그네가
있다. 멈추지 않는 줄그네를 타다 보니 (눈앞에 내려다보이
는) 수석 전시실이 궁금해진다. 집 주변과 전시실로 향하
는 주변에 심어놓은 수많은 정원수를 살펴본다. 우리나라
정원수 10대 수종인 산딸나무, 새빨간 잎으로 태어난다
는 출생 단풍나무, 그와 비슷한 홍가시나무가 늘어서 있
다. 폭 1.2미터에 길이 2.4미터 두께 20센티의 커다란 10
인용 돌식탁이 10개의 돌의자를 지나, 남부 수종의 덩굴
식물인 마삭과 송악을 분재로 예쁘게 가꾸어 식재해 놓았
다. 분재 수종인 백소사와 소사나무, 늠름하고 늘 푸른 소
나무와 오엽송은 제자리를 찾고, 드문드문 괴물이 좋아하
는 호랑가시나무는 가시 잎처럼 뻗어가고, 나도 지기 싫
다고 공작단풍이 자태를 뽐내고, 향기가 만 리를 간다는
만리향 나무도 연륜을 자랑하며 향기를 뿜어낸다. 과일나
무를 살펴보면 신품종이라고 소개한 청무화과가 여러 주
보이고, 과일 망신은 모과라고 소개한 모과나무도 향기와
함께 익어간다. 대봉 감나무며 대추나무, 복숭아나무, 피
자두나무, 키위나무며 하우스에선 귤나무 천혜향 귤청을

만들어 먹는다는 어린아이 머리통만 한 굴나무도 하우스에서 꽃을 피우고 있다.

20여 년을 공들여 탐석하고 수집하고 사들인 수석을 살펴본다. 정원에 진열해 놓은 약 2,000여 점의 조그만 수석과 함께 솟대석 그리고 장군석은 전국 200여 산하에서 모이고 모여 도란도란 옛이야기를 나누는 50여 평의 수석 전시실엔 괴물이 아끼는 수석들로 채워져 있다. 분무기로 물을 뿌리면서 소개하는 평원석은 1억을 준다 해도 구할 수가 없고 인물석, 동물석, 포옹석, 국화석, 화산석 등 보통사람들에게는 상상을 초월하는 고가의 수석 등을 나의 짧은 식견으로는 다 옮길 수가 없다. 그 외에도 수석 전시회에 참가한 수많은 메달이 걸려 있고 귀한 항아리에 각종 골동품 달마목각 사자목각 느티나무 탁자 각종 담금주가 진열되어 있었다. 작업창고 앞에 진열한 돌구유는 삼천 명이 한 모금씩 물을 마셔도 남는다는 위용을 자랑하는데, 모처의 절에서 구입했다고 한다.

대충 집 주위 구경을 마치고 찜질방 숙소에서 술을 좋아하는 친구는 술을 마시고 나는 색소폰을 꺼내 터를 다졌다. 날이 밝아오자 본격적으로 두릅밭과 호두밭을 구경하기 위하여 콤바인을 개조한 털털거리는 궤도형 작업차를 타고 산을 오르기 시작했다. 나선형으로 길을 닦은 산길을 오르다 보니 온 산이 한마디로 자갈산이다. 배수가 잘돼서 전국 최고의 두릅밭이란다. 어떻게 이런 돌산에 두릅 심을 생각을 했을까? 보통사람들은 상상조차 할 수 없는 악조건의 산이었다. 여기서 한 가지 비화를 소개한다. 이 산을 구입하고 아이들과 함께 구경을 왔단다. 기대감과 호기심을 가지고 당도해 보니 돌산에 인적 없는 골짜기요 아무리 바라봐도 집을 짓고 나무를 심기에는 말도 안 되는 현실에 아이들이 엄마를 부둥켜안고 하늘이 떠나가라 울었단다. 우리 아버지 뭐가 씌어서 이 땅을 샀다고 그토록 고생해서 살만해지니까 이제는 망했다고 남들이 다 미친놈이라고 했다는 말이 이해가 됐다.

옅은 안개로 자세히 볼 수는 없었지만 산을 가로지른 도로며 돌밭에 심어진 두릅, 호두나무는 어마어마한 규모임에는 틀림이 없고 괴물이 아니면 생각할 수 없는 그림이었다. 집터 또한 다듬고 만들어서 순창군 공무원들이 가장 살고 싶어 하는 곳으로 만들었으니 그 또한 명당이 아니겠는가? 아침 식사 후에 순창군립공원 강천산 계곡을 산책하고, 채계산 출렁다리도 감상하고, 인근 양계장에 들려 현대식 양계시설도 둘러봤다. 가는 길에 청무화과 한 주와 방아풀 한 포기, 청정호수에서 건져 올린 징거미새우를 정으로 담아줬다.

오늘 밤 별이 뜨는 언덕 위에는 반바지에 민소매를 입은 괴물과 부인은 만리향보다 진한 인간미를 풍기면서 하늘의 별을 셀 것이다~~^^.

7. 우리 동창 '괴물' 지금은 어떻게 지내고 있나?

작년 가을 우리 초딩 카톡을 달구었던 괴물 친구는 어떻게 살고 있을까?

얼마 전 봉근 친구가 보내준 우리 동창 카톡에 KBS 2TV 생생 정보통 6월 25일 자(1,343회)에서 49분부터 끝까지 〈100세 어르신 존경하고 사랑합니다〉라는 글을 처음만 조금 보다가 덮어버리고 오늘 새벽에 생각이 나서 다 보게 되었다. 거기에는 우리 동창 괴물의 부인 김복남 여사의 가슴 찡한 스토리가 담겨 있었다. 1950년대 전후 세대에 태어나 모두가 힘들고 어려웠던 시절의 이야기가 우리 모두의 생활이었기에 더욱 여운이 남는 걸까?

요약해 보면 전북 ○○군 ○○면 가난한 농촌에서 2남 5녀 넷째 딸로 태어나 총명했으나 일찍 아버지가 돌아가셔서 중학교를 졸업하고 가정 형편으로 상급학교 진학을 포기해야 했다. 공장에 취업해서 돈을 벌어 제일 먼저 가난을 조금이라도 벗어나시라고 어머니에게 논을 사드리고 틈틈이 공부해서 고등학교는 검정고시로 졸업하고 24세 시집갈 때 그 땅을 팔아 시집밑천으로 돌려준 어머니.

그 힘들고 어려운 시절에도 딸 생일이 되면 찰시루떡에 미역국을 잊지 않고 끓여주시던 어머니. 올해로 100세가 되신 어머니를 위해 자식으로서 어머니 모정을 회상하며 어머니가 즐겨 드시고 딸에게 해주셨던 찰시루떡, 미역국, 육개장과 나물, 올해 수확한 블루베리와 피자두 복숭아를 따고 정성스러운 한 끼 밥상을 준비해서 포항에 살고 계시는 어머니에게 보내드리는 감동스러운 내용이다.

참고로 괴물의 장모요 김복남 여사의 어머니인 채봉임 어르신은 100세임에도 불구하고 2남 5녀 생일은 물론이요 며느리 사위 생일 및 결혼기념일도 잊지 않고 전화와 금일봉도 챙겨주시고 그 많은 손주 손녀 증손주 생일도 축하해 주고 동네 사람 생일 제사도 다 기억하시는 엄청 총기가 좋으신 어르신이다. 지금도 날마다 새벽에 한 시간 저녁에 한 시간 하루 두 시간을 동쪽을 향해서 무슨 생 누구 태어난 연도를 기억하며 가족 전체의 이름을 불러가며 안녕과 성공을 기원하는 간절한 기도를 올리는 올해 100세의 채봉임 어르신, 그 덕으로 2남 5녀의 자녀와 그 외의 가족 전체가 무탈하게 잘 지내고 육체적 정신적으로도 우리나라에서 제일 건강하다고 해도 과함이 없다고 생각되고 봉근 친구가 올린 영상을 보시면 증명이 될 겁니다.

괴물의 근황을 살펴보면 4만여 평의 두릅밭과 2,700주의 호두나무 가지치기 풀 매기 소독하기 및 수백 주의 정원수 및 과실수 관리로 바쁜 나날을 보내고 있다. 코로나로 인해 외국인 인력이 부족하다 보니 하루 18만 원이나 줘야 하는 인부를 동원해서 일하고 있다. 농사는 시기가 있어 미룰 수도 없는 실정이다. 과연 우리도 100세까지 살 수 있을까? 혹여 산다고 해도 육체는 물론 정신적으로도 채봉임 어르신처럼 건강할 수 있을까? 하는 의문이 숙제로 남는다. 끝으로 채봉임 어르신이 딸에게 전하던 말이 "복실아(김복남 여사의 애명), 첫째는 건강이요 둘째는 행복이다, 사랑한다" 100세 어머니의 진정 어린 목소리가 여운이 되어 가슴속에 퍼져나가고 있다~~~~.

결혼에 대하여

"이성지합 만복지원이니 백년해로하시오!"

이 말은 내가 80년대 결혼식 날 주례 선생님이 내게 했던 주례사의 첫 마디다. 뜻을 풀면 성이 다른 두 사람의 만남은 만복의 근원이니, 검은 머리 파 뿌리 되도록 오래오래 잘 살아라! 하는 뜻 있는 말이다. 또 김구 선생님은 지인의 아들 결혼식 날 "너를 보니 네 아버지 생각난다. 잘 살아라"고 당부했단다. 간결하지만 의미 있는 말이다. 우리들의 세대는 때가 되면 당연히 결혼하는 것을 의무로 알고 살아왔다. 있는 사람은 있는 대로, 없는 사람은 없는 대로, 잘난 사람 못난 사람 할 것 없이 짚신도 짝이 있듯이 짝을 맞춰서 하나의 가정을 이루고, 부모님 모시고 아들딸 낳아 기르면서, 지지고 볶고 힘들어도 잘 견디면서 살아왔다. 먹고 살기 힘든 시절 결혼은 필수불가결의 조건이었다.

얼마 전 친구의 여식 결혼식을 다녀왔다. 고향 친구지만 살다 보니 오래전에 고향을 떠나 먼 타지에서 둥지를 튼 친구다. 결혼식장에 도착해 보니 먼 길 오느라 고생했다면서 반갑게 맞이해 준다. 식장 안에서 색소폰 소리가 들려와 가보니 신부엄마의 색소폰 동호회에서 리허설 준비가 한창이다. 축가 연주곡으로 남진의 〈님과 함께〉가 작은 식장에 울려 퍼진다. 신랑이 입장하고 이어 신부가 입장하는 모습을 보고, 우리 일행은 '금강산도 식후경'이라 피로연 장소로 옮겨 만찬을 즐기고 집으로 돌아왔다. 다음 날 인사차 온 전화로 신랑 신부 입장 후에 진행 상황을 물어보니, 신랑 아버지 덕담 후 신부 어머니의 당부 말씀과 함께 색소폰 연주로 흥을 돋우고, 결혼식을 마무리했다고 하면서, 지금은 섭섭한 마음보다 시원함이 더 크다고 한다.

요즘은 우리 세대와 달리 자식들 결혼시키기가 참으로 힘든 세상이 됐다. 결혼을 해도 출산을 안 해서 출산율이 0.78프로밖에 되지 않는다. 우리나라는 지구상에서 출산율이 가장 낮은 저출산 국가가 됐다. 여성들도 남자와 똑같이 배우고 취업해서 돈을 잘 벌다 보니, 웬만하면 혼자서 편하게 살려고 한다. 아파트값도 비싸고, 아이들 키우며 교육시키기가 힘든 세상이 되다 보니, 젊은 남녀들이 결혼도 출산도 포기하는 시대에 살고 있다.

이삼 년 전 82세 할머니가 부동산을 찾아와 값싼 방을 찾다가 그런 방은 없다고 하자, 내 뼈만 묻어준다고 약속하면 혼자 사는 노인네 수발도 들겠노라시던 할머니가 생각난다. 힘든 세상을 살아온 할머니는 마지막 남은 힘을 다하여 남을 위해 살겠다는 희생정신을 발휘한 것이다. 결혼은 두 사람의 사랑이 최우선이지만, 서로를 위해 희생한다는 마음가짐도 중요한 것이 아닐까? 엊그제 결혼한 두 사람 부부도 이성지합 만복지원이라는 말을 깊이 새기며 부모들처럼 오래오래 잘 살기를 기원하면서.

동지

아침에 일어나 밖을 나서니 이마빡이 서늘하다. 고개를 들어 하늘을 바라보니 거무튀튀한 구름이 깔려 별도 달도 보이지 않고, 잎사귀를 털어버린 느티나무엔 음산한 기운이 더해져 을씨년스럽기까지 하다. 신정호라도 가볼까 하다가 그냥 동네 한 바퀴를 돌아 집에 돌아와 뉴스를 보니 오늘이 동지란다. 24절기 중에 22번 절기인 동지. 앞으로 소한 대한만 지나면 올해가 다 지나가고 내년 입춘을 시작으로 새해가 시작된다.

동지 하면 일 년 중 낮이 가장 짧고 밤이 가장 긴 절기로 "동지섣달 긴긴밤에"란 표현을 자주 사용하고 팥죽이 떠오른다. 달력을 보니 음력 11월 26일 옛 어른의 표현을 빌리면 동짓달 스무엿새 날이다. 올해의 동지는 노동지로 팥죽을 쑤어 먹을 수 있는 동지다. 참고로 동지를 구분하는 법을 보면 동짓달 초에 동지가 들면 애동지라 하고, 중순에 들면 중동지, 하순에 들면 노동지라 부르며, 애동지는 팥죽을 쑤지 않고 팥떡을 해 먹는다고 한다. 애동지에 팥죽을 쑤어 먹으면 아이들이 병에 자주 걸리고 나쁜 일이 생긴다는 속설 때문이란다. 아침에 출근하는 집사람이 "오늘이 동지인데 팥죽 먹고 싶으면 죽집에 가서 사 오고, 농장에 가서 동치미도 퍼 오세요"라고 주문한다. 나도 농사짓는 집에서 태어나 할머니 어머니가 하시던 부분을 본받아 농장 한구석에 조그만 단지 3개를 묻어놓았다. 지금이야 김치 냉장고가 있어 필요 없는 시대라지만 김장의 일부분을, 단지 하나는 동치미를 담고, 또 하나는 배추김치를 담아 넣고 나머지는 무나 당근을 저장한다. 귀찮지만 김치가 익으면 김치 냉장고로 옮겨서 보관한다.

뚜껑을 열어보니 맛있는 냄새가 난다. 동치미를 가득 담아 오면서 머릿속은 동치미 국물로 만든 냉면도 생각나고, 배를 잘게 채 쳐 쪽파에 식초에 고춧가루 양념으로 굴을 넣어 만든 굴탕도 먹고 싶고, 동치미와 함께 먹던 시루떡 호박고구마 등등, 이맘때면 생각나는 거 다 해달라고 하자.

시장 죽집 앞에 팥죽을 사기 위해 나온 사람들이 줄지어 늘어서 있다. 이걸 기다려서 살까 말까 망설이다 할 일도 없는 사람이 기다려서 샀다. 내 평생 처음으로 산 팥죽이다. 옛 선조들이 생각난다. 24절기에 따라 때가 되면 씨 뿌리고 수확하고 절기에 따른 민속놀이 음식문화를 지혜롭게 즐기고 생활했던 그 시절을 생각하며, 새알심이든 동지팥죽을 동치미와 함께 먹으며 나도 올해의 액운을 다 물리치고 새해를 맞이하자.

오늘 저녁에 눈이라도 내려 '동지에 눈이 오면 내년에 풍년이 든다'는 바람도 가져보면서~~^^.

우리들은 부자다

얼마 전에 우연히 우리 몸에 관한 글을 접하게 됐다. 내용인즉 뇌사자로부터 각막을 기증받으려면 각막 하나에 1억, 두 눈을 갈아 끼우면 2억이 들고, 신장은 3,000만 원, 심장은 5억, 간은 7,000만 원, 그리고 팔다리가 없어 의수나 의족을 하려면 더 많은 돈이 들고, 두 눈 똑바로 뜨고 걸어 다닐 수 있다면 우리 몸은 51억 이상의 자산 가치가 있다고 한다. 부부와 합하면 102억, 자녀가 둘이면 204억의 그룹 회장?이 된다는 것이다.

이 세상 도로상에 51억이 넘는 자동차가 과연 몇 대나 되겠는가?

갑자기 응급상황이 발생해서 산 호흡기를 끼고 병원을 가게 되면 한 시간에 36만 원의 비용이 소요되고, 하루 종일 공기를 공짜로 마시면서 살아간다면 하루에 860만 원을 버는 셈이다. 51억 자동차?를 타고, 하루에 860만 원을 번다면 얼마나 부자인가. 그것도 중년의 나이에.

우리는 매일 감사하고 살아야 한다.

감사할 줄 모르고 사는 사람은 발전도 없고 기쁨도 없다. 오로지 시기와 욕심만 있을 뿐이다. 개똥밭에 굴러도 저승보다 이승이 낫다고, 건강하게 살아 있어서 감사하고 행복하다고 말해야 한다.

네잎클로버는 행운, 세잎클로버는 행복, 힘들고 허황되게 행운만 추구할 것이 아니라 바로 옆에 널려 있는 행복을 느끼면서 살아가자. 중국 속담에 하늘을 날고 물 위를 걷는 것이 기적이 아니라, 걸어 다닐 수 있는 것이 기적이라 했다.

사람이 살다 보면 생로병사를 어찌 피할 수 있겠는가. 한두 군데 아파서 고장이 난다 한들 51억 재산가가 얼마나 재산이 줄겠는가. 조금 줄어도 남아 있는 재산에 행복을 느끼면서 살아가야 한다. 우리들은 부자다.

이충무공 탄신 기념일

2016년 4월 28일은 이충무공 탄신 471주년이 되는 해이다. 아침 일찍 현충사로 향했다. 언제나 반갑게 맞아주는 은행나무와 다복소나무를 지나 매점 식당 뒤편에는 느티나무가 싱그럽게 피어나 최고의 아름다움을 자랑하고 등나무도 보라색 긴 자루꽃을 늘어뜨리고, 어느덧 꽃잎은 하나둘 바닥을 뒹군다. 태초부터 붉은 적단풍과 늘어진 버드나무가 제멋에 겨워 하늘거리고 건너편 산에는 백로와 왜가리가 꽥꽥거리고 빙 둘러쳐진 짙푸른 소나무와 파릇파릇 돋아나는 잔디밭에 영산홍까지 한 폭의 그림이다. 깊은 심호흡과 함께 가슴속에 간직한 채 은행나무 광장 카페 쪽으로 달려간다. 지난번과 달리 봄비에 곡교천 물이 풍요롭게 흘러가고, 때를 맞춰 심어놓은 유채꽃은 이제 막 피어오르고 중학교 때 심어놓은 은행나무는 아름드리가 되어 꽃과 함께 터널을 이루어 가고 있다. 이 은행나무 길은 전국에서 가보고 싶은 길 중 50위 안에 들 정도로 유명한 길이 됐다.

작년의 단풍은 두고두고 간직될 만큼 아름다웠다. 아! 옛날이 생각난다. 1968년 중학교 이 학년 때 현충사가 성

역화됐다. 전국에 초중고 및 대학생은 물론이요 100대 기업 아니 전 국민이 참배하기 위하여 현충사로 모여들었다. 그 시절 현충사를 가꾸기 위해 학생들도 동원됐다. 제초작업, 송충이 잡기, 잔디 가꾸기 등 어쩔 수 없이 자주 참여했다. 나도 도보로 송악에서 통학하기 위해서 왕복 14킬로에서 16킬로를 걸어 다니던 시절, 현충사로 작업 내지는 목총을 메고 사열하러 왕복 10킬로 이상 걸어가는 날은 정말로 싫었다. 관공서도 마찬가지였다. 음력 정월 초하루 설날이 지나면 이충무공 탄신 기념일 행사를 준비하기 위하여 거의 모든 역량을 집중하였다. 행사가 끝나면 일 년이 지나갔다고 할 정도로 아산에서는 대통령이 참여하시는 제일 중요한 행사요, 전국적으로도 유명한 행사였다. 그런데 어느 때부터인가 전국적으로 행사는 엄청 늘어났지만 이충무공 탄신 기념 행사만큼은 행사 규모나 참여의식이 현격하게 줄어든 기분이다. 물론 대통령도 잘 참석하시는 것 같지 않다. 우리나라는 물론 전 세계적으로 봐도 해전에서 백전백승은 물론이요, 임진왜란 때 나라를 구한 우리 민족의 성웅임에는 아무도 부인하지 못하리라. 오늘만큼은 그 옛날 일본으로부터 나라를 구한 성웅 이순신 장군의 얼을 기리는 그런 날이 되기를 간절히 기대해 본다.

장마와 농심

올여름 지겹도록 지루했던 장마가 서풍에 밀려 서서히 끝나가고 있다. 생각조차 하고 싶지 않은 세종지하차도 참사, 경북 예천의 산사태로 인한 인사사고, 공주 축산농가 피해현장, 그 밖에도 전국의 수많은 농경지 매몰 및 침수 등, 이번 장마는 크고 작은 수많은 피해를 동반했다. 이번 장마는 확실히 이상기후의 징후가 분명한 것 같다. 우리가 살아오는 동안 매년 여름 장마철에는 폭우로 인해 크고 작은 사고가 있었던 것만은 사실이다.

삼 년 전 우리 고장에도 엄청난 폭우로 인해 송악천 제방이 붕괴되고 가옥이 침수되고, 농경지가 매몰돼서 재난지역으로 선포되고, 후속조치로 하천정비 및 제방공사가 대대적으로 실행되고 있다. 장마가 끝나가니 폭염이 시작된다. 매일 발송되는 안전 문자에는 체감온도 35도 이상 야외 활동을 자제하고, 충분한 휴식과 함께 수분 섭취를 많이 할 것을 권고하고, 흐르는 세월은 무심한 듯 '대서'를 지나 말복을 향해 달려간다.

채마밭에 심어놓은 고추밭에는 주렁주렁 달린 빠알간 고추가 제철을 맞아 탐스럽게 익어가고 있다. 엊그제까지

'농심'을 애타게 했던 장마는 까맣게 잊어버리고, 하루가 다르게 색깔을 바꾸고 있다. 목화솜같이 하이얀 뭉게구름이 두둥실 떠가고, 가끔은 검은 먹구름이 시샘하듯 그 뒤를 따라간다. 토종 월아 감나무에선 말매미가 시원하게 울어대고, 성질 급한 고추잠자리가 얇은 날개를 펄럭이며 가다가 섰다를 반복하며 나를 바라본다. 일 년 만에 다시 보는 고추잠자리, 작년에 봤던 그놈?이 아니건만 오래된 친구처럼 반갑다. 반듯하게 정리된 논에서는 장마를 견딘 파아란 벼가 날카로운 벼잎을 하늘거리며 따스한 햇살을 반기고 있다.

어제까지 이삭비료 대신 염화가리를 줬던 농민의 마음은 만가을의 황금물결을 꿈꾸고, 추석 전에 수확하기 위해 조생종(이른 벼)을 심은 농민은 맬롱한 볏대를 바라보며 제대로 벼가 영글어 수확할 수 있을까? 하는 걱정으로 넓은 들녘을 바라본다. 세상도 세월도 모두에게 공평할 수 없지만, 만가을에 풍성한 수확을 꿈꾸는 농심은 한결같으리라.

전철 타던 날

    문이 열리자 내리는 사람 오르는 사람, 서로 맞교대하면서 문이 닫히고 기차가 움직인다. 출발역을 지나 두 번째 역이라 그런지 드문드문 좌석이 남아 있다. 빈자리를 찾아 자리에 앉았다. 주위를 살펴보니 남녀노소 학생 가끔은 외국인도 드문드문 보인다. 호주머니에서 휴대폰을 꺼내서 뉴스를 검색하면서 주위를 둘러보니 자리에 앉은 사람은 거의 휴대폰을 들고 무언가를 보고 있다. 서 있는 사람도 한 손으로 손잡이를 잡고 한 손엔 휴대폰을 들고 무언가를 보고 있고 쓰고 있다. 또 이어폰을 끼고 눈을 지그시 감고 음악을 듣는지 동영상을 듣는지 모두가 휴대폰에 심취되어 있다. 이것이 요즘 세상을 사는 사람들의 문화인가? 이제는 휴대폰이 없으면 못 사는 세상이 됐다. 나도 휴대폰을 집에 놓고 나오거나 외출 후 차에 놔두고 집에 들어오면 괜스레 불안하다. 혹여 식당이나 찻집에서 휴대폰을 꺼내놓고 깜박 잊고서 운전을 하고 한참을 가다가 생각이 나서 다시 돌아가서 찾아온 경험은 한두 번은 있으리라. 덜컹거리며 달리는 기차는 다음 역을 안내한다. "다음은 ○○역입니다. 내리실 문은 오른쪽입니다"

문득 얼마 전의 일이 생각난다. 먼 친척이 상을 당해 서울의 장례예식장에 갈 일이 생겼다. 고속버스를 탈까? 아님 전철을 탈까? 하고 생각하다가 검색을 해보니 전철을 타면 5분에서 10분만 걸으면 되겠다 싶어 전철을 타기로 했다. 전철을 타고 노랗게 펼쳐진 황금물결과 산야를 물들이는 각종 나무들 하늘 높이 치솟은 아파트 숲 하얀 연기를 내뿜는 공장들을 감상하면서 1차 목적지에서 하차했다. 어제 검색한대로 다음에는 ○호선을 타고 ○○역에서 내려서 가면 되겠다 싶어 안내판을 대충 보고 ○호선을 탔다. 다행히 빈자리가 있어 자리에 앉아 남들처럼 휴대폰을 꺼내서 느긋하게 뉴스를 검색하면서 몇 번째 정거장에서 내리면 되겠다 하고 기차가 정차할 때마다 세 정거장 두 정거장 이제는 다음 역에서 내려야지 하는 찰나에 안내방송이 나온다. "다음 역은 ○○역입니다. 내리실 문은 왼쪽입니다" 내가 잘못 들었나? 정신이 번쩍 들어 안내판을 바라보니 다른 역을 가리키고 있었다. 무언가 잘못됐다 싶어 일단 내렸다. 오가는 사람들로 넘쳐나는 가운데 그래도 한적한 곳을 찾아 휴대폰을 꺼내서 검색해보니 반대 방향으로 달려온 것이다. 약속 시간을 정한 것도 아닌지라 다행이다 싶어 다시 반대 방향으로 가는 전철을 타고 정신 바짝 차리고 목적지에서 내렸다.

다음 문제는 몇 번 출구인가? 안내판을 둘러봐도 보이

지를 않는다. 할 수 없이 지나가는 학생에게 물어봤다. 글쎄요 잘 모르겠는데요. 이번에는 40대로 보이는 사람에게 물어봤다. 이 지역이 아니라 몰라요. 할 수 없이 상가로 찾아가서 물어보니 자세하게 가르쳐 준다. 고맙다고 인사를 하고 얼마쯤 가다 보니 목적지 안내 출구가 보인다. 아! 내가 너무 조급했구나. "자라 보고 놀란 가슴 솥뚜껑 보고 놀란다"더니, 내가 그 꼴이구나.

일 년에 한두 번 아니면 몇 년에 한 번 타는 전철 검색을 해봐도 거미줄처럼 얽히고설킨 전철 잘 보이지도 않고 종점을 양방향으로 검색해 봐야 정확히 알 수 있다는 것을 그때 알았다. 그 편리한 전철을 잘 이용할 줄 모르는 나는 완전 촌놈이다. 종착역을 내리면서 그때 그 일이 생각나 쓴웃음을 지어본다.

가랑비 오는 새벽에

간밤에 내린 비로 단풍잎이 길가에 널려 있다. 물에 흠뻑 젖은 낙엽에선 사각사각 소리 대신 스걱스걱 슬리퍼 끄는 소리가 난다. 일찍 일어난 아파트 경비 아저씨가 힘들게 낙엽을 쓰시면서 비냐고 부지런한 놈은 일하기 좋고 게으른 놈은 낮잠 자기 좋을 만큼 내린다며 투덜거리면서 빗자루에 힘을 가하고 있다. 맞는 말이다. 가뭄에 기다리던 단비가 오시면 더 말할 나위 없이 좋아서 이 논 저 밭 다니면서 힘든 줄도 모르면서 일하러 뛰어다니지만 힘들고 지칠 때 비가 오시는 날은 농민에게 최고의 공휴일이요 생일날이다. 옛 생각에 젖어 가늘게 흩날리는 가랑비를 맞으며 가로수 길을 걸어본다. 아직도 이팝나무는 푸르름을 간직하고 홀연히 잎사귀를 모두 낙하시킨 앙상한 단풍나무 밑에서 하늘을 바라보니 잔가지 사이사이에 하얀 물방울이 수도 없이 매달려 있다. 마침 초가을 바랭이 풀에 맺혀 있는 옥구슬을 만난 듯 반갑다. 아마 저 단풍나무는 올해의 꿈을 다 이룬 만족감과 아쉬움에 소리 없이 흘리는 눈물인가 싶어 내 마음도 울컥해진다. 다시 발길을 돌려 아파트 앞에 있는 동산으로 향한다. 매년 유난히도 예쁘게 물들던 느티나무 단풍나무 메타세쿼이아 단풍이 올해도 예외 없이 불그스름하고 노르스름한 물감을 과시하고 매일 산보 겸 운동 다니시던 노인들은 보이지 않고 운동기구만 쓸쓸하게 그 자리를 지키고 있다. 그분들도 오늘이 생일인가 보다. 정원에 펼쳐진 잔디를 밟아보니 찌걱 하고 물이 스며 나온다. 어제부터 내린 비에 흙이 물을 머금은 까닭이리라. 이제는 머금지만 말고 흘러 흘러 생명수를 충족할 수 있는 가을 소낙비가 기다려진다. 어린 시절 장마철에 초가지붕에 소낙비가 내리면 진지랑물이 뚝뚝 떨어져 빗물 속에 물감처럼 퍼져나가고, 마당에는 어떻게 올라왔는지 미꾸라지가 꿈틀거리고, 너무 좋아 흙탕물 속을 팬티만 입고 뛰어놀던 그 시절이 그리운건 가을 탓인가? 아님 소낙비를 애타게 그리워하는 소망의 목마름인가?

전통시장

"얼마요?" "만 원!"
"비싸요, 깎아주세요, 아줌마 천 원만!"

　동남아 사람으로 보이는 남자와 시장 통닭집 주인이 흥정하는 모습이다. 언제부턴가 우리나라는 단일 민족이 아니다. 공장에서부터 건설현장 심지어 농촌에도 외국인 근로자가 퍼져 있다. 우리나라가 경제적으로 조금 여유로워지자 3D 업종의 70~80프로 이상을 외국인 근로자가 차지하고 있다고 해도 과언이 아니다. 또 농촌에서 농사짓는 총각은 외국여자 아니면 아예 결혼도 하기 힘든 시대가 됐고, 유치원 또는 초등학교에 가보면 다문화 가정 2세를 심심치 않게 볼 수 있다. 어둔한 한국말로 흥정하는 모습을 신기한 듯 한참 바라보다가 발길을 돌리니 붉은 조명불 쇼케이스 밑에 선홍색 빛이 나는 고기를 예쁘게 진열해 놓은 정육점 싱싱한 생선에 얼음을 올려놓고 물을 뿌리는 생선가게 먹음직스러운 과일도 조명 불빛에 더 화려하게 보이고, 김장철이라 펄떡펄떡 뛰는 생새우가 커다란 고무다라이 위에 한 사발 퍼 올려놓은 모습이 이채롭다. 벌거벗은 닭을 잔뜩 쌓아놓은 닭집을 지나니 각종 떡을 예쁘게 포장해 놓은 떡집에선 하얀 수증기를 뿜어대며 구수한 냄새와 함께 시루떡이 익어가고 있다. 돌아보니 야채 파는 가게에는 팔십쯤 되어 보이는 할머니가 쪼그리고 앉아서 쪽파를 까고 있다. 구부정하게 굽은 등에 목도리를 두르고 가끔씩 주위를 둘러보면서, 이제는 집에서 쉬실 때도 됐으련만 누구를 위해서 불편한 몸을 이끌고 추위와 싸우고 있나요? 옆집에서는 젊은 부인이 두부와 콩나물을 사면서 조금만 더 달라고 하자 주인이 젊은 사람이 살림도 잘하겠어 하면서 콩나물 한 움큼을 비닐봉지에 넣어준다. 손님 또한 흐뭇해한다.

이것이 소위 말하는 덤이다. 전통시장의 맛이다. 대형마트의 정찰 가격제와 달리 전통시장은 단골손님과 덤 그리고 정감 있는 입담이 살아 숨 쉬는 현장이다.

토요일이라 그런지 시장에는 손님이 꽤 많이 다닌다. 주인은 손님과 눈이 마주치면 반갑게 인사하며 뭐 찾으세요? 하면서 일하던 손을 멈추고 손님을 맞는다. 손님은 사기도 하고, 가격만 물어보고 돌아서는 사람, 구경만 하는 사람 참으로 다양하다. 나는 시장에 오면 활력을 느낀다. 한 삼십여 년 전 일이 기억난다. 직장 동료와 함께 야간열차를 타고 새벽에 동대문 시장에 갔다. 야유회 단체복을 사기 위해서다. 약속 장소에서 지인을 만나 시장에 들어서니 휘황찬란한 불빛에 수많은 옷들과 전국에서 모여든 장사꾼들로 시장은 북새통을 이루고 있었다. 아! 대한민국의 새벽 심장이 바로 여기구나. 새벽에 인력시장과 짐을 가득 싣고 새벽을 달리는 트럭을 마주칠 때, 항구의 컨테이너를 가득 실은 커다란 배가 뱃고동을 울리면 내 심장은 크게 고동친다. 마치 민태원의 〈청춘예찬〉에서 말하듯이 피가 끓고 가슴이 뛴다. 인류의 역사를 꾸며 내려온 동력 끓는 피 청춘을 시장에 오면 만끽한다.

직장 시절에 인연이 된 사람이 시장에서 두 내외가 장사해서 돈을 많이 벌어 건물도 사고 땅도 샀다. 하지만 부인은 무릎 수술을 하고 남자는 허리 수술을 했다. 두 사람 모두 건강을 잃은 것이다. 그럴 만도 했다. 새벽 2시에 트럭을 끌고 서울에서 물건을 해다가 자기 가게 및 다른 가게에 공급도 해주고 장사하고 돈 버는 재미로 그런 세월을 이십여 년 지내다 보니, 아침밥뿐 아니라 제대로 된 점심도 못 먹고 차에서 빵과 우유로 대충 때우면서 살아왔다고 한다. 지금은 가족에게 그 자리를 물려주고 가끔씩 나와서 가게를 봐준다고 한다. 가는 길이 조금 멀어도 필요할 땐 그 집으로 간다. 한번 맺은 인연의 끈을 놓지 않기 위해서.

오늘도 시장은 그런 사람들로 붐비고 있다.

※ 생존경쟁이 치열한 전통시장 사람들은 모두가 열심히 산다. 내 몸이 상하는 건 생각하지 않고 오로지 가족과 가

정을 위해서 추위도 더위도 참아가면서 내일이 있는 줄도 모르고 오늘을 위해 최선을 다한다. 세상 살다가 삶이 찌들고 힘들 때 활력 넘치는 전통시장을 한 번쯤 찾아보는 건 어떨까?

장날의 새벽 풍경

"자릿세 권리금 전대 등 불법행위 금지"

온양온천역 장터에 플래카드가 붙어 있다. 4일과 9일이 온양온천 장날이다. 바로 오늘이 장이 서는 날이다. 참고로 우리들의 고향 송악장은 2일과 7일이었다. 송악장은 폐쇄된 지가 어언 사십여 년이 지난 것 같다. 교통이 발전되어 대중교통이 많이 다니고, 새로운 마트 특히 지역 농협의 연쇄점 사업이 활성화되었다. 인근 온양온천에 대형마트가 많이 생기고 또한 큰 장이 열리기 때문에 송악장은 서서히 사라지게 됐다. 온양온천 장의 역사는 정확히 언제부터인지는 모르지만 예전에는 소전이 있는 실옥동과 온양관광호텔 주변에서 장이 열렸다. 이후 온양장은 아산중·고등학교 쪽으로 이동했다가, 현재에는 온양온천역사 아래 공간으로 장터가 이전되어 장이 서고 있다.

장날에 물건을 팔기 위해 지역 인근의 농산물을 가지고 장에 나오는 사람도 있지만, 대부분은 타지에서 온 전문 장사꾼이다. 소위 장 따라 이동하는 전문 '장돌뱅이'다. 파는 물건 또한 다양하다. 서서히 걸어가면서 물건들을 살펴본다. 쪽파 대파 무 배추 알타리 얼갈이배추 열무 상추 고추 마늘 등등 농산물을 판매하는가 하면, 딸기 사과 배 참외 수박 오렌지 등 과일도 판매한다. 수산물 종류도 판매하고, 대추 밤 땅콩 등 견과류도 진열하고, 각종 봄꽃 화분을 판매하는가 하면, 버섯을 가지고 나온 사람도 있다. 서울에서 모자를 팔러 매번 장마다 나오는 사람은 비닐 봉투에 물건을 가득 담아 장바닥에 내려놓고 차를 주차하러 간다면서 인사를 한다. 도고에서 농사를 짓는 아저씨는, 팔 물건이 없는지 오늘은 보이지 않는다.

조금 걷다 보니, "상인등록제(상인회 가입)는 선택이 아닌 필수"라는 플래카드가 붙어 있다. 장터도 상인회에서 운영하다 보니 상인회 가입을 촉구하는 문구가 걸려 있다. 그 순간, 강황과 울금을 판매하는 아저씨가 일찍 나온 손님을 잡고서 개시니까 싸게 드린다며 '마수걸이'를 했다. 소형트럭에 묘목을 가득 싣고 나온 부부는 장바닥을 싸리비로 쓸어가며 묘판을 옮긴다. 밀차로 과일박스를 나르는 부부, 보자기에서 두릅과 옻 순을 펼치는 할머니, 좌판에 과일을 진열하는 아저씨, 어묵과 족발을 파는 아주머니 손길이 바빠지고, 콩나물과 두부를 파는 부부도 한창 진열 중이다. "한우 선지국밥 4천 원 막걸리 소주 3천 원"을 써 붙인 부부는 어제저녁에 나와 포장을 치고, 장터국밥 냄새를 풍기면서, 손님 맞을 준비를 한다. 리어카에서 호떡을 파는 아저씨도 준비를 끝냈다.

장갑에 마스크와 옷을 파는 장사꾼도 있고, 농기계 그림 심지어 골동품을 파는 사람도 있다. 오늘은 뭐니 뭐니 해도 시기가 시기인 만큼, 묘목장수가 가장 많이 눈에 띈다. 고추모 토마토 가지 수박 참외 옥수수 잎당귀 상추 쑥갓 치커리모 등등 이름도 모르고 기억나지도 않는 묘목들이 장바닥에 진열되어 있다. 갑자기 친구 생각이 났다. 우리 동창 중에서 매 장마다, 본인이 생산한 농작물을 팔러 장에 나오는 친구가 있다. 2,000여 평의 밭에 장거리(장에 팔 물건)를 심어서 생산한 농산물과 쌀 찹쌀 등 논에서 수확한 농산물을 팔러 부부가 나온다. 친구 부부는 장터가 직장인 셈이다. 열심히 농사짓고 또 열심히 판매해서 아들딸 가르치고, 두 딸을 시집보낸 훌륭한 순수 농민 부부다.

친구 부부가 장사하는 장터를 기웃거려 봐도 오늘은 보이지를 않는다. 휴대폰 시계를 바라보니 5시 50분이다. 아직 너무 이른 시간인가 보다. 도로가에 주차했던 차들이 하나둘 사라지고 장바닥에는 오늘 판매할 물건들이 차곡차곡 진열되어, 손님 맞을 준비를 끝내간다. 새벽을 여는 봄날의 장터는 오늘도 그렇게 시작하고 있었다.

200

첫 새벽에 송악저수지에서

밤새 가로등 불빛 아래 영롱한 빛을 발하던 아침 이슬은 바알갛게 피어오르는 여명과 함께 사라지고 뿌옇게 피어오르는 물안개 사이로 엷은 파문이 인다. 불현듯 초딩 시절 소풍을 가서 옹달샘에서 바가지로 물을 떠서 후후 불어 먹던 그때 바가지에서 잔잔하게 떨리는 미동이 저수지 한복판에서 퍼지고 있다.

일찍 잠에서 깬 백로가 유유히 우아한 자태를 뽐내며 날아가고 있다. 날카로운 부리는 아예 없었다는 듯이 색소폰을 꺼내 물보라라도 일으킬 양 힘차게 불어본다. 내 바람에 콧방귀 뀌듯 잔잔한 파문 대신 손만 시리다.

학창시절 친구의 기타 치는 모습에 반해 어렵게 노가다 일을 해서 번 돈으로 기타를 사고 한없이 좋아했던 그때 시절이 그립다. 그 무렵 저수지에서 바라보는 풍경은 가깝고도 먼 듯 설화산이 보이고, 꼬불꼬불 제멋대로 생긴 다랑이논 사이로 난 신작로는 아스팔트가 아닌 흙먼지가 풀풀 풍기는 모래 자갈길, 가장자리에는 그 무엇이 부끄러운 듯 고개 숙인 코스모스가 하늘거리고 초가지붕 굴뚝에선 밥 짓는 연기가 모락모락 피어오르던 곳, 그곳이 나

의 젊은 시절 고향이다. 그 모습이 눈에 어리고 그때 철없
던 그 시절이 그립다. 나도 황금나락처럼 익어가는가 보
다. 아! 저수지에도 어김없이 가을이 찾아왔다.

콩 서리

　가을 들판에 누렇게 펼쳐진 황금물결은 가슴이 꽉 차오르도록 정겹다. 논뚝에 심어놓은 서리태를 바라보니 문득 콩서리 생각이 난다. 칠월 칠석 무렵 세 벌 김을 매고 나면 더위도 더위지만 농촌이 한가로워진다. 아궁이에 불을 지펴 밥을 하고 소죽도 나무로 불을 때서 끓이고 겨울철 부모님 온돌방을 따스하게 덥히는 것도 오로지 나무뿐이었다. 이 무렵이면 산에 올라 소나무 가지도 치고 떡갈나무 개금나무 자작나무 구렛나무 신갱이 참나무 쪽나무 참나무 싸도토리나무 오리나무 억새풀 등, 밑에서 자라는 풀은 닥치는 대로 모조리 깎고 베어 10여 일이 지나 잘 마르면 여기저기서 나무를 진 나무꾼들이 줄을 잇는다. 한참을 내달린 나무꾼은 바탕(쉼터)에 지게를 바쳐놓고 인근 논두렁에 있는 풋콩을 몇 포기 꺾어다가 뿌리 부분을 뾰족하게 깎아서 땅에 꽂고 나뭇짐에서 푸장나무 한 줌을 빼어낸 후 콩 사이에 끼어놓고 불을 붙인다. 화다닥 콩 튀는 소리가 나며 불이 삽시간에 타버리면 땀에 흠씬 젖은 잠뱅이를 벗어 휘휘 재를 날린다. 이때 구경하던 나무꾼들이 우르르 달려들어 쪼그리고 앉아서 정신없이 볶아진

콩을 주워 먹는다. 힘들고 배고픈 시절 그 맛은 꿀맛이다. 어느새 손과 입은 새까맣다. 서로를 마주 보고 웃는다.

이것이 내 고향의 옛 추억의 콩 서리다. 지금처럼 풍요로워진 요즈음 그 콩 맛을 어떻게 알랴마는, 옛 생각에 우리 아이들이 초딩 시절 밭에서 콩서리를 재현해 봤다. 신기한 듯 물끄러미 구경을 하던 아이들이 이젠 다 됐다, 먹자는 말에 앉아서 콩을 맛본 막내가 아빠 추운데 뭐하러 이렇게 먹어 별로 맛도 없는데 집에 가서 엄마한테 맛있게 볶아달래서 먹지. 맞는 말이다. 어찌 너희들이 그 시절 그 맛을 알겠니? 오늘도 가을은 익어간다. 나도 가을을 따라서 서서히 익어가지만 그래도 나는 가을이 좋다. 정말 기쁘다. 가을은 낭만과 풍요와 가슴 한편에 영원히 남을 추억이 있기에~~^^.

할미꽃 인생

세상을 호령하듯 큰 울음으로 태어나
부모님 사랑의 품속에서 기대와 희망을 품은 개나리로
피어나고
애틋한 사랑 꿈꾸면서 진달래로 성장하여
화려한 벚꽃처럼 순결함도 간직하고 정열적으로 불타는
장미 인생도 살아봤다.
내 갈 길이 멀고 먼 나그네인 양 뒤돌아보지 않고 달려
왔다.
길가에 밟히는 민들레 홀씨 되어 떠돌다 보니
어느새 무덤 앞에 고개 숙인 할미꽃이 되었구려
봄바람처럼 살랑이던 지난날이 바로 엊그제 같은데
내 몸은 천근만근 가까웠던 사람들은 하나둘 떠나가고
가족마저 외면하네 인생이 길다 한들 할미꽃이 장미 될까
인생이 짧다 한들 지는 꽃을 막을 수 있으랴
흙에서 자라나고 흙으로 돌아가는 할미꽃 같은 인생
어차피 피고 지는 일이 우리네 인생인 것을

어느 요양원에서

천당 다녀온 사람

풍수는 산골에서 태어나 국민학교 사 학년을 중퇴하고 아버지를 따라서 농사일만 열심히 배우면서 살아왔다. 가끔 친구들과 술잔이라도 기울이게 되면 "나는 공부를 못해서 국민학교 졸업도 못 하고 갱신히 언문 깨치고 더하기 빼기만 조금 할 줄 아는 오리지날 산골 촌놈이라네!"라는 말만 반복했다. 그래도 풍수는 성격도 쾌활하고 목청이 좋아서 소를 몰며 논갈이할 때도 주워들은 판소리에 민요까지 섞어 가면서 흥을 돋우고, 모내기 철에도 논배미에서 제일 큰 목소리로 힘든 농부들의 가슴에 흥을 돋구었다. 심지어 동네에 초상이 나면 요령잡이는 당연히 풍수 몫이고, 가끔은 타 동네로 불려 다니면서 요령을 흔들었다. 지금 같으면 인간문화재로 돈도 많이 받을 수도 있겠지만, 그 당시는 술과 밥 얻어먹고 궐련 담배 두어 갑 얻으면 그것도 감지덕지였다.

50년대 이승만 대통령이 실시한 토지분배로 취득한 산골 논 닷 마지기와 산골 다랭이밭 700여 평이 아홉 식구의 전 재산이요, 나머지는 남의 논을 몇 마지기 얻어서 농사짓는 것이 풍수네의 일 년 소득이었다. 소농인 풍수네는 일 년 농사지어 봤자 소작료 주고 나면 목구멍에 풀칠하기도 힘든 실정에, 그나마 열심히 일을 잘해서 남의 전답도 늘려서 농사짓고 송아지도 한 마리 사게 됐다. 풍수는 천하를 얻은 듯 기뻤고, 나이 갓 스물에 이웃 동네 참한 처녀와 결혼까지 하게 됐다.

하루는 풍수 아버지가 읍내를 다녀와서 "너도 결혼을 했으니, 내년부터는 담배 농사를 짓자!"고 하신다. 풍수가 "아버지 한 번도 안 해본 담배 농사를 어떻게 짓는단 말이요?" 하자, "담배 농사는 연초주재 공무원이 다 가르쳐 주는 대로 하면 된다. 무엇보다도 가을에 농사지은 엽연초를 국가에서 전부 수매를 해준단다"고 설명하신다. 정말 그랬다. 담배 농사는 '전매사업'이다. 전매사업이란 국가가 재정수입을 얻기 위하여 특정한 종류의 원료나 제품을 독점하여 판매하는 사업이다. 참고로 담배와 인삼 농사가 전매사업이다.

그 시절 농촌에서 돈을 만질 수 있는 유일한 방법은 벼농사를 지어서 수확한 쌀을 팔거나, 소나 돼지가 새끼를 낳으면 송아지나 돼지 새끼를 팔아서 목돈을 만들고, 밭에서 잡곡 농사를 지어서 먹고 남은 잡곡을 팔아서 추석이나 설 명절에 그 돈으로 자식들 한 치수 큰 옷과 신발을 사주고 흐뭇해했다. 그때 그 시절 목돈은 자식들 교육시키고 결혼시킬 수 있는 유일한 방법이었으나, 산골 동네에는 그런 농가도 별로 없었다. 다행히도 풍수네는 열심히 담배 농사도 잘 짓고 논밭 농사와 송아지도 팔아서 조금씩 땅을 늘려나갔다.

세월은 유수같이 흘러 풍수 나이 불혹(40세)을 지나 지천명(50세)에 접어들 즈음 읍내에 있는 술집 여자와 바람이 났다. "늦게 배운 도둑질이 날 새는 줄 모른다"고 술집 여자에 빠져서 처음에는 풍수가 농후소를 팔았다. 얼마 지나지 않아 논도 팔고, 재 넘어 밭을 내놨다는 소문이 돌자 이를 안 풍수 아내가 풍수 친구들을 찾아가서 "풍수 늦바람을 말려달라"고 사정한다. 친구들이 풍수를 찾아가서, "자네 정신 차리게!" 하면서 사정을 한다. 풍수가 "자네들이 알다시피 나는 평생 농사만 지으면서 담배공판 하는 날이나 송아지 팔러 읍내에 나가서 국밥에 막걸리 한 잔 먹으면 그것이 최고의 낙으로 알고 살아왔는데, 여관에 가보니 동지섣달에도 뜨거운 물이 철철 넘치고, 먹고 싶은 것 시키면 즉시 배달오고, 팬티만 입고 있어도 땀이 나는 이곳이야말로 천당이란 걸 지금에야 알았으니, 나를 말리지 말고 천당에서 조금 더 놀게 내버려두게나"라고 말했다. 친구들은 더 이상 할 말이 없었다.

그 뒤로 풍수 아내와 아이들이 난리를 치는 바람에 술집 여자가 도망쳐 버렸다. 얼마 후 풍수도 시름시름 앓다가 저세상으로 떠났다. 생전에 천당에 다녀온 풍수는 저승에서도 천당에 살고 있으려나?

사우나 가는 길

여전하게 동남편 하늘에 반짝이는 큰 별 2개와 깎아놓은 커다란 손톱 모양의 달님이 수직으로 정열을 맞추어 걸려 있다. 천지의 조화에 감탄하며 새벽길을 걷는다. 아 오늘은 저 별의 이름을 붙여보자. 궁리 끝에 작은 별은 내별, 큰 별은 모든 사랑하는 사람의 별로 정했다. 그래야 먼 훗날 내 눈이 흐려져도 잘 볼 수 있지 않을까?

고운 자태를 자랑하던 느티나무 단풍이 낙엽이 되어 발밑에 뒹군다. 스르륵 굴러가며 밟히는 낙엽에서 사각사각 소리가 난다. 이젠 낙엽이 떨어져도 슬퍼하지 말자. 올해의 할 일을 끝마치고 내년에 새잎을 맞이하기 위한 일련의 과정이라고 생각하자. 떨어진 잎 사이사이 숨겨져 있던 잔가지가 거미줄처럼 얽혀 있다. 미풍에 바르르 떨리는 모습이 어릴 적 토끼 새끼가 귀여워서 두 귀를 잡고 들어봤을 때 느끼는 심장의 파동과도 같은 느낌이 전해진다. 벌거숭이 된 모습을 바라보는 시선에 대한 부끄러움인가. 아니면 낯선 사람에 대한 두려움인가? 다시 발걸음을 옮기니, 손수레에 박스를 가득 실은 노인이 힘겹게 밀고 가고 있다. 빈 택시는 손님을 기다리고 편의점 알바생은 졸리운 듯 눈을 비비고 새벽 열차를 타기 위해 바쁘게 걸어가는 아가씨의 구두 소리가 경쾌하다. 이것이 생생한 우리들의 삶의 현장이다. 오늘 새벽에는 할 일을 끝내고 새잎을 맞이하기 위한 단풍나무처럼 오늘의 활력을 위해 사우나에서 진땀을 흘려보자.

삼신당에 올라

이틀 동안 지지부진하게 내리던 가을비가 멈추고 해님이 구름 속에서 숨바꼭질을 한다. 오늘은 오래전부터 별러오던 삼신당에 올랐다.

삼신당은 외암민속보존마을 좌측에 위치한 조그마한 솔밭 동산이다. 동산 한가운데 커다란 묘가 하나 있고 잔디밭이 넓어 어릴 적 추억이 가장 많은 곳이다. 성년이 돼서 그 묘가 조선시대의 유명한 대 성리학자 이간 선생, 호는 외암으로 그 호를 따서 현재 민속마을을 외암마을로 정했다는 것도 알았다.

아무튼 어릴 적 초등학교 운동장을 빼고는 그만한 놀이터가 없었다. 또한 놀이 기구도 없었다. 숨바꼭질 무궁화 꽃이 피었습니다 말타기 씨름 찍찍 깔렸다, 심지어 사람을 피해 싸움도 데이트도 삼신당에서 했다. 추석에는 송편 찔 솔잎도 삼신당에 올라서 솔잎을 땄다. 겨울철 놀이 중에 최고가 썰매타기다. 썰매를 타려면 썰매도 있어야 하지만 송곳이 필요하다. 송곳이란 손에 움켜쥘 만한 나무를 T 자로 못을 박아 만든 다음, 나무 아래 부분에 대못을 박아서 얼음판을 찍어서 썰매를 타는 소도구다. 송곳감을 구하기 위해서는 소나무에 올라 반듯하게 올라가는 순 꼭대기 부분 나무가 필요했다. 겨울철에도 몇 번씩 꼭 삼신당에 올라와 송곳감을 해왔다. 세월이 지나 아이들이 초딩 때는 비닐비료포대로 눈썰매를 타기 위해서도 삼신당에 올라야 했다. 학창시절에는 기타를 둘러메고 달밤에 올라 기타를 치면 여기저기서 선남선녀가 가깝게 혹은 좀 떨어진 곳에서 누가 기타를 치나 몰래 듣기도 하고 마음이 내키면 캄캄한 밤중에 2시간 40분 동안 대상도 없이 나무를 향하여 백 수가 넘는 시를 낭송하기도 했던 곳 지금 내가 감격적인 그곳에 우뚝 서 있다. 아! 가슴이 뭉클해진다. 어릴 적 추억에 젖어 천천히 동산을 돌아본다. 솔 향기가 은은하게 풍긴다. 아마 이것이 피톤치드 향인가 보다. 크게 심호흡을 해본다. 마치 삼신당 피톤치드를 다 마셔버릴 양 어릴 적엔 어른 장딴지만 하던 소나무가 지금은 한아름이 됐다. 바닥에는 솔잎이 푹 쌓여 푹신푹신한 느낌이 스펀지를 밟는 기분이다. 소나무 사이사이로 단풍이 식어가는 설화산이 보이고 저 멀리 재건은 사라졌지만 꺼치럭산도 보인다. 황금물결도 모두 사라져 공룡알로 변신했다. 드문드문 달리는 도로 옆 은행나무 가로수도 노오란 잎을 수시로 날리고 민속마을 주차장은 평일이라 그런지 단풍나무 옆에 군데군데 나들이 나온 차들이 주차해 있다. 한 바퀴를 돌아 옛날 그 자리에서 관객도 없

이 시 낭송을 해본다. 한 수 두 수 세월이 흘러선지 관객
이 없어선지 별 재미가 없다. 이제 지나간 추억은 그립지
만 삶에 쪼들려 못 했던 끼를 앞으로는 남을 위해 발휘해
보고 살자. 또다시 백수노인의 말씀이 생각난다. 진정한
삶은 남을 위해 사는 것이 남는 것이라고.

현충사

엊그제까지도 노오란 황금조각으로 뒤덮이던 주차장과 도로는 계절과 첫눈에 밀려 내년을 기약한 채로 우리의 시야에서 사라지고, 잘 가꾸어진 반송과 향나무, 벌거벗은 단풍과 소나무가 노란 잔디와 조화를 이루며 오늘이 겨울인가 싶게 따뜻하게 우리를 맞는다. 아! 얼마만에 다시 찾는 현충사인가!

우리 민족의 성웅 이순신 장군이 어린 시절부터 무과에 급제하기 전까지 기거하던 현충사가 1968년도에 성역화됐다. 중학생이던 나는 일 년에 몇 번씩 잡초제거 송충이 잡기 등 고교 시절에는 작업 및 사열연습으로 목총을 메고 도보로 몇 번씩 현충사를 오가야만 했다. 집에서 학교까지 왕복 15킬로, 학교에서 현충사까지 왕복 10킬로. 이런 날은 작업도 작업이지만 날은 더운데 오가기가 힘들었던 아픈 추억을 떠올리며, 지인들과 함께 아늑하게 자리한 현충사 경내를 둘러본다. 참 많이도 변했다. 조그마하던 나무들이 하늘을 찌르는가 하면, 연륜이 더해진 고택과 그 많던 학생들과 관광객은 어딜 가고 몇백 년 동안 활터를 지켜온 은행나무만 아픈 흔적을 아말감으로 때운 채로 묵묵히 그 자리를 꼭 지키고 있었다.

전국에서 모이던 관광객도 평일이라 그런지 드문드문 고즈넉한 경내를 삼삼오오 걷고 있다. 내려오는 길은 좌측 능선 아래로 향했다. 학창시절 나무젓가락으로 송충이를 잡던 나무는 간데없고, 하늘을 찌르는 전나무가 소나무와 더해서 피톤치드 향을 뿜어주고 있다. 예전에 힘들었던 기억들을 다 날려버리는 듯한 상쾌함이 밀려온다. 다시 한번 크게 심호흡을 하면서 연못에 이르니 사람 발자욱 소리에 잉어가 몰려든다. 관광객이 적어 잉어 먹이를 파는 곳도 없다. 할 수 없이 아쉬운 발길을 돌린다.

세월이 흘러 모든 것이 변하고 달라졌지만, 우리 민족을 구한 성웅 이순신 장군을 기리는 마음만은 온 국민이 한마음이기를 바라면서 아쉬운 발길을 돌린다.

사명감

비가 온다. 소나기다. 세차게 쏟아지다 못해 양동이로 들이붓는 것처럼 한 치 앞도 볼 수 없이 내리쏟는다. 파출소에 설치된 비상 사이렌이 울려 퍼지고 안내방송이 나온다. 송악저수지가 붕괴될 조짐이 보이니 주민들은 높은 곳으로 대피해 주세요. 계속해서 다급하게 울려 퍼지는 안내방송과 사이렌 소리에 잠이 깨어보니 새벽 3시다. 대가족이 살았던 우리 집은 할아버지 할머니를 비롯하여 아버지 어머니 누님은 결혼하고 동생들 포함 아홉 식구였다. 아버지는 가족들을 위뜸(동네 위쪽) 친척 집으로 피신시키고 난 후 우리 집 동산 1호인 소를 끌고 동네 동산으로 피난 가셨다. 너도 빨리 친척 집으로 가라고 당부하시고 이 고장에서 팔순을 넘긴 노인들도 이렇게 비가 많이 온 건 처음이란다. 평촌을 연결한 다리가 범람하고, 저수지에서 방수로로 넘는 물은 교각을 때리는 소리가 천둥 치는 소리보다 크게 느껴지고, 물보라가 10여 미터 이상 치솟았던 기억이 지금도 생생하다.

때는 1980년 8월 여름날 새벽이었다.

당시 나는 직장에 취업한 지 10개월쯤 됐을 때 일이고,

내 업무는 양곡창고와 비료창고를 관리하는 일을 담당했었다. 피난도 피난이지만 저수지에서 가까운 양곡창고가 걱정되었다. 양곡창고를 가보려고 길을 나서니 신작로에 물이 허벅지까지 올라와 그 길로는 갈 수가 없었고, 다리 난간에는 길을 가던 택시가 갈 수가 없게 되자 쇠사슬로 묶여져 있었고, 도로 옆 상가에는 물이 차올라 모래주머니로 물을 막고 양동이로 물을 퍼내고 있었다.

할 수 없이 먼 길을 돌아 창고에 도착하니 창고 마당에는 흙탕물이 차오르고 창고 바로 밑까지 물이 서서히 스며들고 있었다. 아! 이걸 어떡하나? 그 시절 정부양곡은 군인에겐 군량미요 서민에겐 귀중한 생명줄이었다. 길이 끊겨 차를 동원해서 양곡을 타 지역으로 옮길 수도 없고 참으로 난감했다. 창고에는 양곡을 반쯤 출고하고 남은 공간과 깔판이 쌓여 있었다. 그때 머리가 번뜩였다 아! 깔판을 높이 쌓아 양곡을 옮겨보자. 다시 동네로 돌아와서 동네 일꾼들을 설득했다. 그 당시 양곡상 하차료는 한 가마당 40원이었다. 미쳤나 돈도 돈이지만 이 물난리에 저수지가 터져 죽으면 어쩌려고? 한 가마에 100원을 줄 테니 해보자고 사정하고 설득하자 한 사람이 저수지가 터져도 튼튼하고 높게 지은 양곡창고가 무너지겠어? 창고가 더 안전할 수도 있어 하자, 한두 명씩 따라나서기 시작하고 최대한 많은 일꾼을 확보할 수 있었다. 깔판을 4개씩 쌓아놓고 양곡을 옮기기 시작했다.

나는 그 당시 젊고 남보다 힘도 좋았기 때문에 두 가마(120킬로)씩 어깨에 메고 나르기 시작했다. 높은 곳은 쪽다리를 놓고 오르고 내리고 뛰어다녔다. 참도 없고 물 한 모금 아니 아침도 굶은 상태에서 비지땀을 흘리며 나부터 죽기 살기로 하다 보니 일꾼들도 아무 소리 없이 잘 따라주었다.

한나절이 지나 거의 작업이 완료되었을 때 창고 공기창문으로 물이 조금씩 넘기 시작했다 아! 한 시간만 늦었어도 아래쪽에 있던 양곡은 물에 잠길뻔했다. 다행히 비가 서서히 잦아들기 시작했다. 그동안 겁이 나서 와보지 못했던 조합장님과 직원들이 하나둘 모이기 시작했다. 양곡이 높은 깔판 위에 쌓여 있는 상황을 확인한 후 모두가 감탄하며 노고를 치하한다. 두세 시간 지나 교통 통제된 다리가 해제되자 홍수로 양곡창고가 물에 잠긴다는 보고를 받은 농수산부 국장과 직원들 충남도청에선 농수산과장 아산군청 농정계 직원 면장과 면 직원 농협 충남 도지부 및 아산군 농협 지부장과 직원 그리고 국가보위 비상대책위원회(약칭 국보위) 중령과 대위 상사 세 명이 출동하여 현장 확인차 나왔으나 신작로는 물길로 막혀 오도 가도 못하고 있었다. 나는 그들을 멀리 논두렁길로 구두 벗고 바지 걷어 올리고 약 삼십여 명을 인솔하여 현장에 도착한 후 창고 문을 열고 일장연설을 시작했다. 그 당시 공무원들은 나는 새도 떨어트린다는 국보위에서 나온 군인들의 시선만 주시했다. 상황 설명을 다 듣고 난 후 국보위에서 나온 대위가 중령에게 위원장님께 표창 상신해야 되는 거 아닌가요? 그 말이 떨어지자 모두 안도의 숨을 쉬며 위기 상황을 슬기롭게 극복한 나를 이구동성으로 칭찬한다. 나는 중령에게 또박또박 말했다. 조상 대대로 농사짓고 살아온 사람으로 양곡의 중요성을 알기 때문에 목숨 내놓고 한 일이지 결코 상을 받자고 한 일은 아닙니다라고 당당하게 말했다. 그 후로 나를 표창 상신하는 것을 거부하고 책임자에게 그 공을 돌렸다. 나중에 후배가 왜? 형님이 상을 받지 다른 사람에게 양보했느냐고 묻는다. 벌써 사십여 년이 지난 이야기다. 돌이켜 생각해 보면 그 시절 아무리 양곡이 소중하다고 해도 목숨보다 귀중했을까? 목숨을 담보로 했던 무모한 사명감에 고개가 떨구어진다. 그 당시 나를 도와 일을 했던 동네 주민들은 거의 돌아가시고 몇 분 안 남았다. 죄송합니다. 고맙습니다. 비가 많이 오면 그 일이 생각나서 잠 못 이룬 적도 많고 그 후로도 비가 많이 와서 두 번이나 온 식구가 피난을 갔다. 이제는 무모한 사명감을 피해서 피난?을 해야 할 나이가 된 것인가?

花無十日紅(화무십일홍)

엊그제까지만 해도 정원이나 공원을 아름답게 수놓던 연산홍이 화려함의 극치를 다하고 사그라졌다. 도로변 가로수에는 이팝나무꽃이 절정을 이루고 있다. 이팝나무는 남부 수종으로 우리가 어렸을 적에는 내 고향에서 보지 못한 나무다. 나무에 꽃이 피면 함박눈 꽃을 연상하기도 하고 때론 하얀 사발에 흰 쌀밥을 가득 담아놓은 모습을 연출하기도 한다. 이팝나무는 순백의 아름다움은 있어도 향기가 없다. 향기가 나지 않는 이유는 꽃에 꿀이 없기 때문일 것이다. 꽃에는 꿀이 없고 향기마저 없는 꽃이어서 아쉬움이 남는다.

어제 신정호 터널을 지나며 창문을 여니 달콤한 꿀 향기가 코끝을 스쳐 들어왔다. 아카시아꽃이 만개하고 있는 중이다. 향기 있는 꽃이 얼마나 많던가? 대부분 꽃은 나름의 향기를 품고 피어나지만, 전국적으로 산재해 있는 아카시아꽃이야말로 대표적인 향기의 1등 주자라 해도 과언이 아니다. 아카시아꽃은 또한 최고로 많은 꿀을 머금고 피어나는 꽃이다. 어릴 적 아카시아꽃이 피면 그 꽃을 따서 먹었다. 비릿한 내음과 들큰한 맛이 나고, 많이 먹으면 어지러웠던 기억이 있다. 일제 강점기와 6 · 25동란을 겪으면서 우리나라의 산은 대부분 벌거숭이산이 됐다. 60년대 산림녹화사업으로 민둥산과 절개지에 나무뿌리가 50미터나 뻗는다는 아카시아나무를 주로 심었다. 그 나무가 커서 아름드리로 성장했고, 꿀 향기 풍기면서 꽃이 만개한다. 아카시아꽃이 피면 제일 반기는 사람은 양봉농가다. 꽃이 피는 시기를 따라 이동을 하면서 꿀을 채취한다. 올해는 벌이 많이 죽어 양봉농가가 울상을 짓지만, 꿀이라도 많이 채취하기를 기대해 본다.

아카시아도 한철이라 꽃이 지고 나면 그다음에는 노오란 감꽃이 핀다. 노오란 감꽃 꼬다리가 하나둘 소리 없이 다 떨어지고 나면, 비릿한 내음 풍기면서 밤꽃이 피기 시작한다. 산과 들에는 이름 모를 잡꽃이 피고 지고 열매를 맺는다. 우리 속담에 "花無十日紅(화무십일홍)이요, 달도 차면 기운다"는 말이 있다. 열흘 붉은 꽃이 없고 보름달이 그믐달 된다는 뜻으로, 힘이나 세력 따위가 한번 성하면 얼마 못 가서 반드시 쇠한다는 뜻을 비유적으로 이르는 말이다. 위에서 나열한 꽃과 같이 한번 피면 반드시 진다는 것은 자연의 이치로 누구도 피할 수 없는 진리이리라.

우리 고향 설화산 화마의 흔적도 잡목이 살아나고 잡초가 돋아나면서, 바위도 원래의 색깔로 돌아가 조금씩 상처가 아물어 가고 있다. 우리네 사람도 태어나서 늙어가고 병들어 죽게 된다는 생로병사는 누구도 피해갈 수 없는 진리의 말씀이다. 살아서 이름 석 자라도 남기기 위하여 남은 시간 무엇을 어떻게 해야 하나?~~^^.

내 고향 농촌의 봄소식

지구상에서 가장 강한 것이 있다면 그것이 무엇일까? 모정과 꽁꽁 언 땅을 뚫고 올라온 여리디여린 새싹이 아닐까?

내 고향 봄은 노란색으로 시작된다. 광덕산 자락에 드문드문 흰 눈과 함께 생강나무(개동백)가 삐죽삐죽 노오란 꽃을 피우면 앞 냇가 가로수 산수유도 질세라 노오란 꽃망울을 터트린다. 골골이 펼쳐진 냇가의 버들가지에는 버들강아지가 배불러 가고 저 멀리 광양지방에서 제일 먼저 꽃이 피는 설중매(매화)는 내 고향에선 별로 만날 수 없고, 드라마 〈허준〉으로 한참 유행했던 청매실이 나도 질세라 여기저기 하얀 꽃을 피우고, 덩달아 백목련 뒷동산에 숨어 핀 진달래와 울타리에 노오란 개나리가 피어나면서, 봄의 제왕 벚꽃은 물오른 꽃망울을 하나둘 터트리고 있다.

설화산 자락의 터줏대감이었던 구데이콤(LGU+) 안테나가 지름 20미터 4개, 지름 10미터 4개 총 8개 중에서 절반이 해체됐다. 확실한 이유는 알 수 없지만 아무튼 할 일을 다 한 모양이다. 전국에서 교통체증이 가장 심했던 삼

223

막골 다리 교차로는 온양에서 오다 보면 천안과 예산 방향으로 갈 수 있도록 길을 만들었고, 삼막골 다리 우측 교각에는 다리 서까래가 걸렸다. 금년 말 준공 예정인 공사가 차질 없이 진행되기를 바라면서 저수지로 오른다. 만수로 가득 찬 푸른 물이 넘실거리고, 올해 농사도 풍년이기를 기원하지만, 작년에 사상 초유의 물난리를 겪은 탓에 두려움이 앞선다.

그로 인해 수해예방대책으로 저수지에서 삼막골 다리까지 하천을 넓히고 또 하천제방을 1미터 높이는 공사로 1,250억 원이 책정됐다는 소문이 들리지만, 아직 공식적인 기관으로부터의 보도는 듣지 못했다.

저수지에서 바라보는 들녘의 평야는 진갈색으로 갈아엎었고, 여기저기 밭갈이가 시작되고 성질 급한 사람은 밭고랑을 검은 비닐 또는 배색비닐로 포장을 하고, 올 농사 준비를 하고 있다. 올해도 어김없이 계절의 봄이 찾아왔지만 내 마음에 봄은 찾아오지 않았다. 어서 빨리 코로나가 종식되고 마음에 봄도 함께하기를 기대하면서, 간략하게 고향의 소식을 전해봅니다. 친구들 모두 건강하세요 ~~^^.

내 고향 설화산 단풍

　나는 고향이 아산 송악이다. 거기서 나고 자라고 직장생활 전체의 반 이상도 고향에서 했다. 한마디로 우물 안 개구리다. 송악 하면 먼저 산골 생각을 한다. 맞는 말이다. 면적은 아산에서 제일 넓고 산이 전체면적의 70프로가 넘고, 아산의 생명수인 송악저수지 면적이 60만 평을 차지한 산수가 수려하고 공기 또한 맑아서 노후에 전원생활을 꿈꾸는 산골임에 틀림없다. 하지만 우리 동네는 면 소재지로 내가 태어나기 전부터 전기가 들어온 곳이다. 아산에는 내가 고등학교 시절 전기가 들어온 면 소재지도 더러 있다. 그때 전기가 들어온다고 좋아했던 친구들을 생각하면 웃음이 난다. 산세가 좋아선지 인물도 많이 배출했다. 왜 단풍 얘기를 하려다 고향 자랑?을 하는지 나도 웃음이 난다.

　어차피 자랑으로 시작했으니 자랑해 보자. 오늘 나는 설화산의 단풍을 제대로 보았다. 지금이 최대 절정이다. 설화산 하면 풍수지리상 화(불)산으로 분류한다. 그래서 외암민속마을의 괜찮은? 기와집은 대부분 집 안으로 물이 흐르고 조그만 연못을 만들어 놓았다. 설화산에서 흐르는 화기를 예방하기 위한 방편이란다. 그래선지 내가 성장하면서 산불을 구경한 적이 없었다. 그런데 약 오륙 년 전 설화산 동쪽 편에 불이 났다. 다행히 큰불이 아니고 한편 등성이만 올라타다가 꺼졌다. 설화산은 바라보는 방향에 따라서 그 모습이 전혀 다르다. 내가 보는 관점은 서남대학교 방향에서 바라보면 설화산이 제일 잘생겨 보이고, 오늘 얘기하고자 하는 단풍은 오전에는 해 뜨는 방향이므로 제대로 볼 수가 없고 12시~4시경 구온양에서 송악 방향으로, 더 정확히 설명하면 죄부동 오봉암에서 옛날 명(데이콤) 전까지가 제일 볼만하다. 어찌 설악산이나 내장산에 비교하오리마는, 단풍철에 설악산 또는 이름 있는 곳을 다녀오신 분들은 다 느끼셨을 것이다. 차가 막혀 길에서 시간 다 보내고 간다 한들 숙박하지 않으면 바로 돌아서야 했던 경험들을.

설화산 단풍은 잡목 단풍이다. 산등성 군데군데 물들인 모습이 균형을 맞추어 조화를 이루고 차를 타고 이동하면 설화산 서쪽 편 전체를 감상할 수 있고, 서남대나 송악저수지 쪽에서 바라보면 남쪽 면 전체를 볼 수 있다. 북쪽은 권장하고 싶지 않다. 무분별한 채석장으로 산이 심한 상처를 입었다. 올해는 심한 가뭄으로 잘 익은 단풍을 못 만날까 걱정도 했지만 오늘 바라보니 괜한 기우였다. 시간이 허락되면 나열한 코스를 둘러보고 외암민속마을 장터

에서 빈대떡에 막걸리 한잔하는 여유를 가져보는 가을이
되기를~~^^.

내 고향 산책

　창문을 열어보니 바람 한 점 없는데 제법 날씨가 쌀쌀하다. 하늘에는 전형적인 가을날답게 별이 총총하고 공기는 기분 좋게 느껴진다. 조끼를 걸치고 집을 나섰다. 목적도 없이 나섰지만 나는 어느새 황금나락이 펼쳐진 논으로 향하고 있었다. 가로등 불빛에 반짝이는 작은 구슬이 아름다워 차를 주차해 놓고 자세히 바라본다. 이슬이다. 바랭이풀에 맺힌 이슬 반짝이다 못해 영롱하다. 80년대 최고의 가요로 평가받는 양희은이 부른 〈아침 이슬〉이 떠오른다. 가사 중에 "~풀잎마다 맺힌~"의 풀잎이 바랭이풀이 아닐까? 이슬은 바랭이풀에 맺혀야 진짜 제맛이 난다. 예로부터 24절기 중에 15번째 절기인 백로 하면 흰 이슬이라고 하고 기온이 내려가면서 이슬다운 이슬점이 맺힌다. 갑자기 이슬을 먹고 산다는 메뚜기가 생각났다. 풀밭을 손으로 쓸어본다. 이슬이 사라지며 손이 차가워 손을 바꿔가며 헤집어 보니 손이 시리다. 다시 발로 이리저리 헤쳐봐도 메뚜기는 보이지 않는다. 메뚜기도 잠을 자느라 이슬이 먹고 싶지 않은 모양이다. 무엇이 부끄러운지 푹 고개 숙인 나락을 한 움큼 집어보니 거칠면서도 몽골몽골한 느낌이 잘 영글고 있음을 말해주고 있다. 흐뭇하다. 기나긴 장마와 태풍을 이기고 당당하게 서 있어야 할 텐데 겸손을 넘어 배꼽인사를 하고 있는 나락을 배웅하고 서서히 계곡을 찾아서 강당골로 향했다. 민속마을 장터를 지나고 느티나무 가로수엔 철 이른? 단풍이 하나둘 보이기 시작하고 강당골 산사에 도착하니 스님도 보이지 않고 목탁 소리 하나 들리지 않는다. 스님 대신 아름드리 소나무가 은은한 솔향을 품어내고 양화담 맑은 물은 돌 틈 사이로 소리 없이 흐른다. 초딩 시절 소풍을 와서 놀던 생각이 파노라마처럼 스쳐 지나가고, 피톤치드 향에 머리가 맑아지는 기분이 들어 두 팔 벌려 심호흡을 해본다. 한 번 두 번 가슴이 찢어져라 맑은 공기를 마셔본다. 공해에 찌들고 담배 연기에 피곤해진 폐를 대청소라도 할 양 공짜인 맑은 공기를 실컷 마시고 출렁다리를 지나 큰 용소로 향했다. 많지는 않지만 이슬만큼이나 새하얗고 맑은 물이 아침 정적을 깨고 떨어지고 있다.

  나도 우리 동창 괴물처럼 알탕(발가벗고 목욕)이라도 하고 싶은 충동을 접고 내킨 김에 광덕산 쪽으로 향했다. 새벽이라 그런지 가는 길은 침침하지만 맑은 공기에 산뜻하다. 멱시 삼 갈래 길에서 마리골로 갈까? 아님 어둔골 쪽으로 갈까? 망설이다 어둔골 지나 절골 가는 길에 만등바위 폭포 쪽으로 방향을 잡았다. 만등바위 폭포는 광덕산에서 약 3미터 높이의 내 고향에서 유일하게 부르는 폭포다. 새하얀 물이 하염없이 떨어지고 있다. 한참 만에 보는 풍경이라 차에서 내려 계곡으로 달려갔다. 손을 담그고 토끼처럼 세수를 하고 엎드려서 물을 벌컥벌컥 들이켰다. 시원한 물이 목구멍을 넘어 뒷골이 띵하다. 여기서도 보는 사람 없으니 알탕이라도 해볼까? 마음만 앞서지 용기가 없다. 내 머릿속은 옛날을 그리며 광덕산 정상 촛대봉에 섰다. 앞에는 거칠 것이 없다. 여기보다 높은 산은 주위에 없다. 속으로 외쳐본다. '내가 최고다' 차를 돌려서 천천히 내려온다. 옛날보다 많이 변했다. 골골 초가지붕이 슬레이트 지붕으로

바뀌다가 이제는 전원주택이 들어서 있다. 학다모니에는 카페가 들어서고 동막골에도 골짜기 끝까지 집이 들어섰다. 딩갈막 돌모랭이 벌뜸 소롱골에도 산수와 맑은 공기를 찾아서 내 고향에 전원주택을 짓는다. 온양 천안 시민들이 노후에 가장 살고 싶은 곳이 송악과 광덕이란다. 세월이 흘러도 산천은 변하지 않는데 사람은 자꾸 바뀌고 있다. 나는 80년대 초에 송악면 사람의 90프로 이상은 다 알고 있었지만 아마도 지금은 30프로나 알 수 있을까? 한번은 이런 일도 있었다. 직장생활 시 출장을 다녀오다 송남중학교에 볼일이 있어 일을 마치고 나오니 학생들 여남은 명이 모여 놀고 있었다. 장난기가 동해 다가가서 자

세히 살펴보고 한 아이를 가리키며 너 어디 사는 누구 아들이지? 하고 묻자 깜짝 놀라며 아저씨가 어떻게 우리 아버지를 아느냐고 되묻는다. 그렇게 시작해서 여남은 명을 다 맞혔다. 아이들은 나를 도사라 불렀다. 물론 동네를 물어보기는 했지만 나이를 들면서 사람들은 죽고 아이들은 도시로 직장을 잡아 떠나고 새 사람이 들어와 보금자리를 튼다. 지극히 자연스러운 현상이지만 어린 시절 우리 친구들의 마음의 고향은 아무리 멀리 떠나서 살아도 영원할 것이다.

그래도 내가 고향 가까이 살고 있으니 가끔씩은 고향 소식을 전해볼까 한다~~^^.

내 고향 산하를 그리며

농막에 앉아서 바라보면 내가 살던 동네 옆 산 먼점산이 보이고 그 뒤에 아득히 광덕산이 왼쪽으로 바라보면 동막골 소롱골 뒷산을 거쳐 가까운 골말산과 삼신당 자랑스러운 설화산을 거쳐서 눈을 돌리면 월라산(꺼치럭산) 재 건 바위를 지나 황산과 저수지 너머 저 멀리 봉수산까지 바라볼 수 있다. 눈에 담을 수 있는 산은 다 가보고 여러 번 다녀본 골짜기마다 추억이 깃든 내 고향 산하 지금은 바라보고 옛 추억을 회상하는 중년이 되었구려.

늘 푸르기만 한 소나무도 새순이 돋아나 삼 년이면 낙엽이 되어 떨어지거늘 칠순을 바라보는 인간이야 어찌 팔팔한 청춘을 기대할까? 내 고향의 골짜기는 어떠한가? 종곡리(북실)는 여름철 피서객이 줄을 잇고 재난 때 구만 명이 피난살이를 했다는 거산1구 구만리 거산2구 성골 골짜기도 길게 뻗쳐져 있고, 송학골 느릅실 골짜기며 마곡 1구 방아삭골 배댕이 정골 골짜기도 가볼 만하고, 유곡리 1구 지풍골 봉곡사골이며 동화학구 수곡리(머리설)골도 기차처럼 길게 펼쳐진다. 동화3구 배골도 아담한 골이 여러 갈래로 갈라져 있다. 여름에 피서객이 가장 많이 찾아오는 강당골은 수많은 골짜기 이름을 남기고 고향에서 가장 높은 광덕산은 아흔아홉 골이 있다고 전해진다. 아산시 농업용수 및 생명수로 축조된 저수지는 그 당시 충남에서는 예당호 다음으로 큰 저수지로 조황이 좋아 주말이면 강태공들의 카바이트 불빛이 저수지를 빨갛게 물들이는 장관을 연출했고 지금도 생명수 농업용수로의 역할을 다하고 있다. 조그마한 산골 면이지만 우리 고향에서 태어났거나 머물렀던 걸출한 인물 또한 살펴보면 독립투사 의병장 곽한일 장군을 비롯하여 국회의원이 두 명이요 장군 경찰서장 농협중앙회 이사(5선) 아산시 협의 단체장은 한때 독점하다시피 했고 우리 동창 괴물도 배출하지 않았나? 옛날에는 송악 촌놈이라고 불렀지만 지금은 송악 촌님?이라고 호칭하고, 중부권 최대 민속보존마을인 외암리(오양골) 민속보존마을의 고택이며 백년송 돌담길은 나그네를 머물게 하고 다시 찾게 되는 내 고향, 내가 살던 고향 집 넓은 집터에도 바깥마당을 제외하곤 전부 돌담으로 둘러쳐져 있어서 여름에는 돌담 위에 노오란 호박꽃이 피고 호박이 열리면 새우젓에 볶아 먹고 들기름에 전도 부쳐 먹고 수제비 국수에 넣어 먹어도 남아서 가을에는 누런 늙은 호박이 돌담 위에 주저리주저리 달리고 헛간채 지붕에는 새하얀 박꽃이 달빛을 마주하고 달덩이 같은 박이 커서 박 타는 날 혹시 박 속에서 보물이라도 나올까?

기대했던 어린 시절은 저 멀리 흘러갔다. 올해는 코로나로 인해 외암 짚풀문화제 행사(아마도 제21회)를 취소했다고 한다. 계속 이어지기를 바랐는데 아쉬움이 남는 상황이다. 산수가 수려하다 보니 주로 송악면 동서 편으로 풍수를 보고 찾아 지어진 나름 이름 있는 절을 살펴보면 월구리 용담사 윗산막골 용화사 설화리 송암사 강당리 강당절 마곡리 온양 불국사 유곡리 봉곡사 송학리 길상사 등 그 외에도 굿당 암자 등이 스무 곳도 훨씬 넘는다. 내 고향 하천은 어떠한가? 한 방울 두 방울이 모여서 골골이 흐르는 수많은 실개천이 합해져서 앞 냇가 뒤 냇가로 나뉘고 앞 냇가에는 하얀 자갈과 모래로 뒤덮여 여름철엔 우리들의 놀이터요 최고의 수영장이 되고 각종 물고기가 뛰어놀며 1급수에서만 산다는 수박 향이 나는 은어가 펄쩍 뛰던 곳이고, 뒤 냇가 맑은 물은 버들치 피리 구구락지 빠가사리 메기 붕어 미꾸라지 가재가 득실거리는 천혜의 보고였다. 이맘때쯤 얼개미 가지고 풀숲을 뒤지면 새까만 새우가 팔딱팔딱 거리던 추억은 누구나 기억날 것이다. 예쁘게 자라고 있는 김장채소를 물끄러미 바라보면서 아름다운 내 고향의 옛 산하를 하염없이 그려본다~~^^.

내 고향 봉곡사

아침에 일어나니 엊저녁에 보였던 둥그스름한 달은 구름에 가려 보이지 않고 샛별만 서너 개 반짝거린다. 어제 새벽하늘을 수놓던 별들은 모두 구름 속에 숨어버렸다. 신정호로 향하다 보니 문득 봉곡사에 가보고 싶다. 생각난 김에 가보자 하고 청댕이고개를 넘고 황금벌판을 지나 공사 중인 삼막골 다리를 지나 민속마을을 스치면서 또다시 오미니고개를 넘는다. 유곡리 다리에서 우회전해서 호젓한 도로를 달리다 보면 어느새 봉곡사 주차장에 도착한다.

온양 집에서 출발했지만 불과 20여 분 정도면 갈 수 있는 가까운 거리다. 초딩 오 학년 우리 모교에서 봉곡사 소풍 가던 시절은 모래 먼지 풀풀 날리고 자갈에 발도 차이면서 두어 시간을 힘들게 걸어갔던 추억이 떠오른다. 새벽인지라 오고 가는 차가 없어서 봉곡사 경내로 오른다 아! 봉곡사 하면 누가 뭐래도 백년송, 천년 숲길이다. 약 600~700미터를 오르면서 양옆에 서 있는 소나무는 나무마다 V 자로 파여진 자국을 아말감으로 때운 상처를 안고 서 있다. 일제 강점기 시절 송진을 채취해서 연료로 사용한 가슴 아픈 역사를 혹자는 훈장이라고 표현하기도 한

다. 70~80년 전 아픈 상처도 잊은 채 은은한 솔향을 뿜어내고 있다. 얼마나 많은 사람들이 이 아름다운 길을 오르내렸겠는가? 사랑하는 연인끼리 이 길을 오르내리면 사랑에 골인한다고 해서 7, 80년대에는 많은 연인들이 소문을 듣고 봉곡사 천년 숲길을 찾아왔다.

내가 전해 들은 이야기는 서울에 사는 연인이 70년대 말 서울에서 장항선 기차를 타고 온양온천에서 내려 다시 유구 가는 덜컹거리는 버스를 타고서 유곡리 버스 주차장에서 내려서 자갈길을 물어물어 봉곡사를 찾아갔다가 내려오는데 높은 구두? 때문에 발뒤꿈치가 벗겨져서 도저

히 걸을 수가 없어서 업고 내려왔는데 그것이 인연이 되어 결혼했노라며 그 뒤에도 가끔은 봉곡사를 찾았다고 한다. 나의 직장상사한테 들었던 생각이 떠올라 혼자 웃음 지어본다.

어찌 됐던 인연을 맺어준 천년의 숲길은 2004년 제5회 전국의 아름다운 숲 찾기에서 천년의 숲 어울림 상을 수상하기도 했다. 연인을 떠나 가족 혹은 친구들과 함께 꼭 가보라고 권장하고 싶은 우리 고향의 보물이며 전국적으로도 아픈 역사와 함께 백년송을 감상할 수 있는 곳이 몇 군데나 있을까 싶다. 상쾌하고 기분 좋은 솔향을 맡으면서 봉곡사 경내를 둘러본다. 봉곡사는 신라 진성여왕 원년에 도선국사가 창건하고, 고려시대 보조국사가 중창하고, 조선시대 함허국사가 삼창하고, 조선시대 중수 등을 거쳐 지금에 이르고 있다는 안내 표시판을 대충 읽은 후에 경내를 둘러본다. 작지만 고즈넉한 절로 새소리 하나 들리지 않는다. 직장생활 시절 출장을 나와서 수없이 다녀간 곳이다. 조그만 봉곡사 대웅전 뒤에는 대나무 숲과 함께 단단하고 영글게 큰 몇백 년 묵은 느티나무 괴목이 즐비하게 늘어서 있고, 가을 단풍은 장관이었다. 또 경내 우측에는 약 30미터도 넘음 직한 아름드리 향나무가 하늘 높은 줄 모르고 당당하게 버티고 서 있었다. 지금까지도 그렇게 큰 향나무는 본 적이 없다. 어느 날 새로 온 주지스님이 산불예방이란 미명 아래 모두 베어 버렸다. 나중에 안 일이지만 돈이 욕심나서 모두 베어 팔아버린 것이다. 신도들의 항의로 결국 쫓겨났지만, 나는 천년고찰 아름다운 풍경을 망쳐버린 그 스님을 몹쓸 중놈이라고 부른다. 그 후로 속이 상해서 한 십여 년을 봉곡사를 가지 않았다. 옛날 그 자리 그 모습을 상상하면서 서서히 천년 숲길 고송의 향기로 쓰린 상처를 달래보면서 발길을 돌린다. 자랑스러운 백년송이여 영원하라!

내 고향 황금벌판

　새벽에 신정호를 산책 후 아침밥을 먹고 송악으로 향한다. 매일 쳇바퀴 돌듯 돌아가는 요즘 나의 일상이다. 가는 길 가로수에 성질 급한 은행나무는 노오란 물감을 칠하고 또 다른 나무는 서서히 연두색으로 변해가고 있다. 농막에 들려 채마밭을 돌아보니 배추벌레가 배춧잎을 갉아먹고, 살이 오를 대로 오른 뚱뚱한 모습을 하고서 파란 보호색으로 위장하고 배춧잎에 붙어 있다. 요놈 잘 걸렸다. 잡아서 발로 밟아보니 파란 배추즙이 찍 하고 튀어나온다. 소독통을 꺼내서 약을 타서 배추며 무우 알타리 쪽파 대파 고들빼기 생강 갓 등 요즘 베어다 먹는 아욱을 제외하고 골고루 농약을 살포했다. 할 일을 하고 나니 기분이 상쾌하다.

　날씨도 화창한데 저수지나 가보자. 언제 봐도 저수지 제방에서 바라보는 내 고향 풍경은 정겹고 아름답다. 여기저기 돌아보다 보니 황금벌판에 커다란 개미 한 마리가 돌아다니면서 나락을 갉아먹고 있다. 빙빙 도는 모습을 한참 바라보니 황금벌판에 직사각형 모양의 구멍이 뻥 뚫렸다. 커다란 개미는 양이 안 차는지 다른 곳으로 서서히 이동하고 있다. 아! 황금벌판에 구멍이 났다. 이제부터 벼 베기가 시작된 것이다. 오늘은 한 마리지만 며칠만 지나면 여기저기서 커다란 개미들이 나락을 다 갉아 먹으면서, 이달 말쯤이면 황금벌판을 다 삼켜버릴 것이다. 내 고향 황금벌판이라고 해봐야 아산시 선장면의 1개 리 만큼도 안 되는 좁은 면적이다. 그래도 나는 내 고향 황금벌판이 더 좋다. 넓은 들녘의 황금벌판은 지금은 풍요롭고 아름다울지 몰라도, 추수가 끝나면 얼마나 황량하고 삭막할까? 내 고향은 산이 많고 커다란 저수지와 하천이 아름답고 나무가 많다. 내가 직장생활 시 선장면 들녘 마을에 방문할 일이 있었다. 좁은 농로 길을 따라 한참을 가다 보니 논 옆에 집들이 붙어 있고 심지어 집 추녀 밑까지 모를 심어놓았다. 농약 냄새 제초제 냄새 풍기고 어디를 바라봐도 밭도 보이지 않고 모두가 논이었다. 마을회관에 들러 일을 마치고 커피를 마시면서 한 아주머니한테 물어봤다. 보이는 게 다 논인데 황량하지 않느냐고? 나에게 어디서 왔느냐고 되묻는다. 내 고향이 송악이라고 답하자 대뜸 좋은 데 사시네요, 하면서 자기 고향은 공주의 산골이란다. 내가 되물었다. 어떻게 산골에서 들녘으로 시집오셨느냐고 묻자, 아주머니 왈 친정아버지가 어렵고 힘들던 시절에

선장 사는 총각의 청혼을 받고 이것저것 따지고 볼 것

도 없이 결혼하라고 재촉해서 시집을 왔단다. 친정아버지 생각은 산골생활로 어렵게 살다 보니 쌀밥도 제대로 못 먹었는데 들녘으로 시집가면 쌀밥은 실컷 먹을 것 아니냐? 그때 그 시절은 그랬다. 오죽하면 김일성의 최대 목표가 이밥에 고깃국이었을까? 친정아버지 말씀대로 시집와서 보릿고개 시절에도 쌀밥은 원 없이 먹었단다. 하루는 친정아버지가 딸 사는 모습이 궁금하여 딸네 집을 오셨는데 공주 산골 마을에서 살았고 교통이 불편하고 하다보니 공주에서 선장을 찾아오시는데 한나절이 기운 점심때가 지나서 딸네 집에 오셨는데, 시장이 멀다 보니 반찬은 사 올 생각도 못 하고 부랴부랴 쌀밥을 지어 새우젓에 김 그리고 김치하고 밥사발이 넘어갈 정도로 가득 퍼서 드렸는데 기름이 좔좔 흐르는 들녘 쌀이라 그런지 아 참 맛있다며 다 드셨단다.

　가시는 길에 드릴 건 쌀밖에 없어 쌀을 드렸고 어쩌다 친정 부모님 생신 때 친정 나들이를 하게 되면 시부모나 신랑이 담아주는 쌀의 무게가

　무거울수록 친정집 산골길 10여 리가 어린아이 둘러업고 머리에 쌀자루를 이고 산 고개를 넘어도 친정 부모 동생들 흰 쌀밥 지어줄 생각에 발걸음이 가벼웠다고 하면서 눈물을 훔치시던 아주머니. 나도 덩달아 눈시울이 붉어졌다. 우리 친정도 받지만은 않았다고 하시면서 봄이면 고

사리며 각종 나물을 말려놨다가 주시고, 가을이면 호두 밤 감에 도토리묵 메밀묵을 광우리에 가득 가져오면 시부모가 귀한 음식이라고 좋아하셨단다. 그래도 지금은 친정 산골이 더 좋다고 하신다. 아무리 배불러도 누구나 고향이 그립고 생각나는 건 나이 탓만은 아니리라. 내가 제안했다. 이 동네는 동민들이 돈을 모아 논을 사서 조그만 동산을 하나 만들어 과일나무도 심고 원두막도 만들어 동네 노인과 고향 찾아오는 아이들 일하다 힘든 농민들의 쉼터로 활용했으면 좋겠다고 말하자, 내 말이 그 말이유, 그런데 땅 많이 가진 사람이 내놓나요? 하며 한숨을 쉰다. 햇살이 반짝거리는 저수지를 바라보며, 그래서인지 더더욱 내 고향 황금벌판과 산하가 더 좋게 느껴진다~~^^.

함 1

"함 사세요! 함 사세요!"

이 소리는 약 40년 전에 우리 친구들이 친구 장가 갈 때 예비 신부 집에 가서 부르던 함성이다.

어느 날 지인의 아들이 결혼한다고 청첩이 왔다.

사정이 있어 갈 수 없기에 미리 축의금을 전달하러 갔다가 혼주를 만나 차를 한잔하러 카페에 들러 차를 마시다 함 얘기가 나왔다. 요약하면 김형 요즘 함에는 신부 가방이 필수요? 그게 무슨 소리요? 쌀 삼십 가마짜리 신부 가방을 꼭 넣어야 한다고 하기에 마누라랑 싸우다 나왔소.

농사를 짓고 사는 혼주 입장에서는 기가 막힌 노릇인가 보다. 남의 일에 가타부타할 사항이 아니기에 글쎄요. 형편과 상황에 따라 해야 되겠지요. 원래 함의 유래를 보면 신랑의 태어난 일시를 적은 사주단자, 정식으로 혼인을 청하는 혼서지, 채단이라 일컫는 청색 홍색 비단 오방주머니라고 해서 목화씨 팥 노란 콩 숯 찹쌀 등을 담아 신랑 신부가 백년해로하기를 기원하는 의미 있는 물품과 봉채라고 약간의 예물과 부부 금슬을 뜻하는 기러기 등을 담은 것인데 신부에게는 보물상자인 것이다. 그것도 자기 형편과 분수에 맞게 정성을 다하면 될 것이다.

　우리 친구들 결혼 적령기에 함을 팔러 갔다가 기가 막힌 잊지 못할 추억이 있기에 소개하고자 한다. 장가가는 날짜를 받아놓은 친구의 결혼식 일주일 전쯤으로 함 파는 날이 잡혀 적당한 함진아비를 정하고 여남은 명이 모여 얼마 정도에 함을 팔자고 상의를 한 후에 술도 한잔 걸치고 함을 지고 예비 신부 집으로 향했다. 신부 동네에 도착하자 큰 소리로 "함 사세요, 함 사세요" 하며 분위기를 띄우자 신부 친척인 듯한 사람의 입질?이 시작됐다. 첫 번째 봉투가 나오고 다시 함성을 지르고 또 봉투가 도로에 깔리고 어서 가자 이대로는 못 간다. 그럭저럭 신부 집 바깥마당 앞까지는 그런대로 깔깔대며 진행이 잘됐다. 갑자기 우락부락하고 덩치 좋은 운동선수? 이십여 명이 나타나 친구들을 저지하며 함진아비를 번쩍 안고 안마당을 지나쳐 마루 앞에 내려놓았다. 순식간에 일어난 일이었다. 참으로 어처구니없고 황당했지만 게임은 이미 끝났다. 예비 신부 측에서 친척들과 동네 청년들이 벌인 자작극이었다. 함 가지고 진상 부리면 완력으로 끌어들이라고 행사?를 끝낸 사람들은 바람과 함께 사라졌다. 다시 함을 지고 후진할 수는 없는 일이다. 이렇게 당해본 적도 없었고 이대로 물러서기에는 억울했다. 혼주(신부 아버지) 계시는 곳을 물어보니 사랑에 계시다고 하기에 찾아가서 우선 넙

죽 절하고 신랑 친구 아무개인데 세상에 이런 법은 없습
니다, 하고 자초지종을 말하니 껄껄 웃으시며 밖을 향해
얘들아 여기 큰손님 오셨다. 술 한 상 잘 봐오거라 몇 순
배의 술잔이 오고 가자 서서히 맺혔던 응어리가 풀어지고
있었다.

함 2

또 다른 친구의 함 팔던 이야기다.

결혼 적령기를 맞은 우리들은 일 년에 두서너 번씩 이어지는 행사다. 함 파는 날짜가 정해지자 우리들은 모여서 궁리를 한다. 이번에는 어쩌구저쩌구 하자고 그때 예비 신랑인 친구가 말한다. 우리 처 작은아버지가 그 동네에 거주하시고 한학을 많이 배우신 분인데 법도에 치우치면 그 꼴을 못 보시는 분이라 조용하게 함을 팔아줬으면 좋겠다고. 알았다고 말하고 함진아비를 골라 함을 지고 행사를 시작했다. "함 사시오, 함 사시오" 신부 집 근처에 도착하자 동네 아주머니부터 친척들이 함을 기다리고 있는데 그중에 유심히 살펴보니 신랑이 말한 처 작은아버지로 보이는 사람이 어슬렁거리고 있었다. 먹잇감을 노려보는 사자처럼? 그렇다고 함을 안 팔 수도 없는 노릇이고, 하던 대로 "봉투를 한 발짝 움직일 때마다 깔아라", "두세 발짝 앞으로 움직여라", "가자", "못 간다" 실랑이를 벌이는 판에 그분(신부 처 작은아버지)이 가까이서 험한 인상을 하고 다가왔다. 그때 그분을 향해서 소리쳤다. "경행록에 왈 은의를 광시하라 수원을 막 결하라 로봉협처면 난회피니라", 뜻을 풀면 "경행록에 이르기를 은혜와 의리를 베풀어라 원수를 맺지 마라 좁은 길에서 만나면 피하기 어려우니라", 어허 젊은 양반이 명심보감을 읽었어? 하며 흥미를 보이기 시작했다. 그 말이 끝나기 무섭게 "학이 시습지 불역 열호아라" 뜻을 풀면 "배우고 익히면 또한 기쁘지 아니한가?" 논어 첫 구절에 나오는 말이다. 어허 논어를 읽으셨다 하며 태도가 싹 바뀌었다 사실 나는 초등학교 육 학년 겨울방학 때 외암리 글방에 한 달 다닌 것이 내 한문 공부의 전부이다. 논어를 읽은 것은 고사하고 명심보감도 몇 줄 못 배운 사람이다. 67년도부터 한글전용이라고 해서 교과서에도 한자 한 줄 실리지 않았다. 그런 연유로 해서 함도 잘 팔고 뒤풀이를 하는 중에 누가 나를 찾는단다. 나가보니 그분이 나를 기다리고 있었다. 서로 통성명을 하고 결혼을 했느냐고 묻는다. 미혼이라고 답하자 머리를 긁적이며 내가 우리 조카보다 훨씬 좋은 처자가 있는데 중신 한번 할까? 또 한번 황당했다. 나중에 안 일이지만 친구 결혼식이 끝나고 신랑네 집에 자양 올 때(신부가 결혼하고, 신부 친척이 신랑 집에 답방 가는 것을 말함) 그분이 따라와서 나를 찾았다고 한다. 어떤 인연이 있었던 것일까?

이제는 돌아갈 수도 없고 돌아가서도 안 되는 길이기에 지난 일들이 추억이 되어 머릿속에서 깜박거리며 돌다가 쉬다가를 반복하고 있다. 고장 난 축음기처럼~~.

추수하는 가을 벌판에서

올해도 어김없이 넓은 벌판에 가을이 돌아왔다. 우리 인간도 노랫말처럼 늙어가는 것이 아니라 내년을 기약하는 무언의 약속으로 익어가는 걸까? 우리들의 생명창고 황금물결이 넘실대는 들판 한가운데 콤바인이 굉음을 내며 고속도로를 내고 있다. 1차선 2차선 자꾸자꾸 도로가 넓어지며 나락이 기계에 빨려들고 있다.

문득 어린 시절 이발소에서 이발사가 우는 아기 달래가며 바리깡(?)으로 머리를 밀듯 여기저기 들판에 나락이 스러지며 반듯한 고속도로가 생긴다. 예전엔 이맘때쯤 온 동네가 바빠진다. 갑돌네 갑순네 할 것 없이 어떤 집은 품앗이로 누구네는 사람을 사서 때로는 호락질로 모두가 매일같이 한 포기 두 포기 낫으로 한없이 벼를 잡아당긴다.

해가 코빼기에 비칠 무렵 일꾼들이 힘든 허리를 펴며 마을 어귀를 쳐다보면 멀리서 광우리를 머리에 이고 한 손엔 주전자를 들고 부지런이 각자의 논을 향해 바쁜 걸음을 재촉하던 그립고 정겨운 모습은 아득한 추억으로 남긴 채 기계화와 산업화에 밀려 아낙의 광주리 대신 가끔씩 오토바이를 탄 철가방이 농로를 달린다.

그사이 벌써 고속도로는 여기저기 4차선이 되고 8차선이 된다.

앞으로 먼 훗날엔 누군가가 어떻게 황금물결에 고속도로를 낼까?

새벽별을 헤다

밖을 나와 보니 제법 날씨가 쌀쌀하다.

어제 가을비가 내려서인지 공기가 너무도 상쾌하다.

두 팔을 벌려 크게 심호흡을 해본다.

가슴을 지나 배 속까지 시원하게 내려간다.

하늘을 바라보니 파란 하늘빛 속에 별들이 새하얗게 영롱하다.

아! 얼마 만에 이토록 맑은 별을 보는 건가?

어릴 적엔 유난히도 별이 많았다.

은하수도 강물처럼 자주 흘러갔다.

내가 좋아하는 윤동주 님의 〈별 헤는 밤〉이 생각나 나도 하나둘 헤아려 본다.

지난날의 추억들을 사랑과 슬픔 고뇌와 절망 희생과 기쁨 봉사와 보람 한없이 세어본다.

셋 넷 열 스물 서른 마흔 쉰하나 쉰둘~

살아온 삶이 파노라마처럼 별 위에 펼쳐진다.

발을 옆으로 돌리면 더 많은 별들을 헤아릴 수 있지만

나는 또 다른 추억을 만들어 헤아리기 위해서 끝내 발길을 돌리지 않았다.

내 마음을 아는 양 서산에 하얗게 걸린 달님도 빙그레 미소 짓는다.

내년엔 더 많은 추억과 함께 꼭 영롱한 별님을 만날 수 있을 거라고~~^^.

펜팔

조그만 시내의 버스 정류장 변두리 다방에 하얀 손수건을 손목에 두른 아가씨가 출입문을 바라보며 누군가를 기다리고 있다.

시간이 지나자 하얀 와이셔츠에 빨간 넥타이를 매고 감색 양복을 입은 얼굴이 시커멓게 그을린 청년이 두리번거리면서 아가씨가 앉아 있는 테이블로 다가와서 "○○씨죠?" 하자 "네" 하고 대답한다. "기다리게 해서 죄송합니다" 하면서 손목시계를 바라본다. 시간은 11시 정각을 가리키고 있었다.

"아닙니다. 제가 차 시간이 빨라서 마땅히 갈 곳도 없고 해서 기다리고 있었다"고 말한다. 엊그제 만나자는 연락을 받은 갑수는 엊저녁 밤잠을 설치고 일찍 일어나 아침밥을 먹고 형님 결혼식 때 형수가 해준 단벌 양복을 꺼내서 입었다 벗었다 하고 넥타이를 여러 번 매었다 풀었다 해보면서 시내로 나가는 버스에 올랐다.

목욕탕에 들러 머리도 깎고 목욕도 하고, 한마디로 촌놈이 때 빼고 광을 냈다. 동네 선배로부터 만나서 무슨 말을 해야 하고 점심은 무얼 먹고 데이트 장소는 어디로 가고 극장도 가보자고 하고 아무튼 머릿속은 어지럽고 설레였다.

갑수가 "차는 무얼로 하실까요?" 하자 아가씨가 "커피요", 하자 갑수도 "같은 걸로 주세요" 한다. 잠깐의 침묵이 흐르는 동안 청년은 아가씨의 얼굴을 살펴본다. 눈에 띄게 예쁘지는 않지만 둥그스름한 얼굴에 건강해 보였다. 속으로 이 정도면 괜찮다고 쾌재를 부르면서 "이름이 이미선 씨라고 했죠?" 하자 "예 이갑수 씨" 하고 대답한다. 또 침묵이 흐르고 다방 아가씨가 커피를 들고 와서 "프림을 타드릴까요" 하자 갑수는 "네!" 하고 대답하자 미선씨도 "저두요" 하고 대답한다. 갑수가 커피를 들고 주위를 살펴보니 여기저기 앉아 있는 손님들이 두 남녀만을 바라보는 것 같아 갑자기 얼굴이 화끈거린다. 목이 타는 것 같아 커피를 훌쩍 마셔버리고 물도 벌컥벌컥 들이켰다. 미선 씨도 커피를 빨리 마셔버렸다.

다시 침묵이 흐르고 갑수가 일어나자고 하자 미선도 따라나섰다. 계산을 끝내고 돌아서는 갑수는 뒤통수가 화끈거리고 가슴속은 발동기가 쿵쾅거리고 있었다.

그때가 77년인가 78년도로 기억된다. 석 달 전 동네 후배가 "형한테 부탁이 있어서 찾아왔다"라고 하면서 호주머니에서 쪽지를 꺼낸다.

내가 뭔데라고 하자 우리 규 관내 ○○에 사는 아가씨

인데 하면서 펜팔 광고를 보여준다. 내가 살고 있는 면에서 약 15킬로 떨어진 면에 사는 후배보다는 두 살 아래고 중학교를 졸업했다고 써 있었다.

사실 후배는 국민학교를 졸업하고 아버지와 형을 도와서 농사도 짓고 형님 일도 도와주고 있는 순박한 청년이었다. 나는 국민학교밖에 못 나왔는데 아가씨가 중학교를 나온 것이 걸린다면서 머리를 긁적거리는 후배를 바라보면서 모처럼의 간절한 부탁인데 도와준다고 대답을 해버렸다.

대신 조건을 걸었다. 내가 대신 대필을 해서 두 사람이 만날 수 있게만 해주겠다고 약속하고 그 후에는 너희 둘이 알아서 하라고 다짐했다. 그리고 어릴 적에 고향을 떠나 서울에서 옷가게 점원을 하던 말 잘하고 연애 경험도 풍부한 선배의 조언을 받으라고 알려줬다. 나는 본의 아니게 남의 연애편지를 쓰게 됐다.

"내가 미선 씨의 펜팔 광고를 보게 된 것이 얼마나 다행스럽고 큰 인연인가 하고 생각합니다. 다른 사람들은 볼 수 없도록 모든 광고를 지워버리고 싶은 심정으로 내가 제일 먼저 미선 씨에게 마음을 전한다고 생각하면서 이 글을 씁니다"로 시작되는 연애편지는 편지지 두 장 반을 또박또박 정성스럽게 써 내려갔다.

다음 날 편지봉투까지 써서 후배에게 전달했다. 내용을

대충 읽어본 후배는 싱글벙글하면서 우체국으로 달려갔다. 그로부터 7~8일이 지난 후에 후배가 헐떡거리면서 나를 찾아왔다. 형 답장이 왔다고 하면서 기뻐서 어쩔 줄을 모른다. 내용을 읽어보니 "한 번도 보지 못한 나를 큰 인연이라고 생각하시는 그대가 호감이 가네요"로 시작해서 "가족 소개 및 고향을 지키는 순박하고 정이 가는 그대를 꿈속에서 그려봅니다"로 시작된 편지는 약간은 첫눈에 반해버린 것 같았다.

내가 또다시 편지를 써줄 테니 조금만 기다리라고 말하고 이번에는 "알고 보면 보잘것없는 나에게 호감을 가지고 있다니 고맙습니다. 나에게 호감 있는 그대를 나도 꿈속에서 그려보면서"로 시작해서 나를 한껏 낮추고 시간이 허락되면 한번 만나보고 싶다면서 내가 좋아하는 시 한 편을 써서 답장을 보냈다.

그로부터 열흘 후 외람되지만 저도 만나고 싶다는 답장이 왔다. 후배는 뛸 듯이 기뻐하면서 나 보고 술 한잔하잔다.

내가 후배에게 부탁했다. 내가 대필해 줬다고는 절대 말하지 말고 이번에 만나고 난 후에는 집 전화번호를 달라고 해서 편한 시간에 전화를 하고 자주 만나라고 당부했다. 그 당시 농촌에도 우체국 교환을 통해서 연결해 주는 전화가 개통됐다. 또 동네 선배를 찾아가서 만나서 어떻게 해야 하는지 잘 배우라고 조언했다.

다방을 나온 갑수와 미선은 중국집에 들러 짜장면도 먹고 택시를 타고 현충사도 둘러보고 갑수가 극장구경도 가자고 제안했지만 미선이 다음에 가자고 해서 그냥 집으로 돌아왔다고 싱글거리면서 나에게 보고한다. 이제 내가 할 일은 다 했으니 앞으로 잘해 보라고 하자, 신이 나서 성큼성큼 걸어가는 후배의 뒷모습을 흐뭇하게 바라보았다.

지금은 누구나 가지고 있는 스마트폰으로 무엇이든지? 할 수 있는 세상이지만 농촌의 그 시절은 지인의 소개로 맞선을 보거나 어릴 적부터 알고 지내던 가까운 동네 남녀들이 눈맞아서 결혼하고 집안에서 반대하면 야반도주해서 고향을 떠나고 또는 펜팔을 통해서 연애를 하는 등 남녀가 만날 수 있는 방법과 공간의 시야가 좁았다. 두세 달이 지나고 갑수가 걱정스러운 표정으로 나를 찾아왔다. 그 후로도 또 만났다는 소식을 듣고서 흐뭇해했는데 알고 보니 사단이 났다.

두세 번 만난 미선이 편지 속의 갑수가 아닌 것을 느끼고 갑수를 다그치자 순박하고 마음 약한 갑수가 실토를 한 것이다. 아! 이 일을 어쩌면 좋을까? 그렇다고 미선이 건강하고 성실한 갑수가 아주 싫은 것도 아닌데 내 마음을 한순간에 훔쳐버린 나를 한 번만 꼭 만나고 싶다는 것이다.

난감했다. 갑자기 고양이 앞에 쥐가 되어버린 심정이었

다. 며칠을 고민하다가 나는 나의 진심을 담은 글을 미선이에게 썼다. 내가 갑수보다 조금 많이 배웠다고 나에게 부탁하는 갑수의 간곡한 청을 뿌리치지 못한 나의 잘못에 대한 사과와 갑수는 꽤 괜찮은 사람이라는 홍보와 나는 진심으로 미선과 인연을 맺을 수 없는 사람이라고.

오늘 펜팔로 결혼했다는 지인과 차 한잔하면서 사십삼사 년 전 일이 떠올라 휴대폰에 손가락을 움직여 본다. 내가 가끔씩 글을 쓰는 모습을 보고 집사람은 왜? 나에게는 연애편지 한 통 보내지 않았느냐는 푸념이 봄바람처럼 뇌리를 스쳐 간다~~^^.

축제

"슈웅, 슈웅" 소리를 내며 하늘을 날아오르다 "퍽" 하고 터지면서 누우런 황금줄기가 녹아내리고, 호수에 물그림자를 드리우면서 사라진다. "따당, 따당" 소리와 함께 솟아오른 물체에서 '하트'가 그려지고, 또 하나의 커다란 원형의 꽃이 퍼지면서 하늘을 수놓는다. 꼬마 아이들이 손에 손을 맞잡고 모여 수많은 사람들이 일제히 토해내는 "와, 우" 함성 소리가 고요했던 공원에 울려 퍼지고, 호수에서는 여러 척의 배들이 가끔씩 불꽃을 내뿜으며 내용을 잘 모르는 공연을 펼치고 있다. 예전과 다르게 불꽃놀이도 날로 발전하고 있다.

하늘에서는 T50 비행기 8대가 굉음을 내며 날아오른다. 좌우로 3대씩 편대를 가르고 양옆에서 한 대씩 회전하면서 곡예를 하고, 관중석으로 굉음 소리와 함께 다가온다. 관중들은 함성을 지르고 큰 소리에 놀란 세 살배기 막내 손주가 눈을 감고 울음을 터트리며 내 품속으로 파고든다. 괜찮다고 등을 토닥거리며 달래본다. 비행기 소리가 작아지면 눈을 뜨고 바라보지만, 큰 소리를 내며 비행기가 지나가면 눈을 질끈 감아버리고 울음을 터뜨린다. 끝으로 비행기가 허공에 커다란 원을 그리고, 또 다른 한대가 태극 문양을 그리며 나머지 6대와 함께 팔방으로 뻗어 나가면서 블랙 에어쇼는 여운을 남기고 끝이 났다. 위에 나열된 광경은 세종시 호수공원 축제 현장에서 펼쳐졌던 공연의 일부다. 불꽃놀이는 가끔씩 봐왔지만 공군 특수비행팀 블랙이글스가 펼치는 에어쇼는 TV 말고는 실제 상황을 처음 접했다.

코로나로 미뤄왔던 각종 축제나 문화공연이 전국 방방곡곡에서 펼쳐지고 있다. 십수 년 전 전국의 축제가 600여 개 정도라고 들었는데, 지금은 1,000여 개도 훨씬 넘으리라. 가을 축제는 유난히도 길었던 장마와 엄청나게 무더웠던 폭염을 이기고 수확의 결실을 안겨주는 풍성함의 상징이 되었다. 가을은 온 산하를 아름답게 물들이는 단풍의 계절이다. 가을은 풍성한 수확에 감사하고 즐기는 축제와 문화공연의 계절이기도 하다. 인근 예산군에서는 '삼국축제'로 인산인해를 이루고, 천안시에서는 성황리에 '흥타령축제'를 이미 끝낸 상태다.

우리들의 고향 외암마을에서는 10월 20일부터 22일까지(3일간) '제22회 외암민속마을 짚풀문화제'가 열린다. 많은 사람들이 모여서 즐기는 축제의 장이 되기를 바라본다. 들녘에서는 콤바인이 굉음을 내면서 황금벌판을 야금야금 갉아 먹어가고 있다. '농심'의 배가 불러지기를 기대해 보면서 드높고 푸른 가을의 고향 하늘을 올려다본다~~^^.

석양에 광덕산을

　남보다 좀 늦지만 마늘 양파도 심었고 오늘은 밭에 있는 대봉감을 땄다. 더 깎고 썰어서 말리고 싶은 생각은 있지만 지난번에 건조기에서 말리다가 비타민 D를 생성시키기 위해 햇볕에 널었다가 까매지는 바람에 버렸다고 집사람은 투덜거렸다. 쉬는 날 쉬지도 못하고 하루 종일 깎느라 고생한 생각에 마음을 접고 석양에 광덕산으로 차를 돌린다. 가는 길에 외암마을 입구에서 석양에 비친 설화산이 너무 예뻐 보인다. 광덕산은 서쪽으로는 송악면이요 동편으로는 천안시 광덕면으로 이어지는 차령산맥 차봉 줄기이다. 강당리로 들어서면서 계곡과 자연부락 마을을 되뇌어 본다. 벌뜸 새말짝 솔옹골을 지나 돌무랭이 동막골 학다모니 딩갈막 강당절에 이르고 왼편으로는 감나무골 오른쪽은 물푸레나무골을 지나서 몃시에 도달하면 다시 오른쪽은 마리골 왼쪽으로 오르면 어둥굴 다시 오르면 절골이다. 산이 후덕하고 골이 깊으니 골골마다 사람이 살았었다. 지금 생각하면 힘들고 재미난 일화가 있다. 강당리가 지금은 분구가 돼서 1구 2구로 나누어졌지만, 단구였을 시절 동네 이장 보는 일이 보통 힘든 일이 아니다. 지금은 방송 전화 우편 등을 통해 전달 사항을 알려주면 되지만 옛 시절 선거 때만 되면 투표 통지표를 각 가정마다 나눠주려고 꼬박 3일을 걸어서 돌려도 빠진 집이 있을 정도라니 가히 짐작이 간다. 강당리 이장을 보려면 무엇보다도 다리가 튼튼해야 한다. 이 골 저 고랑을 적게는 몇 번씩 많게는 수십 번씩 오르내렸던 이 생각 저 추억에 젖어 광덕산 임도에 당도했다. 광덕산 골짜기가 아흔아홉 굽이라고 하니, 다 돌아볼 수는 없고 나름 넓은 곳에 주차시키고 앞을 바라보니 석양빛과 나무에 가려 잘 보이지는 않지만 반대편 정상은 단풍이 거의 끝나가고 골골 사이에 참나무 단풍만이 자태를 자랑하고 있다. 올해는 유난히 참나무에 물감이 잘 들었다. 늦게나마 가을비가 온 영향이리라. 예전에는 가을에 매년 머루 다래를 따러 저 골짜기를 오르내렸었는데 지금은 나무가 너무 울창해서 머루, 다래나무도 죽거나 없어지고 있다 해도 너무 높아서 딸 수도 없다. 타잔처럼 오르내리던 그 시절을 그리며 다시 차를 돌린다. 내려오는 길에 마당에 매달아 놓은 빨랫줄에서 바지랑대를 낮추고 한낮에 햇빛에 말린 빨래를 걷는 아낙의 모습이 정겹다. 옛날에는 일상적인 생활상을 처음 보는 듯, 차는 감나무골을 지난다. 학창시절 여름방학에 친구와 텐트를 쳐놓고 칠월 나무를 한 적이 있다. 밤에 비가 와서 호롱불이 넘어가는 바람에 석유가 흘러나왔다. 그런 줄도 모르고 잠을 자는 동안 등짝이 아파 이리 뒹굴 저리 가 뒹굴 하다가 아침에 일어나 보니 등짝이 빨갛고 물집이 생겼다. 나중에 알고 보니 석유 독이 올라서 그런 것을 일을 많이 해서 그런 줄 알았던 생각이 솟구쳐 웃음이 난다. 내려오다 보니 강당사다. 이곳은 원래는 절이 아니고 예안 이씨 문중에서 자손들을 교육시키기 위해서 경관이 수려한 이곳에 서원을 지은 것을 증축하여 지금은 여승이 홀로 절을 지키고 있다. 그 옛날의 역사를 생각게 한다. 다시 차는 달린다. 느티나무와 벚나무로 단장한 가로수길이 한가함을 넘어 고적하게 느껴진다. 학다모니 동네 뒤편 산엔 단풍나무가 곱게 치장을 하여 오가는 사람을 맘껏 유혹하고 동막골을 지난다. 동막골은 화전민이 많이 살던 곳이다. 많이 살 때는 30호가 넘었다고 한다. 지금은 화전민 대신 산수와 맑은 공기를 찾아온 전원주택이 늘어서 있다. 돌무랭이를 지나칠 무렵 친구 차가 보여 올라가 보니 볏짚을 묶고 있다. 사슴과 염소에 줄월동 사료다. 마음 같아서는 조금이라도 도와주고 싶지만 장화도 없고 내 몸이 천근이니 아쉬운 발걸음을 돌려 화동 집을 지나칠 무렵 건너편 석양에 비치는 참나무 색이 너무 곱다. 내년에는 좀 더 일찍 광덕산을 만나보자는 다짐을 하면서 차를 달린다.

생일

　오늘은 우리 막내아들 생일이다. 나는 아들 삼 형제를 뒀는데 공교롭게도 큰애는 10월 12일 둘째는 10월 13일 막내는 10월 23일이다. 이 사실을 아는 친구가 기가 막힌다고 한다. 나는 이렇게 말한다. 야 이 사람아 같은 날 한두 시간이면 세쌍둥이도 태어나는데. 막내가 태어나기 약 한 달 전에 산부인과를 다녀온 집사람이 의사 선생님이 10월 14일 날 막내를 출산하면 어떻겠느냐고 하는데 당신 생각은 어떠냐고 묻는다. 무지했던 나는 어떻게?라고 묻자 10월이 출산예정달이니 그때 가서 출산 촉진제를 맞으면 된다고 한다.

　말도 안 되는 소리라고 일축해 버렸다. 그랬던 막내가 벌써 스물여덟 어엿한 직장인이다. 아이들이 유치원 초딩 때는 생일잔치를 편의상 큰애 생일날 둘째 막내 친구들을 모두 불러 생일잔치를 해주고 다음 해에는 둘째 생일날 큰애 친구 막내 친구 그다음 해에는 막내 생일날 형 친구들까지 함께 생일잔치를 했던 아이들의 기억 속에 영원히 각인될 에피소드가 있다. 나는 자주 해서 안 될 말을 가끔씩 한다. 내 키가 182센티, 집사람은 163센티인데 큰애와 둘째는 나보다 조금 작고 막내는 185센티로 나보다 조금 크다. 우리 나이에 부모가 그래도 큰 키인데 본전을 하나밖에 못 건졌다는 말을 한다. 장사꾼이 아닌 내가 왜 본전 타령인가. 봄에 씨를 뿌렸으니 가을이면 사랑과 행복이 영글어 가기를 기다리면 될 터인데. 사랑한다, 아들들아. 아마 집사람도 마음속으로 생일 축하곡을 부르리라. 산고의 고통은 까맣게 잊은 채.

서리

딸기가 공중에 주렁주렁 매달렸다. 탐스럽게 빨갛게 익은 것부터 푸르스름하게 커가는 크고 작은 딸기들과 하얀 꽃이 딸기나무 한가득 어우러졌다. 바닥은 흙이 아닌 콘크리트요, 천정에서부터 기다랗게 늘어진 줄에 매달려서 1미터 정도 떠 있는 상자 속에서 커가고 있는 딸기 들을 한참 바라보고 있노라니, 조금씩 흔들거리면서 딸기가 커가는 모습이 보이는 것 같다. 유리 온실이다. 모든 것이 자동 시스템으로 이루어졌다. 물주고 영양제 주고 오롯이 딸기 따는 일만 사람이 한다. 신세대 스마트 농법이다. 주인을 불러 딸기를 살 수 있느냐고 물어보니 주인 왈, 운영상 당일은 팔 수 없고 전날 주문을 받아서 그다음 날 아침에 딸기를 따서 공급한다고 한다. 내친김에 더 물어봤다. 총평수는 800평이고, 온실 지붕은 강화유리로 시공하고, 벽면은 특수 플라스틱이란다. 대략 시설비가 10억 정도 들었고, 천정에 설치된 강화유리로 인해서 비싸다고 하며, 총 공사비는 밝힐 수 없다는 답변을 들었다. 현재 딸기는 얼마씩 파느냐고 묻자 스티로폼 박스에 담긴 딸기를 보여주며 1킬로에 14,000원이란다. 참고로 우리 고향 평촌리 1구에 설치된 '내 생애 첫 딸기' 농장이다.

딸기를 바라보니 갑자기 그 옛날 서리하던 생각이 났다. 우리 고향에는 외암 2구와 평촌 1구에 딸기 농사를 짓는 농가가 몇 호 있었다. 빨갛게 잘 익은 딸기를 광주리에 가득 담아 온양으로 팔러 가는 딸기를 바라보니 먹고는 싶은데 돈은 없었다. "에라! 오늘 밤 서리나 하자" 하고 동네친구 서너 명이 작당해서 컴컴한 밤에 딸기밭을 찾아갔었다. 밤인지라 딸기 넝쿨만 보이고 딸기는 보이지 않는다. 밭두둑에 쪼그리고 앉아서 딸기 포기를 더듬으니 손안 가득 딸기가 잡힌다. 대충 큰놈을 골라서 먹어보니 어떤 놈은 달콤하게 맛있고 어떤 놈은 시크름하고 맛이 없다. 맛있으면 삼키고 맛없으면 뱉어가면서 먹다 보니 인기척을 느낀 주인이 "누구냐?" 하고 소리친다. 삼십육계 줄행랑이다. 사실 딸기는 많이 먹을 수 있을 것 같아도 쪼그리고 앉아서 먹다 보면 금방 배가 불러와 많이 먹지도 못한다.

딸기밭을 보고 딸기 서리 얘기를 쓰다 보니, 친구와 둘이서 땅콩 서리 갔다가 친구가 붙잡히는 바람에 도망치다가 돌아와서 같이 용서를 구한 추억, 수박 참외 서리할 때 스릴 넘치는 시간들, 선배가 과수원에 사과 서리 갔다가 주인한테 붙잡혀 매를 맞다 똥을 싼 이야기 등등이 주마등처럼 스쳐 간다. 반대로 우리도 할아버지께서 수박 참외 농사를 짓던 시절 서리 당한 일들, 옛날에는 관습으로 생각하고 용서를 해주던 시절이었지만, 지금은 도둑으로 몰아 형사처벌 내지 잘못하면 밭떼기 채 물어줘야 하는 세상이 됐다. 에이 한심한 놈! 내일모레 나이 칠십에 서리 하던 얘기나 하고ㅋㅋ~~^^.

소년 마라토너 영웅 이야기

마라톤 하면 떠오르는 사람이 있다. 손기정 선수다. 일제 강점기 시대인 1936년 베를린 올림픽에 출전해서 금메달을 땄다. 3위는 남승룡 선수다.

1위와 3위 모두 한국인이 차지했지만 가슴에는 일장기를 달고 뛰어야만 했던 슬픈 역사가 있다. 그 외에도 바르셀로나 올림픽의 영웅 황영조 선수와 보스턴 마라톤의 영웅 이봉주 선수 등 많은 선수가 있고, 우리들의 모교인 송남국민학교가 1960년대 충남에서 달리기를 제일 잘하는 학교로 정평이 나 있고, 동창 중에도 선수가 몇 명 있다는 것은 모두가 아는 사실이다.

마라톤의 역사를 살펴보면 기원전 490년 전 아테네 군인 만 명과 페르시아 군인 십만 명이 마라톤 평원에서 전투가 벌어졌는데, 결국은 아테네군이 10배가 넘는 페르시아 군을 물리치고 승리하게 된다. 승전보를 전하기 위해 전령인 페이디피데스가 마라톤에서 아테네까지 40킬로를 쉬지 않고 달려 승리 소식을 알리고 죽었는데, 오늘날 그를 기리기 위해 마라톤 대회가 열리고 있다고 한다.

오늘은 내 마음속 최고의 마라토너 우리 동네에 있었던

실화 이야기를 하고자 한다. 삼식이는 가난한 소작농의 아들로 태어났다. 국민학교를 졸업한 삼식이(가명)는 부모를 따라서 농사일을 돕고 농한기는 산에 올라가 나무를 하는 것이 우리 농촌의 현실이었다. 어느 봄날 동네 후배 삼태(가명)가 삼식이에게 제안한다. 형 우리 누나가 설 명절 때 와서 서울에 일자리가 있다고 하는데 여기서 날마다 나무지게만 질 것이 아니라 서울로 가서 취업해 봅시다. 그렇게 시작해서 부푼 꿈을 안고 삼식이와 삼태는 상경하게 된다. 서울에서 처음으로 취업한 곳이 도토리묵을 만드는 묵 공장이었다. 취업 첫날에 묵 공장장은 이것저것 심부름하면서 일을 배우라고 하더니 3일째 되던 날에는 묵을 젓는 일을 시킨다.

묵을 쑤어본 사람은 안다. 묵 젓는 일이 얼마나 중요한 일인지를. 조금만 게으름 피우면 바닥이 눋어 타버린다. 김이 모락모락 올라오는 가마솥에 쭈그리고 앉아서 커다란 나무주걱으로 한없이 팔을 돌려 묵을 저어줘야 한다. 공장장은 묵이 타면 월급도 못 받고 묵값을 물어내야 한다고 겁을 잔뜩 주고, 삼식이와 삼태는 죽어라 팔을 휘젓다 보니 허리도 아프고 팔이 떨어져 나갈 것 같았다. 한나절 일을 끝낸 삼태는 도저히 못 하겠다고 구로동 공단에서 일을 하는 누나네로 가버렸다. 홀로 남은 삼식이는 난감했다. 갈 곳도 없고 수중에는 동전 한 푼 없는 신세였다. 근심과 걱정으로 오후 일을 마친 삼식이도 결정을 한다. 여기 있다가는 뼈도 못 추리겠다고 생각한 삼식이는 저녁을 먹고 무작정 공장을 나왔다. 내가 살기 위해서는 집으로 돌아가야 한다. 삼식이는 물어물어 고향을 향해서 달려야만 했다. 목이 타면 냇가에 달려가 목을 축이면서 죽도록 달렸다. 밀려오는 공포와 탈진으로 밤새워 달린 삼식이는 천안까지 달려와 정신을 잃고 쓰러졌다. 깨어나 보니 방 안이었다. 새벽에 환경미화원 아저씨가 쓰러져 있는 삼식이를 구한 것이다. 마라톤의 거리는 42,195킬로다. 페이디피데스가 승전보를 알리고 죽은 것처럼 인간의 한계점이라고 한다. 그러나 삼식이는 서울에서 천안까지 약 80킬로, 마라톤 거리의 약 2배를 달리고 나서 쓰러졌지만 살았다. 기록은 상관이 없다. 200리 길을 하루 저녁에 달린 사나이, 우리 동네 최고의 마라톤 영웅 삼식이 나이 17세 때의 실화다.

고향으로 돌아온 삼식이는 소작농 벌목공 환경미화원으로 일을 하면서 딸 셋을 미대를 졸업시킨 훌륭한 아버지다. 현재는 고인이 됐지만 성실하고 누구보다 근면한 사람이었다. 캄캄한 밤중에 고향을 향해 애타게 달렸던 소년 마라톤 영웅 삼식이의 거친 숨소리가 들려오는 것 같다~~^^.

소풍

늦게 퇴근한 집사람이 김밥을 사 들고 들어왔다.

일이 생겨 퇴근도 늦었지만 오늘은 저녁밥 하기가 싫었나 보다. 소문 난 집 김밥이라며 김밥을 펼쳐 놓는다. 아무렴 어때 하나 집어서 먹어보니 맛있다. 그사이 물김치며 아침에 끓여 놓은 콩나물국을 데워서 식탁 위에 올려놓는다.

오늘은 소풍 왔다고 생각하고 먹어. 나는 날마다 소풍 가는 사람인데 오늘만 소풍인가?

그랬다. 퇴직하고 채마밭과 나무를 가꾸는 나는 특별한 일이 없으면 집에서 6~7킬로 떨어진 농막으로 출근?한다.

처음에는 점심때 친구 사무실에서 모여서 맛집을 찾아다니며 점심 식사를 했다. 그러나 친구마다 사정이 생겨 대여섯 명 모이던 사람이 셋도 되고 둘도 되고 어느 날은 안 나오는 날이 생기다 보니 혼자서 식당 가기가 싫어 생각한 것이 도시락이다. 갑자기 초딩 시절 슬픈 사연이 있었던 소풍날이 뇌리를 스친다. 힘들었던 어린 시절 소풍은 꿈같은 날이요, 생일날이다. 학교 앞에 있는 가게와 어디서 왔는지 리어카에 풍선을 달고 솜사탕을 파는 사람, 오색찬란한 눈깔사탕 입에 물면 10리를 간다는 하이얀 십리사탕, 입에 물면 젖과 꿀이 뚝뚝 떨어지는 유가사탕, 옥꼬시 과자, 센베이 과자, 꽈배기, 삼각 비닐봉지에 담긴 오렌지 사이다, 팥 앙꼬가 들어있는 풀빵, 붕어빵, 카스텔라 빵 등 구경도 하고 사서 맛볼 수 있는 날이었다. 물론 집에서 엄마가 싸준 김밥 도시락에 사탕 과자 과일 말고도 몇 푼의 용돈을 받는 날이었다.

그날 소풍은 학교에서 5~6킬로 떨어진 거리에 있는 봉곡사였다. 우리 학교 소풍 역사로는 가장 먼 거리였다. 모래 먼지 풀풀 날리는 신작로 길을 힘들게 걸어서 산을 넘고 도랑을 건너 봉곡사에 도착했다. 잠깐의 휴식을 한 후 절을 구경하고 점심 식사가 시작됐다. 반별로 삼삼오오 산비탈에 모여서 저마다 어머니가 싸준 도시락을 펼쳐 놓고 식사가 시작됐다. 갑자기 식사 중에 와 하는 함성과 함께 웃음소리가 튀어나왔다. 산비탈에서 바가지가 굴러가고 있었다. 친구 하나가 바가지를 향해서 달려가고 있었다. 그것도 필사적으로.

알고 보니 다른 친구들은 네모난 도시락 또는 납작한 도시락 혹은 찬합에 도시락을 싸가지고 와서 식사를 하는데, 가정이 힘들었던 이 친구는 동그스름한 바가지에 그것도 보리쌀이 쌀보다 훨씬 많은 밥에다 반찬으로는 밥

속에다 종재기를 박아놓은 고추장이 전부였다. 네모난 도시락은 경사진 산비탈도 굴러가지 않지만, 둥그런 바가지는 산비탈에서 균형을 잡지 못하고 친구들이 싸 온 도시락을 쳐다보느라 한눈파는 사이에 미끄러져 굴렀던 것이다. 사태를 파악한 선생님은 식사를 중단시키고 일장연설이 시작되었다.

친구가 도시락이 굴러서 식사를 못 하게 됐는데 너희들은 웃음이 나오냐? 서로 도와서 식사를 하도록 해야지 그래 웃어? 내가 너희들을 그렇게 가르쳤느냐? 여기저기 여자 친구들의 울음소리가 들리고 눈치 빠른 친구가 도시락 뚜껑에 밥과 반찬을 담아 돌리기 시작했다. 잠깐 사이에 밥과 반찬이 가득 찼다. 친구에게 전달됐고 선생님의 분노도 일단락됐다. 그 일로 인해 그날의 소풍은 보물찾기도 장기자랑도 그저 시큰둥?했다. 돌아오는 길은 더욱 발걸음이 무겁고 멀게만 느껴졌다.

가끔은 어떻게 지내는지 궁금했는데 졸업 후 몇 년이 흐른 후 물에 빠져 죽었다는 소식이 들려왔다. 한 끼 식사에 여러 친구의 밥을 먹었는데, 명을 이어 오래나 살지. 그날은 기억하기 싫은 슬픈 소풍날이었다.

소나기

갑자기 함석지붕에 "따다다닥" 총을 쏘는듯한 소리에 잠이 깼다. 문을 열어보니, 앞이 보이지 않을 정도로 굵은 소나기가 세차게 지붕과 대지를 때리고 있다. 잠깐 사이에 밭고랑에는 물이 고이고 누런 황토물이 흘러간다. 소나기가 세차게 쏟아지면 옛날 노인들은 "하늘에 구멍이 뚫렸나?" 하는 말을 우리 세대는 한두 번은 들어봤으리라. 소나기는 호수나 강 바다 및 지표면에서 발생한 수증기가 하늘로 올라가 차가운 공기와 만나 물방울이 되어 땅으로 떨어지는 현상이라고, 대략 그렇게 배웠다. 몇 차례 그렇게 쏟아지던 소나기도, 저 멀리 광덕산 허리에 운무가 휘돌아 올라가면서 밝은 햇살을 비춘다. 무지개라도 그려졌으면 좋으련만 내 바람과 달리 무지개는 보이지 않는다. 무더운 여름철 소나기는 최고의 선물이다. 더위도 식혀주고, 타들어 가는 농작물엔 농심의 최고의 영양제요 치료 약이다. 누구나 소나기에 대한 추억은 가지고 있겠지만, 나에게도 소나기에 대한 아련한 추억들이 있다.

60년대 후반쯤으로 기억되는데 친구들과 저수지에 놀러 갔다가 엄청난 소나기를 만났다. 마땅히 비를 피할 곳도 없고 떨어지는 비를 고스란히 다 맞았다. 옷은 순식간에 다 젖어버리고, 누군가가 옷을 벗기 시작했다. 다른 친구들도 덩달아 옷을 벗어버리고, 벌거숭이 맨몸으로 서로를 바라보며 웃었다. 누구랄 것도 없이 저수지 뚝을 달리기 시작했다. 다니는 사람도 차도 자주 다니지 않던 시절, 앞이 보이지 않을 정도로 쏟아지는 따가운 소나기를 맞으면서 소리 지르면서 달리고 또 달렸다. 아마도 묵은 때가 홀딱 벗겨졌으리라.

또 한 번은 70년대 초 광덕산에 표고버섯 재배가 최초로 시작되던 가을철 친구들과 야생버섯을 따러 배낭을 둘러메고 광덕산에 올랐다. 야생버섯은 보이지 않고 저 멀리 길게 줄 세워놓은 표고버섯이 보인다. 산 아래에는 아낙들이 재잘대며 버섯 따는 소리가 들린다. 우리 일행은 낮은 자세로 살살 기어가서 버섯을 잽싸게 따가지고, 도둑이 제발 저린다고 아래로 내려가지는 못하고, 이쪽 방향으로 얼마쯤 오르다가 우측으로 내려가면 어느 골짜기가 나올 것이라고 대략 짐작하고, 그 방향으로 산을 오르다가 소나기를 만났다. 비가 억수같이 쏟아져도 예상한 방향으로 열심히 올라간 후에 예정된 방향으로 길을 잡아 내려오니 비가 멎고 날이 개었다. 대략 한 시간 정도 산을 탄 셈이다. 주위를 살펴보니, 우리가 출발한 지점에서 불과 10미터도 떨어지지 않은 제자리였다. 허탈했다. 이를 두고 "도깨비에게 홀렸다"고 하는가 보다. 지금도 풀리지 않는 미스터리다.

소나기에 대한 추억을 더듬다 보니 황순원의 〈소나기〉가 생각난다. 대충 줄거리를 더듬어 보면, 윤 초시의 증손녀가 소년이 살고 있는 작은 마을로 이사를 오고 난 후 소년이 학교 다녀오는 길에 징검다리 가운데에서 물방을 던지며 놀고 있는 소녀를 만나게 된다. 소년은 부끄러워 비켜달라는 말도 못 하고 기다리다가 개울을 건너는 사람을 따라 개울을 건넜다. 다음 날도 소녀는 징검다리 중앙에서 물방울을 던지며 놀고 있었다. 소년은 소녀를 바라보며 기다리는데 소녀가 "이 바보!" 하면서 조약돌을 던지고 달아난다. 다음 날 소녀가 개울가에서 주운 조개를 바라보면, 이게 뭐냐고 말을 걸면서 두 사람은 갑자기 친해지게 된다. 소녀가 저 먼 산을 바라보면서 놀러 가지 않겠느냐는 제안에 소년과 소녀는 들녘을 지나면서 허수아비도 가르쳐 주고 길가의 밭에서 무우도 뽑아주고 산에 다다라 예쁜 야생화를 한 아름 소녀에게 안겨준다. 내려오는 길에 송아지도 소녀에게 태워주는 등 소년의 가슴에는 소녀에 대한 사랑이 움터가고, 소나기를 만나 원두막에 들려 수숫단으로 소녀의 비가림도 해주고 떨고 있는 소녀가 추울까 봐 겹저고리도 벗어서 걸쳐주고, 비가 그친 후 개울에 도착해 보니 개울물이 불어 소녀를 업어서 건네주는 등 두 사람의 사랑이 쌓여갈 즈음, 며칠 동안 아팠다는 말과 함께 대추를 건네주면서 이사 간다는 말을 한다. 소년은 이사 가는 소녀에게 호두를 주려고 한다. 소녀가 던져준 조약돌을 조무락거리던 중, 밖에 나갔다 돌아온 아버지로부터 소녀가 죽었다는 소식을 듣게 된다. 소녀가 죽으면서 내가 입고 있던 옷을 그대로 묻어달라는 유언과 함께, 1930년대 황순원의 소년 소녀의 순수한 사랑을 그려낸 단편소설 〈소나기〉를 읽고 심쿵하지 않은 사람이 있을까? 과연 '소나기'는 사랑일까?

송악저수지에서

앞 냇가 물이 많이 흘러간다. 지난밤에 많이 내린 늦가을 비의 영향도 있지만 분명 저수지가 넘치고 있음을 말해 주는 것이리라. 한번 가봐야지 벼르고 벼르다가 오늘 아침에야 길을 나섰다. 가로수 은행나무는 노란 잎을 다 털어 버리고 앙상한 가지만을 간직한 채 쓸쓸히 서 있고, 추수를 끝낸 들판에는 하얀 공룡알이 드문드문 널려 있다.

설화산 단풍도 서서히 퇴색돼 가고 찬 서리를 피한 골짜기에 줄지어 서 있는 참나무만 드문드문 황갈색의 아름다움을 유지하고 있다. 저수지에 오르니 한국농어촌공사 궁평 저수지라는 대문짝만한 글씨로 저수지명을 알리는 팻말이 들어온다. 우리는 어릴 적부터 송악저수지로만 알고 살아왔는데 약 십여 년 전에 저수지 수문 및 방수로 공사를 하고 원명을 찾아서 표시한 걸로 알고 있다. 아! 물이 넘치고 있다. 올해 들어 처음으로 물이 넘고 있다. 왜목(물이 넘는 곳) 수문 공사를 해놔서 하얗게 쏟아지는 물보라는 볼 수 없지만 그래도 잔잔하게 물이 넘치고 있다.

저수지 축조 공사에는 수많은 말들이 있지만 그중에서 가슴 아픈 일화를 하나 소개해 본다. 원래 저수지가 생기

278

기 전에는 궁평리와 동화리 2개 동네가 있었고 농지 또한 비옥해서 살기 좋은 동네였다고 한다. 갑자기 저수지를 막는다고 하자 당연히 동민들이 반대를 했을 것이다. 조상 대대로 물려받은 가옥이며 농지며 추억이 깃든 동네를 포기한다는 것은 쉬운 일이 아니었다. 물론 공짜로 내놓은 것은 아니지만 반대가 심해서 수몰되는 동민들이 모여서 화의를 한 결과 요즘 말하는 데모를 하기로 작정을 하고 동민대표를 선출해서 서울로 상경하여 항의하기로 했다 그 당시만 해도 장항선 철도가 있어 기차를 타면 한나절만 지나면 서울에 갈 수 있었으나 데모하러 가는 사람이 국가에서 운영하는 철도가 웬 말인가? 그냥 걸어서 가기로 하고 이불 보따리 쌀자루 솥단지 둘러메고 3박 4일을 꼬박 걸어서 날이 저물면 길가에서 노숙을 하고 밥을 해 먹으면서 물어물어 서울의 중앙청을 찾아갔다(지금의 과천종합청사). 담당자를 찾고 찾아서 항의를 했지만 3박 4일을 걸어서 온 꾀죄죄한 촌놈의 말을 들어주는 사람이 하나도 없어 눈만 흘기고 터벅터벅 걸어서 돌아왔다. 그 말을 들은 이웃 동네 수몰민이 병신같이 서울까지 가서 그냥 왔단 말인가 하고 다시 대표단을 선출해서 똑같은 방법으로 찾아갔지만 역시 마찬가지였다. 일행 중 한 명이 갈 때는 지치고 힘드니 기차를 타고 가자고 제안했지만 데모하러 와서 소득 없이 가는 사람이 어떻게 양심 없이

기차를 탈 수 있냐고 하는 바람에 다시 걸어서 250리 길을 돌아왔다.

　그 당시만 해도 송악저수지 공사는 충남에서도 가장 큰 공사의 하나로 전국에서 일꾼이 모여들고 밥집이며 놀음판 기생집 들로 시끌벅적했다고 한다. 차라리 사정해서 품을 팔려고 했으면 얼마든지 팔 수 있었을 텐데 하시던 지금은 돌아가셨지만 순박하고 세상물정 몰랐다던 그분의 말씀이 생각나 씁쓸하게 웃음 지어본다.

　나도 국민학교 입학 전에 할아버지를 졸라서 저수지 공사 현장을 가본 적이 있다. 땅차(지금의 불도저)를 보기 위해서였다. 그 넓은 현장에 불도저 한 대가 흙을 밀고 가고 저수지 뚝방은 전차 레일을 깔아놓고 사람들이 흙을 옮기고 등짐으로 돌을 날아다 쌓던 기억이 생생하다. 저수지 준공은 60년도로 알고 있었는데 기록에는 61년도 표시되어 있다. 벌써 일 갑자(60년)가 돼간다.

잔잔하던 저수지 한복판에 파동이 인다. 자세히 바라보니 먹이 찾는 물오리가 떼 지어 지나가고 오리 꼬랑지 뒤로 잔잔한 파문이 퍼져가고 있다. 마치 비행기가 지나가면 발자욱?을 남기듯이 그 당시 어쩔 수 없었던 수몰민의 희생이 있었기 때문에 오늘날 아름다운 저수지를 바라보고 있구나 생각하니 괜히 숙연해진다. 그 마음을 아는 듯 물새 한 마리가 펄럭거리며 날아간다. 미안한 마음에 보이지 않을 때까지 저 멀리 쳐다본다~~~.

내 고향의 가을

나는 오래된 습관이 있다. 남들은 나이를 먹으면 잠이 없어서 일찍 자고 일찍 일어난다고 말한다. 아니다. 나는 젊어서부터 초저녁에 자고 새벽에 일찍 일어나는 습관이 몸에 배어 있다. 일어나면 밖으로 튀어나와서 어딜 가든 무엇이든 해야만 한다. 고향에서 농사를 지을 때는 모든 일을 새벽에 거의 하고서 직장을 가도 남들보다 빠르게 출근했다. 십여 년 전 아파트로 이사를 와서 제일 힘든 일 중에 하나가 일어나면 할 일이 없는 것이다. 그래서 차를 타고 여기저기를 돌아다니는 습관이 또 하나 늘었다. 물론 고향으로 달려가 채마밭도 돌보고 나무도 가꾸고 하는 것은 기본이고 그래도 시간이 되면 현충사로 신정호로 시내로 때로는 송악저수지 강당리 외암리 봉곡사를 한 바퀴씩 돈다.

지나는 길에 박스를 줍는 노인들 인력시장에서 일감을 기다리는 사람들 새벽 기차를 타기 위해 종종걸음을 옮기는 젊은이 대형트럭에 짐을 가득 싣고 달리는 트럭들 항구에서 만선을 채운 배의 뱃고동 소리를 생각만 해도 나의 심장은 쿵쾅거린다.

오늘은 신정호 이순신 동상이 서 있는 산책로를 한 바퀴 돌고 고향으로 향했다. 지금 한창 공사 중인 삼막골 다리를 건너자 저 멀리 저수지가 금방이라도 끓어오를 듯 수증기를 가득 머금고 있다. 저수지로 향했다. 약한 비린 물 내음과 함께 만수로 가득 찬 저수지엔 물안개가 피어오르고 소슬바람에 파도가 잘게 일렁이고 있었다. 언제 보아도 우리 고향의 자랑스러운 설화산은 지난해 화재로 그을린 상처를 감추려는 듯 푸르게 새살이 돋아나고, 넓은 들판엔 유난히도 길었던 장마와 세 번의 태풍을 이겨내고 나락이 누렇게 물감을 들이고 있다. 황금나락 일 년 내내 공들여 농사를 지은 농민들, 생각만 해도 얼마나 가슴이 설레는 말인가?

지금은 기계화와 수리시설 확보와 비료 농약 개발로 농사짓기가 옛날과 달리 편해지고 산업화에 밀려 쌀의 가치가 떨어졌지만 옛날에는 쌀 한 톨 얻기 위해서 농민이 얼마나 많은 손길이 가야 했는가? 역사를 돌이켜 보면 일제 강점기 시절 일본놈들이 제일 먼저 수탈해 간 것이 쌀이다. 조선에서 생산되는 쌀은 일본 쌀 하고는 비교가 안 될 만큼 맛이 좋았단다. 그래서 대한민국에서 최고의 곡창지대인 서해안 김제평야 만경평야의 쌀을 가져가기 위한 교통수단으로 대한민국 최초 도로포장이 서울에서 인천이 아닌 전주에서 군산까지 설치(전 군간 도로)했고 그 당시 국도 1호선이 목포에서 신의주였음을 역사를 통해 알 수 있다.

다시 차를 돌려 서남대학교로 올라갔다. 지금은 폐교가 돼서 학교 안쪽으로는 들어갈 수 없지만, 거기서 바라보는 설화산이 가장 아름답고 저 멀리 광덕산도 웅장하게 보인다. 나는 예전부터 서남대학교를 바라보면서 학교로써의 기능을 못 할 바엔 의료시설을 유치하는 것이 바람직하지 않을까? 하는 생각을 많이 하고, 친구들한테도 이 좋은 자리가 활성화되지 않아 함께 안타까워했다.

다시 차를 돌려 장마로 제방 뚝이 무너져 가장 피해가 심했던 월구리로 향했다. 하천제방 뚝은 말끔하게 보수를 끝냈고 가는 길에 나락이 군데군데 쓰러져 가슴이 아팠다. 제방이 무너진 논은 토사로 인해 나락은 보이지 않고 모래 자갈만 널려 있고 침수됐던 논은 역경을 딛고 누런 나락이 고개를 떨구고 있었다. 죽었다 살아난 강한 생명력에 가슴이 뭉클하다. 가을 하면 천고마비의 계절이요, 한 해의 결실로 마음이 풍성해지고 "더도 덜도 말고 한가위만 같아라"는 말이 전해지지만 올가을은 코로나뿐만 아니라 가장 긴 장마 태풍 등으로 물가가 치솟고 경제 외교 안보 등 나라 걱정까지 해야 되는 슬픈 가을인가 보다. 시장을 다녀온 아내가 지난 장에 배추 한 포기가 12,000원 하더니 오늘 마트에 가보니 16,000원이란다. 쪽파도 비싸고 고추 채소 과일 등 모두가 비싸서 시장 보기가 겁난단다. 할 수 없지. 하늘의 이치인 걸 어떡하나. 빼앗긴 들에도 봄이 오듯이 올가을이 빨리 지나가고 아름다운 내년 가을을 기대해 본다~~^^.

불장난

매캐한 냄새와 함께 하얀 연기가 피어오르고, 빠알간 불꽃이 올라오면서 연기가 사라진다. 후드득후드득 소리를 내면서 사납게 타오르는 불꽃은 삼복더위에 열을 더하고, 한 아름씩 던져주는 나뭇가지를 잘도 삼켜댄다.

요즈음 농촌에서 농작물을 수확하고 남은 부산물은 골칫거리다. 그 옛날 화목을 이용해서 밥도 짓고 난방을 하던 시절에는 소중한 땔감이었다. 지금은 산불예방 차원에서 논두렁 밭두렁 소각은 물론 농산물 부산물을 일체 태우지 못하게 한다. 몇 년 전만 해도 면사무소에 신고하면 소형 소방차가 지켜보는 가운데 부산물을 소각하게 했지만, 지금은 이마저도 일체 못 하게 한다. 대책으로는 부산물을 일정 장소에 쌓아놓고 신고하면 일정에 따라 파쇄기로 분쇄해서 퇴비로 사용토록 한다고 하나, 현실은 파쇄기가 아닌 부산물을 농지에 깔아놓고 대형트랙터에 로터리를 달아서 부셔준다. 하지만 곱게 분쇄되지도 않고 남은 부산물은 비닐 멀칭 시 비닐이 찢기는 등 만족스럽지 못하다.

만가을, 황금물결처럼 출렁대던 나락을 수확한 볏짚은

축산농가에 팔아버리면 돈이 되지만, 밭에서 수확하고 남은 고춧대 들깨대 콩대 옥수숫대 등등 심지어 과일나무를 전지한 나뭇가지 등은 태워버려야 제일 좋은데, 11월부터 내년 4월까지 운용하는 산불 감시요원들이 연기만 나면 달려온다. 잘못하면 벌금도 내야 하고 심하면 법정구속까지 된다고 한다. 그래서 농민들은 바람이 없는 날 산불 감시요원들이 출근하지 않은 이른 새벽에 몰래 태워버린다. 활활 타오르는 불꽃을 바라보니 얼굴이 익는 것 같다.

국민학교 삼사 학년으로 기억되는 어느 봄날에 친구들과 동산에 올라 놀다가 친구가 추운데 불을 놓자고 했다. 내가 말렸다. "봄 불은 까치 불이니 안 된다"고 했지만, 친구가 잔디밭에 성냥을 그어댔다. 조용히 타는듯했던 불은 봄바람에 퍼지기 시작했다. 당황했던 친구가 불을 끄기 위해 불 속을 굴렀다. 친구 동생도 형을 따라서 불 속을 굴렀지만, 바람을 이고 불은 점점 퍼져만 갔다. 우리는 삼십육계 줄행랑을 쳤다. 집에 돌아와 콩당거리는 가슴에 진동을 느끼면서 조금 있으니 사이렌 소리가 울리고 한참이 지난 후에 연기는 사라졌다.

그때를 생각하며 불꽃을 바라보니, 한용운 시인의 "타고 남은 재가 다시 기름이 됩니다. 그칠 줄을 모르고 타는 나의 가슴은 누구의 밤을 지키는 약한 등불입니까?"라는

〈알 수 없어요〉의 마지막 구절이 떠오른다. 나는 되뇌인다. "타고 남은 재는 다시 거름이 됩니다"라고~~^^.

중년에 대하여

"날마다 덮는 것은 밤마다 덮는 이불만이 아닙니다.
떨어진 꽃잎에 잊혀진 사랑도 덮고
소리 없는 가랑비에 그리운 정도 덮고~~"

윗글은 〈중년의 가슴에 찬바람이 불면〉이란 이채 시인의 첫 소절이다. 7, 80년대만 해도 사십만 넘으면 중 늙은이로 취급하고 환갑이 지나면 노인으로 대접했던 사실은 우리 모두 공감하리라 생각한다. 이제는 중년이란 틀을 바꿔야 할 때라고 말하고 싶다. 환갑부터 팔십까지 이십 년간을 중년이라고 부르고 싶다. 흔히 말하는 백세 시대에 사십에 중늙은이는 어불성설이다.

이제 나도 중년 초년생이 됐다. 보편적으로 중년이 되고 보니 청장년 시절부터 새벽을 달려온 사람이 더더욱 새벽잠이 없어졌다. 오늘은 현충사 은행나무 길이 보고 싶어서 자리를 털고 집을 나섰다. 매년 가보던 곳이라 올해는 어떤 모습일까? 궁금했는데 먼저 다녀온 사람이 작년 재작년만 못하고 최악이야 그 소리에 미루던 끝에 떨어진 은행잎이라도 볼 요량으로 차를 몰고 길을 나서니

도로에는 일찍부터 청소부 아저씨가 낙엽을 쓸고 있어 혹 전부 쓸어버렸으면 어쩌나 하는 조바심을 안고 도착해 보니 벌거벗은 은행나무 밑에 은행잎이 수북이 쌓여 있다.

물 만난 고기처럼 반가워 스걱스걱 소리를 내며 걸어본다. 은행나무 터널이 햇살에 샛노랗게 비치던 은행잎도 참으로 아름다웠지만 앙상한 나무 밑에 수북이 쌓여 있는 은행잎 또한 가을의 정취를 느끼기에 부족함이 없다. 아! 참으로 와보길 잘했다. 늦게 오길 더 잘했다. 빨간 단풍나무는 최고의 아름다움을 자랑하다가 낙엽이 되어 떨어지면 황폐된 모습이 처량하게 느껴지지만 은행잎은 노오란 자태를 오래 간직하다가 퇴색이 된다. 스걱스걱 발로 은행잎을 쓸어도 보고 사랑하는 사람 이름도 써보고 사방을 둘러봐도 보이는 사람이 없어 슬그머니 누워본다. 푹신한 느낌과 함께 은행 특유의 구릿함이 코끝을 스친다. 앙상한 나뭇가지 사이로 그믐달이 엄지발톱 깎아놓은 듯 새하얗게 비치고 드문드문 별도 보인다. 가을 하늘의 달과 별은 유난히 하얗게 보인다. 공기가 맑아서일까? 하늘이 높게 보여서일까? 내 별을 찾으려 이리저리 둘러봐도 보이지 않는다.

오늘은 아마도 가을여행을 떠났나 보다. 이제 목 주위가 서늘하고 머리가 시려온다. 툭툭 털고 일어서니 저 멀리 부지런한? 사람들이 하나둘 낙엽을 밟으며 걸어오고 있다.

> "중년의 가슴에 찬바람이 불면 다가오는 것보다 떠나가는 것이 더 많고 (…) 어제 같은 지난날이 그립기만 합니다" (중략)

젊은 시절에는 꿈과 희망을 품고 앞만 보고 쉼 없이 달려왔지만 중년이 되고 보니 추억에 젖어 그립고 아쉬움이 더해가는 건 나만의 생각일까? 곡교천 물에 길게 드리운 아파트 그림자와 달의 모습을 물끄러미 들여다보면서, 내 삶의 그림자도 떠올려 본다.

> "나이를 먹을수록 강물도 넘치지 않을 가슴은 넓어졌어도 (…) 지나온 세월이 그저 허무하기만 합니다" (하략)

가을은 누가 뭐래도 일 년 농사를 수확하는 풍성한 시기이지만, 성취감 뒤에 오는 허탈함과 쓸쓸함이 공존하는 계절이기도 하다. 나 또한 가을을 가장 많이 앓는 사람 중에 하나다. 가을이 오면 여행도 떠나고 싶고 글도 써보고 싶은 충동을 느낀다. 엊그제 첫눈도 내렸고 이제는 가을을 보내면서 중년의 허무함을 어떻게 승화시킬지 숙제를 안고서 수북이 쌓인 은행잎을 하염없이 바라본다~~.

신정호 산책

오늘은 여느 날보다 일찍 신정호에 도착했다. 내가 제일 먼저 나왔으리라 하고 주차장에 도착하니 드문드문 차가 주차되어 있다. 주차한 사람 사람마다 나름의 목표와 사정이 있고 철학이 있으리라. 바람 한 점 없는 호수 건너편에서 반짝거리는 가로등 물그림자마저 미동조차 없다. 산책길 입구에서 잔잔하게 울려 퍼지는 음악 소리를 들으며 발걸음을 옮겨본다. 호숫가에 심어놓은 메타세쿼이아는 나선형으로 하늘 높은 줄 모르고 커가고, 길가에 걸어놓은 시들을 하나둘 바라보며 읽어본다. 내가 좋아했고 낭송하던 시들도 한자리를 차지하고 반듯하게 걸려 있다. 고개 들어 하늘을 바라보니 지난 보름달은 사라지고 반달만이 중천에 떠 있고 반짝거리는 샛별 외에도 잔별들이 총총하게 박혀 있다. 점점 가을이 깊어가고 있음이랴. 나도 속으로 내가 좋아하는 시를 낭송하면서 푹신거리는 산책길을 걷다 보니 조그만 야외 공연장이 나온다. 나도 여기서 버스킹(길거리 공연)을 많이 했는데 하는 생각에 손에 낀 장갑을 벗어 벤치를 닦고서 앉아본다. 동호회에서 나온 사람들 얼굴을 그려가며 음악을 듣는다. 길 가다 멈추어서 듣는 사람, 가족 친지들의 응원 소리를 들으며 음악은 신정호수에 퍼진다. 다시 일어서 걷다 보니 배드민턴장을 지나고 장미 터널을 지나 테라스를 설치해 놓은 호수 가장자리 길을 택해서 가끔은 삐걱거리는 소리 들으며 고요한 호수 위를 천천히 걸어간다. 뒤에서 일찍 나온 학생들이 재잘거리면서 달려오고 있다. 요즘 학생들은 매일 등교하지 않고 인터넷 강의를 듣거나 정해진 날만 학교에 가다 보니 혼돈이 온다고 한다. 또 다른 세상을 살고 있다. 걷다 보니 아카시아 정자에 도착했다. 오늘은 여기가 나의 종점이다. 반환에서 가다 보니 점점 사람들이 늘어나고 있다. 휴대폰을 꺼내서 시간을 확인하니 6시도 안됐다. 다시 차를 타고 이충무공 동상이 있는 곳으로 이동해서 주차하고 산책을 시작했다 가는 길에 평화의 소녀상이 아담한 다복솔을 양옆에 두고 앞에는 하얀 국화등불이 수십 개 꽂혀 있는 가운데 노란 모자를 쓰고서 다소곳하게 앉아 있다. 나라를 빼앗긴 민족의 설움과 상처를 고스란히 떠안은 꽃다운 우리 민족의 누군가의 딸이요 누나요 동생이었다. 옆에 있는 의자의 이슬을 장갑을 벗어 닦고서 앉아본다. 눈을 감으니 소녀의 아픔이 서서히 다가온다. 이역만리 머나먼 타향에서 아무 이유도 없이 끌려와서 성 노리개로 전락한 우리 민족의 딸들의 피맺힌 설움이 조금이나마 위안이 되시길 기대하며 발길을 돌려 우리 민족의 성웅 이순신 장군 동상 앞에 섰다. 갖은 모략에도 오로지 나라를 위해 목숨을 바친 성웅 이순신 장군의 본가와 사당이 아산 현충사에 모셔져 있다. 조금 아쉬운 부문은 온양의 관문인 아산 충무병원 근처에 모셨으면 얼마나 더 자랑스러울까? 하는 생각을 하며 넓은 잔디 광장을 걸어본다. 잘 다듬어진 잔디밭을 걷다 보니 예전 일이 생각난다. 십여 년 전 도시에서 직장을 퇴직하고 우리 고향에 전원생활 겸 귀농을 한 부부가 나를 찾아왔다. 농작물과 과수나무 비료 농약 및 가꾸는 방법을 상담하기 위해서다. 자세하게 설명을 드리고 나자 아주머니가 공원이나 골프장에 잔디가 예뻐서 집 정원에 한 30~40평 심었다고 한다. 잔디는 심기만 하면 항상 그렇게 예쁘게 깔려 있는 줄 알았는데 쑥쑥 자라고 잡초가 많이 난다고 하소연한다. 그렇다. 잔디를 잘 관리하려면 어떤 농작물만큼이나 힘들다. 모든 것이 그냥 아름다움을 유지하는 것이 아니다. 푹신거리는 잔디를 밟아가면서 아침 해를 맞이한다.

효심

"노들강변 봄버들 휘휘 늘어진 가지마다 무정세월 한허리를 칭
칭 동여서 매어나 볼까"

한복을 곱게 차려입은 아낙이 구성지게 불러대는 민요
가락에 한 젊은이가 흥에 겨워 온몸을 흐느적거리고 있다.
앞에 앉은 노인은 어머니이고, 그 외에도 많은 노인분들이
휠체어를 타고 혹은 의자에 앉아서 바라보고 있다. 정유년
새해 들어 처음으로 공연하는 요양원에서 벌어지고 있는
장면이다. 잘 추는 춤사위도 아니건만 세 곡의 민요가 끝
날 때까지 재롱을 부리고 있었다. 어머니도 흐뭇한 듯 회
심의 미소를 짓고 그 옆에는 며느리인 듯, 어머니가 탄 휠
체어에 기대어 미소를 지으면서 바라보고 있었다.

무언가 울컥 가슴을 치밀어 오른다. 삼십여 년 전에 할
아버지와 아버지 두 분을 다 잃고, 갑자기 2대를 물려받
은 가장이 되어, 홀로된 할머니 어머니와 동생들을 보살
피며, 어렵고 힘든 나날들을 살아왔다. 묵묵히 내 옆을 지
켜준 아내와 잘 따라준 아이들 덕분에 직장생활을 잘 할
수 있었고, 정년퇴직을 한 후 색소폰을 배워서 요양병원

을 다니면서 재능기부 활동을 하고 있는 나로서도 감격스러운 광경이었다. 노래가 끝나자 그 모습에 감동을 받은 단장님이 젊은 사람을 불러서 노래를 청하자, 노래는 못하고 새해가 되었으니 어르신에게 세배를 하겠노라고 큰절을 올린다. 예의도 바르다 잘하는 일입니다 하고 두 내외를 칭찬해 줬다. 내 차례가 되어서 시도 한 수 낭독하고 색소폰도 두 곡에 이어 앵콜곡까지 불렀다. 연주를 하는 내내 바로 앞에 우리 아버지 어머니가 계셨으면 얼마나 기뻐하실까? 몇 번이나 되뇌면서도 오늘만큼 간절하게 느껴짐은 일찍 돌아가신 부모님에 대한 그리움일까? 잘해드리고 싶어도 할 수 없는 아쉬움 때문인가. 내 나이 오십이 되면 부모님이 50대에 하시던 말씀이 이해가 되고 60대가 되면 그 시절 하던 말씀이 새겨진다는 진리를 좀 더 일찍 깨달았더라면 아니 좀 더 장수하셨다면, 어머니 앞에서 어리광 피우던 젊은이 생각에 잠 못 이루는 건 내 나이 탓만은 아니리라.

채마밭

철수 내외는 풀과의 전쟁을 벌이고 있다. 엊그제 고추밭과 고구마 밭고랑에 난 풀을 다 매고 나서 휴우! 하고 쉬는가 싶더니, 콩밭과 들깨밭 그리고 채마밭, 이것저것 심어놓은 과일나무 밑에도, 심지어 꽃밭에도 풀이 빼곡하게 자라고 있었다. 철수는 삼 년 전 삼월 말에 삼십오 년을 다니던 회사를 정년퇴직했다. 그리고는 그동안 못 다닌 여행도 다니면서 친척들도 만나고 친구들과 가끔씩 골프도 치면서 그해를 바쁘게 보냈다. 함박눈이 펑펑 내리던 날, 집에서 TV를 보다가 잠을 자다가를 반복하다 보니 심심하다는 생각이 들었다. '앞으로 얼마나 건강하게 살지는 모르지만 아직까지는 아픈 곳도 없는데, 이렇게 허송세월을 보내야 하나?' 철수는 그날 저녁을 먹으면서 "여보! 우리 시골로 이사해서 채마나 가꾸면서 살아볼까?" 하고 아내에게 뜬금없는 질문을 하게 되었다. 철수를 물끄러미 바라보던 아내는, "전원생활을 하자는 뜻인가요?" 하고 되물었다. 철수는 "우리가 건강한데, 한 십 년 시골로 내려가서 사는 것도 괜찮을 것 같다는 생각이 들어서 하는 말인데, 언덕 위에 그림 같은 집도 짓고, 과일나무도 심어서 과일도 수확하고, 싱싱한 채소도 직접 키워서 먹고, 남는 과일 채소는 아들딸 내외 그리고 친지들도 나눠주고 하면 괜찮지 않을까?" 하고 장황하게 설명했다.

철수 내외는 일찍 결혼해서 남매를 키웠는데 지금은 모두 결혼해서 가정을 이루고 산다. 부부는 이제 전원생활도 좋을 것 같다는 생각에 공감하며 그다음 날부터 땅을 보러 다니기 시작했으며, 고르고 골라서 내 고향 인근에 700여 평의 땅을 샀다. 봄에 집을 짓기 위해 관공서와 설계 사무소를 찾아다니며 각종 인허가를 받았다. 전기를 끌어오고 샘도 파고, 건축업자를 선정해서 6개월 만에 힘들게 마음에 드는 집을 완공했다. 하는 김에 집 한편에 정자도 지었다. 저녁마다 밭에는 무엇을 심고 과일나무는 어떤 나무가 좋을까(?) 궁리했다. 집 앞 정원에는 잔디도 심고 정원수는 어떻게 꾸미는 게 어떨까? 등등을 생각하고 공부하며 상상하면서 꿈에 부풀어 그해를 다 보내고 있었다.

그다음 해 그 동네 트랙터를 가진 농부에게 부탁해서 집 앞에 잔디 심을 땅과 약 500평의 남은 밭을 갈고 로터리를 쳤다. 떡고물 같은 밭을 바라보는 철수 내외는 흐뭇하기만 했다. 이제는 철 따라 작물만 심으면 된다. 이왕 내가 농사짓는 거 농약은 최소한으로 사용하고 제초제는 치지 말고 친환경으로 해보자 마음먹고 이웃 농민들이 작물을 심는 대로 따라서 심기 시작했다.

사월 초순이 지나자 서서히 풀이 돋아나기 시작한다. 처음에는 쪼그리고 앉아서 풀을 매기 시작했다. 남의 말을 듣고 도치램프로 풀을 태우다가 밭두둑에 친 비닐도 태워 먹기도 했다. 고랑에 매트를 깔아보기도 하고, 모든 일이 다 힘들어 지쳐만 가고 후회가 되기도 했다. 철 따라 나는 풀은 오월부터 구월까지가 전성기고, 심지어 외국에서 수입곡물 따라온 잡풀은 겨울에도 자라났다.

집 앞에 잔디는 골프장에서 본 잔디처럼 심어만 놓으면 저절로 예쁘게 크는 줄 알았다. 그러려면 제초제도 여러 번 주고 잡초는 뽑아주고 몇 번씩 깎아줘야 된다. 잔디를 잘 가꾸는 일은 보통작물 재배보다 몇 곱절이나 힘들다. 비료 종류와 농약 종류도 작물마다 나무마다 다르고, 제초제도 풀이 안 나게 하는 제초제도 있었다. 선택성 비선택성 제초제 등등 매일 동민한테 물어보고 배워도 한이 없고, 농약봉지는 쌓여만 가고 대가도 없이 돈도 많이 들어간다.

내가 다니던 직장에서 나와 상담하기 위해서 찾아왔던 사람의 이야기다. 내가 대충 이야기를 듣고 설명했다. 나이 들어 내 고향에 찾아오셨으니 좋은 공기 비싼 값 주고 사셨다고 생각하시고, 500평의 땅은 파시든지 임대를 주시고, 30평의 잔디밭을 없애버리고 강자갈을 깔던지 콘크리트를 치고, 채마밭은 5평에서 10평 정도만 가장자리를 블록을 쌓던지 통나무로 둘레를 쳐서 남의 농기계 빌리지 말고 내 손으로 삽으로 파고 쇠스랑으로 꾸미고, 가정에서 제일 즐겨 먹는 채소만 장날이나 묘목상에 가서 사서 조금만 심고, 나머지 시간에는 여기저기 놀러 다니면서 즐기세요. 노년에 농사는 아무나 쉽게 할 수 있는 일이 아니고, 500평은 무리입니다. 나도 반평생을 직장을 다니면서 농사를 짓지만 힘들고 늘 배워야 합니다.

철수 내외는 고개를 끄덕이며 진즉에 나 같은 사람과 상의했으면 개고생(?)은 안 했을 거라며 발걸음을 돌린다. 얼굴은 까맣게 타고 허리도 구부정하게 걸어가는 철수를 바라본다. 노년의 채마밭은 최소한이 답인 것 같다. 작은 채마밭과 함께 노년을 즐기는 것이 좋겠다는 것은 나만의 생각일까?~~^^.

기타와 노가다

내 짝꿍 인수가 무단결석을 했다. 평소에도 건강이 별로 좋지 않던 인수가 짝꿍인 나에게조차 아무 말 없이 학교에 나오지 않자, 무척이나 걱정도 되고 궁금했다. 방과후 담임 선생님이 나를 불러 인수네 집을 아느냐고 물어보시더니, 인수네 집에 한번 다녀오라고 말씀하신다. 예전에 "저기가 우리 집이야!" 하고 손가락으로 가르쳐 준 집을 찾아갔다. 인수 아버님이 운수업을 하신다고 들었는데, 집에 당도해 보니 2층 양옥집이다. 우리가 사는 시골 동네하고는 많이 달랐고, TV 안테나도 보이고 한마디로 부티가 나는 큰 집이었다. 난생처음 초인종을 누르자 인수 어머니가 나오셨다. 자초지종을 말하자 반갑게 맞이해 주시면서 2층에 있는 인수 방으로 안내했다. 인수는 초췌한 모습으로 누워 있었다.

인수 어머니가 과일과 토스트 빵을 내오셨다. 그 시절 시골에서는 먹어보지도 못한 음식이었다. 맛있게 먹고 인수와 얘기를 나누던 중 방구석에 있는 기타가 눈에 들어왔다. "인수야, 저 기타 네 거야? 기타 칠 줄은 알어?" 하고 물었다. 인수가 설명한다. 중학교 이 학년 초에 아버지가 사 주셨고, 지금 기타 학원을 삼 년째 다니는 중이라고 했다. 나는 아픈 인수에게 조금만 쳐달라고 부탁했다. 인수가 기타를 가져다 연주를 하는데 정말 황홀했다. 내가 기타를 실제로 연주하는 모습을 처음 본 것은 이삼 년에 한 번 열리는 동네 콩쿠르 대회(노래자랑)에서 노래하는 사람에 맞추어서 연주하는 모습을 본 이후로는 처음이었다. 부러웠다. 나도 기타를 사고 싶었다.

나는 기타와 기타 학원에 대하여 꼬치꼬치 캐물었다. 기타는 S 사 제품이고, 가격은 1,800원을 주고 샀는데 지금은 조금 올랐을 것이라고 했다. 학원비는 아버지가 내시기 때문에 정확히는 잘 모르는데, 학원생 얘기로는 한 달에 1천 원이며, 일 년 치를 한꺼번에 내면 1만 원이라고 했다. 기타를 배울 수 있는 학원이 시내에는 두 군데 있으며, 어느 학원이 더 잘 가르치는 것 같다는 정보까지 알려주었다.

그날 집에 돌아온 나는 기타가 어른거려 잠을 못 이루었다. 무슨 짓을 해서라도 분명히 내 기타를 사고 싶었다. 그러나 집에서 기타를 사달라는 말이 입 밖으로 나오지 않았다. 비가 오나 눈이 오나 20리 길을 걸어서 등하교를 하던 시절, 어쩌다 버스를 타게 되면 학생 기준 편도 교통비가 서울교통은 5원 천안여객은 10원, 회수권을 끊으면 7원 50전 하던 시절이었다. 기타를 사려면 나에게는 큰 목돈이 필요했다. 나는 친구에게 일을 하고 싶다고 말했고, 일자리 주선까지 부탁했다. 친구는 옆집에 미장 하는 아저씨가 있다고 하면서 부탁해 보겠다고 했다. 그 러나 결과는 "학생이 학교 안 가고 고정적으로 어떻게 일 을 하느냐"며 거절했다는 것이다.

우리 동네에 콘크리트 일을 하는 형에게도 일자리를 알 아봐 달라고 부탁했다. 어느 날 나를 데리고 와보라고 해 서 동네 형 친구를 만났다. 사정을 말하자 나를 쓰윽 보더 니 덩치를 보니까 일은 할 것 같은데 토요일과 일요일만 일하기는 쉽지 않고 방학 때 보자고 했다. 그때는 누구나 일자리 얻기가 매우 어렵던 시절이었다.

방학이 되자 겨우 일자리를 얻게 되었는데, 나에게 노 가다 일은 그렇게 시작되었다. 처음에는 철근 나르고 구 부리고 엮고 온갖 심부름 다 하는 잡부였다. 나를 부르는 호칭은 "어이, 학생!", 하루 일당은 500원이었다. 그래도 기타를 살 수 있다는 생각에 노가다 일을 하는 시간이 얼 마나 행복했던가? 며칠이 지난 후에 공구리(콘크리트) 팀에 서 일하면 일당이 800원이라는 것, 작업이 오전에 끝나 든 오후 조금 늦게 끝나든 800원을 받는다는 것도 알게 됐다. 나는 공구리(콘크리트) 팀으로 옮겨 일하게 해달라고 부탁했다. 힘들어서 못 할 거라고 했지만, 어차피 뙤약볕 에서 일하는 거 한 푼이라도 더 받고 일하는 것이 이익이 아닌가 생각했다. 다행히 공구리 팀에서 일을 하게 됐다.

처음에는 학생이라고 질통에 가벼운 모래를 지게 하더니, 일을 잘하자 무거운 자갈을 지게 하고, 또 잘하니까 남들은 40킬로 시멘트 2포를 지고 다니는데 나에게 3포를 져보란다. 나는 그 일도 잘 버렸다. 어느 날 나를 보고 물지게를 지고 물을 나르란다. 그것도 3층 옥상을 꼬불꼬불 돌아서 올라가는 난코스였다. 물을 엎으면 다시 지고 올라와야 하기 때문에 팀원들이 쉬게 된다고 하면서 은근슬쩍 으름장을 놓는다. "까짓거 물지게, 지면 되지!" 하면서 보기 좋게 물을 져 올렸다. 오야지(팀장)가 갑자기 화를 내면서 나를 부른다. 내가 깜짝 놀라 왜 그러시느냐고 묻자, "야 인마, 너 어디서 노가다 뛰다 왔는지 솔직히 말해, 그리고 너 학생 맞어?" 하고 다그쳤다. 내가 어이가 없어서 "나는 학생이 확실하고 노가다가 처음"이라고 대답하자, 네가 힘이 좋으니까 모래 자갈 시멘트 지고 하는 건 이해가 되는데, 어떻게 물지게를 지고 흘리지도 않고 올라왔는지 답하라고 호통을 친다. 나는 웃어가면서 설명을 했다. 우리 할아버지가 수박 참외 농사를 하시는데, 수박 넝쿨이 한 뼘만큼 자라면 둘레에 구덩이를 파고 인분(똥)을 주는데 그때 똥지게를 져봤다. 그것도 700여 미터 거리를 하루에 열일곱 번씩이나 뛰어다녔다. 인분이 물보다 무겁지 않으냐 하고 말하자 오야지는 고개를 끄덕이더니, 그 뒤부터는 나를 잘 대해주었다. 모든 것이 나를 시험해 보기 위해서 한 행동이었던 것이다.

그해 나는 친구의 도움으로 내 생애 첫 기타를 살 수 있었다. 학원은 근처에도 못 가보았지만 독학으로 기타를 배웠다.

내가 사는 동네에는 최근에 집을 짓는 공사가 한창이다. 잘 짜인 포미가 크레인에 매달려 올라가고 있다. 사람이 하나하나 못을 박아 짜맞춰서 하던 일을 크레인이 들어 올린다. 모래 자갈 시멘트 물을 배합해서 여러 사람들이 네리다가 삽(삽날이 네모진 조그만 삽)으로 힘들게 비벼대던 콘크리트 작업을, 오늘날에는 레미콘과 펌프카가 대신해 준다. 현장에서 일하는 사람도 한국인이 아닌 대부분 외국인이 일하는 세상이 됐다. 한참을 바라보고 있노라니, 어디선가 "어이, 학생!" 하고 부르는 소리가 들려온다. 나는 "네!" 하고 대답하고 질통을 지고 계단을 향하여 올라간다. 저 멀리 꼭대기에서 인수가 흥겹게 기타를 치며 노래를 부르는 소리가 들려온다~~^^.

수술

　침대차가 병실 문을 들어선다.

　이름을 부르며 "가시죠" 한다. 침대차로 옮겨 싣고 병실 문을 나서자 아내가 걱정스러운 눈빛으로 뒤따라온다. 병실을 지나 엘리베이터를 타고 2층에서 내려 조금 가다 보니 수술실 및 회복실 간판이 보인다. 아내가 너무 걱정하지 말고 잘하고 오라며 손을 들어 배웅한다. 나도 손을 들어 화답한다.

　여기저기서 침대차에 실려 온 환자들이 가득하다. 오늘 저 사람들도 모두 다 이 시간에 수술을 받기 위해 전국에서 몰려온 예약된 환자들인가 보다 하는 생각에 잠겨 있을 즈음, 간호사가 내 이름을 부른다. 내가 대답하자 오늘 수술하시는 부위가 어디죠? 하고 묻는다. 허리라고 답하자 내 침대차를 밀어서 수술실 입구로 밀어놓는다. 수술실이란 간판을 바라보며 야릇한 생각에 잠겨 있노라니, 드디어 수술실 문이 열리고 수술대 옆에 침대를 밀어놓고 나가버린다. 기분이 으스스하고 춥다. 간호사가 "추우세요" 하고 묻는다. 내가 춥다고 하자 "조금만 기다리세요, 준비를 하고 춥지 않게 해드릴게요" 한다. 수술대에 누우

306

니 그동안 살아왔던 온갖 일들이 주마등처럼 지나가고 눈물이 앞을 가린다. 준비를 끝내고 수술대로 옮겨지자 마취사가 와서 입을 크게 벌리고 심호흡을 하라고 한다. 내가 숨을 서너 번 들이마시자 몽롱해지기 시작한다.

　이제부터는 의사의 영역이다. 사람이 살다 보면 아프기 마련이다. 나는 오늘이 세 번째 대수술이지만 이번 말고 두 번의 대수술이 있었다. 첫 번째는 배가 너무 많이 아파서 관내에 있는 병원에 갔더니 급성 맹장 같은데 주사로 치료해 보자는 원장 선생님의 말을 믿고 주사를 맞고 기다리던 중 맹장이 터져 개복수술을 했다. 그 당시 수술 전 과정을 회상하건데, 스테인리스로 된 수술대에 담요 한 장 깔아놓고 옷을 벗은 채 누워 있자, 출입구에서 저승사자처럼 생긴 사람이 들어와서 의사와 몇 마디 대화를 나누고, 나를 마취시켰다. 의사가 아래로 조금만 내려와라 옆으로 조금만 가봐라 하다가 잠이 들었다.

　두 번째는 직장을 다니면서 농사도 짓고 목장도 하고 약나무도 하면서 무리하게 살다 보니 허리를 다쳐서 허리 수술을 하게 됐다. 수술 전날 입원해서 각종 검사를 하고, 내일 오전 10시에 수술을 하겠다고 통보를 하고, 자고 일어나니 간호사가 수술시간이 당겨졌다고 오전 7시에 병동에 찾아와서 링거를 꽂아놓은 곳에다 주사를 놓고 침대차에 실려 가던 중 수술실 문이 스르르 열리면서 잠이 들었다. 참을 수 없는 고통이 밀려오면서 잠에서 깨어나 보니 내가 입원했던 병실이다. 간호사가 이번 수술(척추체 성형술)은 두 번의 수술로 인해 옆구리를 째고 수술을 했는데 이틀 동안은 많이 아플 거라고 하면서 못 참겠으면 진통제를 놓아줄 거라고 하면서 나가버린다. 아픈 중에도 옆구리를 통해 수술했다는 말을 들으니 안도의 숨이 쉬어진다. 척추체 유합술은 정형외과 수술 중 의사와 환자 모두 가장 힘들고 어려운 수술이란다. 내가 여러 병원을 다니면서 문의했지만 재수술이라 실수할 확률이 높다는 말에 선뜻 결정을 못 하고 주사 침 뜸 안마 등 안 해본 것이 없을 만큼 헤매고 다녔다. 그동안 수술 기술이 많이 진화했다. 간호사는 이틀 정도라고 했지만 나는 3일 동안 죽을 만큼 힘들었다. 온몸을 기름을 짜듯 진이 다 빠지도록 힘들었다. 수술 후 4일이 되자 고통이 어느 정도 사라져 간다. 퇴원하란다. 여기는 큰 병원이기 때문에 오래 입원할 수가 없고 지방에 있는 병원으로 가서 요양하란다. 다른 병원으로 가자는 아내와 아이들의 말을 뿌리치고 집으로 왔다. 집이 제일 편안하다. 이번이 마지막 수술이라고 생각하면서 앞으로 몸 관리를 잘해보자. 두 번 다시 생각해 보고 싶지 않은 고통을 뒤로한 채 허공을 바라본다 ~~^^.

술

"청춘을 담고, 사랑♡을 담아, 브라보!", "건배!", "건배!"

여기저기서 함성 소리가 들린다. 그것도 새벽 4시 반이다. 도로 옆에는 술에 취한 남녀가 부둥켜안고 휘청거리고, 허리를 구부리고 토를 하는 옆에서 등을 두드리는 아이들, 심지어 인도에 쓰러져 잠을 자는 애들도 있다. 도시계획이 수립되고 신도시가 조성된 골목길에서 5~6년 전부터 벌어지고 있는 이야기다.

새벽에 채마밭 가는 길목에서 나는 여러 번 목격했다. 특히 토요일과 일요일 새벽에는 더 심했다. 구도심에서는 아주 가끔씩 만남을 갖던 청소년들이었다. 몇십 년 만에 새로 깔끔하게 단장한 신도심에는 청소년들을 유혹할 먹거리와 볼거리가 많다. 24시간 영업하는 가게가 많다 보니 소문은 꼬리에 꼬리를 물고 삼삼오오 짝을 지어 모여들어 초저녁 메인 상가 거리에는 발 디딜 틈도 없을 정도였다.

덩달아 장사꾼들도 모여들어 가겟세는 천정부지로 올라가고, 가게를 못 구한 장사꾼은 애간장을 태웠다. 그렇게 홍청거리던 거리는 코로나 이후 새로이 조성되는 신도시로 청소년이 이동해 가고, 간판이 자주 바뀌고 임대 플래카드가 나부끼는 황량한(?) 거리로 변해가고 있다.

'술'에 대한 역사나 기원에 관하여 너무나 많은 기록이 있고 술의 종류 또한 다양해서, 나의 짧은 식견으로는 다 표현할 수는 없지만, 술은 환각제요 진정제인 것만은 틀림이 없다. 인류 역사상 술은 인간과 밀접한 관계로 발전해 왔다. 기뻐서 한 잔 슬퍼서 한 잔 괴로워서 한 잔 화가 나서 한 잔, 모임과 애경사마다 언제나 술이 상석(?)을 차지하고 있다.

내가 술을 처음 접한 건 내가 기억나기 전의 일이다. 애주가이셨던 할아버지께서 "남자는 술을 한잔할 줄 알아야 한다"고 하시면서 숟가락으로 술을 떠먹여 주셨다고 어머니께서 말씀하셨던 기억이 난다. 우리 집도 남들의 눈을 피해 밀주를 담아 나뭇간 밑에 숨기거나 헛간 밑에 파묻어서 술을 담아 마셨다. 그 당시에는 가정에서 술을 담아 먹는 것을 법으로 규제했던 시절이었다. 시간이 흘러 제주로 쓰기 위해 내가 직접 술을 담아, 설 명절 차례주나 제주로 사용했다. 술맛을 본 사람들이 이구동성으로 양조장을 차리라고 할 정도로 술맛이 좋다고 했다. 멋모르는 사춘기 시절 친구 아버님 회갑 잔칫날 술을 많이 마시고 저수지로 뛰어들어 수영을 한 적도 있다. 그날따라 눈보라가 휘날리고 날씨도 무척 추웠다. 친구가 울면서 죽는다고 소리쳤던 일이 귓가에 맴돈다. 돌이켜 보면 얼마나 무모한 짓인가?

그토록 무모한 경우도 있지만, 술이 분위기도 살리고 애환도 달래주고 용기를 북돋아 주었던 사례도 많다. 내가 아는 사람 중에 한 여자를 죽을 만큼 좋아했던 사람이 있었다. 숫기가 없어 고백을 못 하고 고민만 하던 중 선배와 상의 끝에 용기를 냈다. 술을 마시고 그 여자 집을 쳐들어가(?) 사랑을 고백하고, 부모님으로부터 허락을 얻어 결국 결혼에 골인한 사례도 있다. 술은 사람에 따라서, 체질에 따라서 강한 사람도 약한 사람도 있다. 술을 한 잔도 못 하는 집안이 있는가 하면 말술을 마다하지 않는 집안도 있다. 내 고향에도 술을 잘 먹는 가족들이 몇 집 있는 걸로 안다. 알코올을 분해하는 능력이 탁월한가 보다. 보통사람들은 술을 많이 마시면 그다음 날 속도 쓰리고 술을 쳐다보기도 싫을 텐데, 술이 깨면 마시고, 한잠 자고 나서 또 마시는 걸 보면 참으로 독특한 체질을 타고난 사람이 있다. 친구 중에도 하루라도 술을 안 마시면 입안에 가시가 돋는 친구도 있다.

그러나 예부터 "술에는 장사 없다"는 말이 있다. 고향 동네에도 깡소주만 즐기다가 결국은 사망한 사람이 열 손가락을 꼽을 만큼 많다. 술은 적당히 마시면 혈액 순환제요, 진정제요, 흥분제요, 환각제인데, 그 적당량은 어디까지일까?

요즈음은 코로나 팬데믹으로 술을 마시는 시간이 눈에 띄게 줄어들었다. 또 TV에서는 술값이 오른다고 예고하고 있다. 모든 원자잿값이 오르니 어쩔 수 없는 현상이라고 생각해 보지만, 서민의 애환을 달래주는 술값이 오른다고 하니 술을 좋아하지 않는 나로서도 왠지 씁쓸하다. 코로나로 인해 각종 모임이나 친목회가 연기 또는 취소되고 있다. 그로 인해 친목회 날 친구들과 한두 잔 마시던 술도 못 먹은 지 꽤나 오래됐다. 어서 빨리 예전처럼 친구들 얼굴 보고 담소도 나누고 소주도 한잔하는 그날이 오기를~~^^.

커피

　언제부터인가 점심 식사를 마치고 자판기에서 믹스커피 한 잔 뽑아서 마시는 것이 우리 사회에서 일상화됐다. 식당마다 설치된 자판기 커피는 한 잔을 마시든 두 잔을 마시든 모두 공짜다. 세계적으로 식당에서 커피를 공짜로 마시는 나라는 우리나라밖에 없다. 참 좋은 나라다. 물론 삼삼오오 모여서 전망 좋은 카페에 들러 럭셔리하게 원두커피를 즐기는 일도 보편화되었다.

　커피 유래를 찾아보니 에디오피아 카파로 추정되는 지방에서 자생하던 야생 커피나무 열매 음료로, 15세기경 남아라비아로 전파되면서 재배하는 지역을 넓혀갔다. 이후 커피는 유럽으로 건너가 대중화되기 시작했고, 우리나라에는 6·25전쟁 당시 UN 참전 용사들이 마시면서 널리 보편화됐다고 한다. 이제 커피는 전 세계적으로는 600만 톤이 생산되고 인류의 삼 분의 일 이상이 즐기고 있다고 하니, 세계적인 기호식품 1호가 커피인 것만은 틀림없는 사실인 것 같다.

　내가 커피를 처음 접한 것은 학창시절 노가다를 뛰던 때였다. 며칠 동안 일을 하고 간주(반월급) 타는 날이 왔다.

식당에서 돼지고기 볶음과 소주를 한잔하고 다방에 갔다. 남들이 커피를 주문하기에 나도 따라서 커피를 시켰다. 다방 레지가 커피를 가지고 와서 설탕은 몇 스푼? 프림은 얼마? 하고 물었다. 아무것도 모르는 나는 남들이 하는 대로 주문했고 주는 대로 마셨다. 맛은 씁쓰름하면서 약간 달고 우유 맛이 났다. '힘들게 일해서 비싸게 저걸 왜 마시나?' 하는 생각밖에 안 났다.

시간이 흘러 직장생활이 시작되고 당직(숙직)을 하는 날엔 동료들이 모여서 '고스톱'도 치고 '섯다'도 하다 보면, 무조건 주문하게 되는 것이 커피다. 내 고향 좁은 면 소재지에도 한때는 다방이 일곱 군데나 있었다. 물론 다방 레지도 여남은 명이나 됐다. 세월이 흘러 다방이 하나둘 사라지고, 직장 내에는 자판기가 설치됐다. 방문하는 고객을 상대로 커피 한잔 대접하는 것이 보편적인 일이요, 같이 마시다 보면 하루에 대여섯 잔, 때로는 여남은 잔을 마시는 날도 흔했다.

여러분은 TV를 통해서 외국에서 어린 소녀들이 커피나무에서 빨갛게 익은 커피를 따고, 운반해서 기계로 껍질을 벗기고, 햇볕에 말리고, 생콩을 직접 팔거나 공장에서 커피 볶는 광경을 한두 번은 시청했으리라.

커피는 볶는 정도에 따라서 맛과 향이 다르다고 하지만, 정작 나는 커피 종류를 잘 모른다. 사향 고양이가 밤새 잘 익은 커피만을 따서 먹고, 배설한 고양이 똥에서 채취한 커피(루왁 커피)가 맛도 제일 좋고 가격도 상상을 초월할 만큼 비싸다는 말을 TV를 통해서 들었다. 그렇지만 아직 그런 커피를 마셔본 것은 아니다. 또 커피를 코끼리에게 먹여 배설물에서 루왁 커피를 생산하는 것을 개발한 사람도 한국인이란다. 우리나라에서는 제주도의 일부 농장을 제외하고는 기후상 커피나무가 없다. 하지만 우리나라에서 만든 '믹스커피'가 맛은 전 세계 최고라고 한다.

일기예보에 따르면 내일부터 비가 온다고 한다. 비가 오는 날에는 삼겹살에 소주 한잔하고 믹스커피 한잔 마시면 얼마나 깔끔할까? 그 어떤 커피보다도 나는 믹스커피를 좋아한다. 집사람은 원두커피를 묽게 내려 마시며 몸에 좋다고 나에게도 권하지만, 여전히 믹스커피를 즐겨 마시는 나는, 그래서 촌놈인가 보다~~^^.

곰 같은 사람으로 살다 보니

여러분은 《삼국유사》에 담긴 단군 신화에 나오는 곰과 호랑이 이야기를 어려서부터 한두 번은 들어봤으리라. 일정 부분 대략 설명하면 하느님의 아들인 환웅이 인간 세계에 내려와서 세상을 다스릴 때 곰과 호랑이가 환웅을 찾아와 사람이 되기를 원하자, 환웅은 쑥 한 자루와 마늘 20쪽을 주면서 그것을 먹고 햇빛을 보지 않고 100일 동안 견디면 사람이 될 수 있다고 하였다. 곰은 환웅이 시키는 대로 견디어 삼칠일(21일) 만에 여자(웅녀)로 환생하였으나, 호랑이는 참지 못하고 뛰쳐나가 사람이 되지 못하였다. 환웅이 웅녀와 결혼해서 태어난 사람이 고조선의 단군왕검이다.

병수는 '재건시대'에 가난한 농군의 아들로 태어나 어렵게 학업을 마치고 괜찮은 회사에 취업하였으나, 기뻐하기보다는 고민이 생겼다. 집하고 회사가 너무 멀어 출퇴근이 문제가 되었다. 방을 구해서 자취생활을 하기도 하숙을 하기도 돈이 아까웠고, 고민 끝에 중고 자전거를 두 대구입했다. 집에서 첫 번째 자전거를 타고 비포장 1킬로를달려 지인 집에 자전거를 맡겨놓는다. 읍내로 향하는 첫

차를 타고 20리를 달려 환승하고 또다시 40리를 달린 후에 하차한다. 그곳에 맡겨둔 두 번째 자전거를 타고 비포장 길을 10리나 가야 회사에 출근하는, 그 당시에는 아주 멀고도 험한 출퇴근 여정이었다. 요즘 세대에는 편도 대략 30킬로, 왕복이라고 해도 60킬로 출퇴근은 차만 있으면 아무나 할 수 있는 거리이다. 그러나 70년대에 우리나라 교통체계나 도로 사정이 원만하지 않아 아무나 할 수 있는 일이 아니라 우직한 병수 같은 사람만 가능했던 일이다. 비가 오나 눈이 오나 바람이 부나 병수는 지각 한 번 결근 한 번 한 적이 없었다. 남들보다 더 일찍 출근해야 했던 것은 회사에 도착하여 먼지가 쌓인 옷도 갈아입고 세수도 다시 해야 했기 때문이다.

천수는 병수가 다니는 회사 사장 민호와 절친이다. 오랜만에 만난 두 사람은 반주를 곁들인 점심 식사를 하다가 천수는 민호에게 "자네 회사에 쓸만한 사람이 있는가?" 하고 물었다. 민호는 "은실이 짝을 찾는구만!" 하고 선수를 친다. 천수가 허허 웃으며 그렇다고 말하자, 민호는 우리 회사에 곰이 한 마리 있는데 별 폼은 없어도 자네 딸 속 썩이는 일은 없을 것이고, 밥 굶기는 일도 전혀 없을 것이라고 하면서 병수 이야기를 꺼낸다. 얼마 후에 병수는 곰이 되어 은실을 만나 가정을 이루었고, 많은 시간이 지난 후엔 그의 회사 사장이 됐다.

　고리타분한 옛날이야기 같지만, 그 당시에는 그랬다. 짚신도 짝이 있다고 하여 결혼에는 대체로 낙관적이었다. 남녀가 혼기가 차면 당사자의 자유의사에 따른 결혼은 야합이라 하여 배격되었고, 주로 중간 매체인 뚜쟁이(매파)를 통해서 결혼이 성립되었다. 요즈음 젊은 세대들은 결혼을 잘 안 한다. 물론 주거문제 육아문제 맞벌이 등 어렵고 힘든 부분이 많지만, 혼자 살기를 원하는 남녀가 늘어나는 추세다. 그로 인하여 출산율은 0.81명으로 전 세계 최하위 수준이다. 벼 낟알 하나가 땅에 떨어져 새끼를 치면 수천 개로 불어나는데, 두 사람이 만나 한 명도 생산하지 못하는 세상이 됐다. 자연의 이치로는 절대 부합되지 않지만, 최소한 본전은 건져야 되지 않겠는가? 병수가 곰이 되어 여우를 만날 수 있었으니, 청년들이여 곰 같은 사람으로 살아보는 것은 어떨까~~^^.

어린이날

　오늘은 '어린이날'이 제정된 지 100주년이 되는 해이고, 여름의 시작과 신록의 계절을 알리는 '입하'다. 어린이날의 유래를 살펴보면, 소파 방정환 선생이 주체가 된 일본 유학생 모임 '색동회'에서 1923년 5월 1일을 '어린이날'로 제정한 것이 시초라고 한다. 어린이날 제정의 의의는, 어린이들이 어른들의 보다 많은 사랑 속에서 씩씩하고 건강하게 자라서, 미래의 세대를 이끌어 갈 주역으로 바르게 키우는 데 큰 뜻이 있다고 생각한다. 우리들의 세대에도 어린이날은 분명 있었다. 그러나 아무리 생각해 봐도 뚜렷하게 남을 어린이날의 추억은 나에게는 없다. 여러 세대가 흘러가는 동안 우리 아이들의 어린이날도 제대로 챙겨주지 못하고 살았으니, 어찌 우리 세대의 어린이날을 말해서 무엇하랴?

　사람이 살다 보면 누구나 힘든 고비를 만나게 된다. 힘든 고비를 이기고 넘기면 그때서야 자신을 돌아보게 된다. 안도의 한숨과 함께 나를 돌아보니, 어느덧 아이들이 부모를 떠나 그들의 친구들과 어울리는 시기가 된 것이다. 내 삶에 제일 후회되는 일이 있다면, 조부모 부모 형제 돌보느라, 내 새끼들을 제대로 보살피지 못하고 살아온 삶이 제일 후회가 된다. 두 번 다시 돌아갈 수 없는 길을 지나고 보니, 아이들에게 아빠는 '밤낮없이 일만 하고 혼만 내는 무서운 사람'으로 각인되어 어린이 시절을 보냈으리라.

나도 어언 손주 넷을 보았다. 손주들 커가는 과정을 살펴보니, 부모의 사랑이 얼마나 중요한가를 깨닫게 된다. 어릴 적 할아버지에게 유교사상을 바탕으로 세상 사는 이야기를 들으며 커왔다. "부모가 첫째요, 자식은 겉으로는 엄하고 속으로만 귀여워하라!" 그 당시는 그것이 맞는 말인지는 몰라도 지금 생각해 보면, '아이들에게 표현도 하고 아이들과 같이 소통하면서, 여행도 하고 추억을 쌓아줬으면 얼마나 좋았을까' 하는 생각이 든다. 아무리 삶의 무게에 허우적대고 끙끙 앓았어도 내 새끼가 우선이란 사상을 가졌더라면, 지금 이런 후회는 하지 않을 텐데 하는 아쉬움이 크다. "대륙이나 전기의 발견보다, 어린이의 발견이 더 위대하다"는 소파 방정환 선생의 말씀이 이제야 내 가슴에 더 다가온다.

나이 탓인가? 후회인가? 저녁에 가까이 사는 손주를 불렀다. "너희들 오늘은 어떻게 지냈고, 무엇이 갖고 싶으냐?" 큰손주가 "할아버지, 오늘은 아빠 엄마와 어디에 갔었고, 저는 무엇이 사고 싶어요!" 하고 재잘댄다. 아들한테는 한 번도 물어보지 않았던 대답을 손주한테 듣고 있다. 지갑에서 돈을 꺼내어 손주에게 주는데, 아들이 옆에서 "아빠 조금만 주지 왜 많이 주세요?" 한다. "너희들 못 준 돈 손주에게 주는 것이니 아무 말 하지 말아라!" 용돈을 받고 좋아하는 손주를 바라보니, 우리 아들들도 용돈을 받았으면 저렇게 좋아했을 텐데, 하는 생각에 가슴이 뭉클해진다. 돌아갈 수 없는 길을 돌이켜 본들 무엇하리.

앞으로 손주에게 잘해서 대리만족이라도 느껴보는 것이 내 생에 남은 보람이리라~~^^.

어버이날

아침 일찍 서늘한 새벽공기 마시며 고향을 향해서 달린다. 딱히 할 일도 없고 하지도 못하지만, 어제 막내 내외와 손주들이 찾아와서 채마밭에 가보질 못했다. 농사를 짓는 사람들은 하루라도 경작지를 둘러보지 않으면 괜한 궁금증에 좌불안석이 된다. 그래서 생겨난 "작물은 주인의 발자국 소리를 듣고 커간다"라는 말이 전해진다. 주말마다 교통체증을 겪는 고향의 도로는 오늘도 예외가 아니다. 어린이날을 기점으로 징검다리 연휴가 이어져, 짜증나리만큼 많은 차량들이 거북이걸음을 한다. 산막골 다리가 준공된다 해도 과연 교통체증이 풀릴 수 있을지는 미지수다.

오늘은 어버이날이다. 우리가 어렸던 시절에는 어버이날은 없었고 '어머니날'만 있었다. 어머니날이 있으면 아버지날도 있어야 한다는 여론의 형평성 논란에, 1973년도에 어머니날 명칭을 어버이날로 바꿨다고 한다. 어제는 막내에 이어 오늘은 큰아들 내외가 엄마 아빠 옷도 사고 점심도 하잔다. 일 년에 한 번 부모에게 효도할 수 있는 날, 정해진 그날에 부모와 함께하려는 자녀들의 마음은 이해가 된다. 그렇지만 과연 나는 부모에게 어떤 효도를 했는가(?)를 뒤돌아보게 된다. 철이 들어 부모를 생각할 나이가 되면 부모는 기다려 주지 못하고 세상을 등지고 멀리 계신다. 아무리 후회해도 소용이 없고 뒤로 돌릴 수도 없다.

정년퇴직을 하고 요양원 재능기부 봉사활동을 하면서 수많은 노인들을 만날 수 있었다. 어버이날 공연에는 색소폰 연주도 하지만, 이채 시인의 〈아버지의 눈물〉과 심순덕 시인의 〈엄마는 그래도 되는 줄 알았습니다〉라는 시 낭송을 우리 공연단 단장의 요청으로 꼭 했었다. 내가 시를 낭송하면 여기저기 노인들의 흐느낌 소리가 들려온다. 단장은 감동의 눈물은 흘려도 괜찮다고 독려하고, 나도 그 시가 너무나 가슴에 닿아 속으로 눈물을 흘리면서 낭송한다. 낭송이 끝난 후에 밖에 나가 남몰래 울었던 적도 있다.

옛말에 부모가 50대에 한 말은 내가 오십이 돼야 이해가 되고, 육십에 하신 말씀은 내가 육십이 돼야 공감할 수 있다고 한다. 그렇게 세월이 흘러 내가 그때 부모의 나이를 지나간다. 앞으로 내가 할 수 있는 일이 무엇일까? 우리 자식들이 부모에게 못해서가 아니다. 나름 열심히 하려고 한다. 그래도 부모로서 세상을 먼저 살아왔고, 살면서 느낀 점을 자식들에게 가르치고 주지시키는 것이 부모의 도리가 아닐까?

　물론 세상은 빠르게 변화하고 있다. 변화하는 세상을 자식들은 우리보다 더 빠르게 적응하고 있다. 하지만 인류가 수천수만 년을 살아오면서도 불변의 원칙은 있다. 그 원칙을 알려주는 것이 우리의 의무요 도리라고 생각한다.

　오늘도 어버이날은 그렇게 지나가고 있다~~^^.

절대 음감의 슬픈 연가

용팔이는 시골 마을의 가난한 소작농의 아들로 1945년 해방둥이로 태어났다. 그나마 부모 밑에서 귀엽게 자라다가 6·25전쟁으로 아버지가 돌아가시고 어머니는 먹고살 길이 없어 용팔이를 홀로 남겨두고 개가를 했다. 홀로 남겨진 용팔이를 불쌍히 여긴 친척이 용팔이를 거뒀으나 그 집 역시 똥구멍이 찢어지게 가난한 집이었다.

그 이듬해 밥숟가락이나 하나 덜자고 용팔이는 이웃 동네 조금 형편이 나은 집으로 넘겨져 농사일을 배운다. 용팔이 나이 여덟 살, 지금 같으면 초등학교에 입학할 나이에 머슴살이가 시작된 것이다. 새경은 고사하고 밥 먹여주고 잠재워 주면 고마운 1950년대 우리나라의 현실이고 실화다.

병칠이는 용팔이보다 두서너 살 아래로 기억된다. 그래도 병칠이는 부모 밑에서 국민학교를 졸업하고 아버지를 도와 농사일도 배우고 농한기에는 산에 올라 나무도 하는 청소년으로 성장한다. 그 당시 동네에서 먹고살 만한 집 자녀 한두 명 정도만 중학교 진학을 하던 힘들고 어려웠던 시절이었다. 어느 날 병칠이는 동네에 살던 삼식이 형

325

이 서울에서 일을 한다는 이야기를 듣고 나무지게를 팽개치고 무작정 서울로 상경했다. 부푼 꿈을 안고 묻고 물어 찾아간 동대문 시장 삼식이 형은 포목점과 옷가게에서 지게와 리어카를 끌고 짐을 나르는 짐꾼이었다. 집으로 내려가라는 삼식이 형에게 사정사정해서 병칠이도 동대문 시장의 짐꾼으로 서울 생활을 시작하였다.

촌놈치고는 싹싹하고 유머러스하고 노래도 곧잘 불렀던 병칠이는 옷가게 사장의 눈에 들어 상경한 지 일 년도 안 되어 옷가게 점원으로 취직하게 됐다. 그의 나이 열일곱 살 되던 해다. 온 세상을 다 가진 듯 기뻤고 흐뭇했다. 타고난 자질과 성격으로 동대문 시장에선 내로라하는 점원으로 승승장구하던 병칠이는 돈이 조금 모이자 가수가 되겠다고 틈만 나면 음악학원으로 달려가 노래도 배우고 춤도 추면서 나름의 끼를 살려 인기가 매우 좋았다. 또 주위 사람들의 권유로 음반도 냈다. 기타도 하나 사서 둘러메고 학원을 다니면서 배웠다.

조그만 시골 동네에는 병칠이 소문이 쫘악 퍼졌다. 병칠이가 서울 가서 성공해서 가수가 됐다. 돈도 많이 벌었다. 기타도 잘 친다. 동네 노인은 "사람은 나서 서울로 보내고 말은 제주도로 보내야 한다"고 했다.

그해 추석 명절에 대목 장사를 잘 마치고 보너스를 두둑이 챙겨 휴가를 얻은 병칠이가 양복에 나비넥타이를 하고 기타를 둘러메고 선물 보따리를 가득 들고서 고향으로 돌아왔다. 동네 사람들이 병칠이를 보려고 병칠네 집으로 모여들었다.

뙤약볕에서 농사일을 하고 나무지게를 지던 까무잡자름 하던 병칠이가 허여멀건 하고 날씬하게 변해서 서울 말씨까지 쓰면서 인사를 하는 병칠이를 보고 성질 급한 아낙들은 노래를 불러 달라고 성화다. 인사를 마친 병칠이가 춤을 추면서 노래를 부르자 동네 사람들은 박수를 치면서 앵콜을 외친다. 병칠이는 동네 최고 가수다. 아마 서울에서도 노래를 제일 잘하는 사람인 줄 착각하면서 그날을 즐겼다. 산에서 나뭇짐을 지고 돌아온 용팔이도 병칠이가 왔다는 소식을 들었다.

그다음 날 동네 정자나무 그늘 아래 사람들이 모여들었다. 병칠이가 삐루(맥주)에 오징어 땅콩을 사다 놓고 동네 사람들과 술판을 벌이고 있었다. 그 옆에는 기타도 세워 놓고, 용팔이가 다가가서 병칠이와 인사를 하고 삐루 한 잔을 마시자 기타를 쳐달라고 요청을 한다. 병칠이가 기타를 꺼내서 줄을 고른 후 그 시절 최고의 유행가였던 이미자의 〈동백아가씨〉를 치면서 노래를 부른다. 용팔이는 병칠이의 손을 유심히 바라보면서 관심을 보인 후 좋아하는 술을 마다하고 기타는 어떻게 치는 거냐며 이것저것 꼬치꼬치 묻는다. 병칠이는 도레미파는 어떻고 코드는 어떻게 잡고 설명하지만 낫 놓고 기역 자도 모르는 용팔이가 알아들을 수가 없다. 한참을 바라보던 용팔이가 기타를 쳐보자고 조르자 병칠이가 기타를 준다. 용팔이는 기타를 끌어안고 이 줄 저 줄 튕겨보면서 손을 움직이더니 병칠이가 좀 전에 치던 〈동백아가씨〉를 쳐본다. 아니 이게 웬일인가 농사일에 억마디 진 손가락에서 아름다운 음률이 튕겨져 나온다. 구경하던 동네 사람들의 입에서 감탄사가 튀어나온다. 절대 음감이다. 타고난 사람이다. 그날 저녁 용팔이는 병칠이를 졸라 하루만 빌려달라고 기타를 가져갔다. 이튿날 병칠이가 기타를 달라고 하자 하루만 더 빌려달라고 사정한다. 그렇게 3일이 되던 날 용팔이가 기타를 가지고 정자나무에 나타났다. 기다리던 병칠이가 많이 배웠냐고 묻자 그 자리에서 트로트에서 전주곡이 가장 어렵고 아름답다던 〈울며 헤어진 부산항〉에 이어 〈애수의 소야곡〉 등을 치는데 그냥 흉내 내는 것이 아니라 상기된 표정으로 가장 멋들어지게 치고 있었다. 아! 절대 음감은 타고난 것이다.

8살에 고아가 돼서 머슴살이를 해야 했던 용팔이의 가슴에는 얼마나 한이 맺혔으면 저런 소리를 낼 수 있었을까? 기타를 알기 전에도 용팔이는 대나무를 잘라 구멍을 뚫고 통소를 만들어서 부는데 처량하고 구슬프기가 한이 넘쳐 노처녀의 가슴을 후비고 동네 아낙들이 오줌을 질끔

거릴 정도였다고 한다. 용팔이가 병칠이에게 제안을 한다. 내가 기타를 쳐보니까 괜찮은데 나는 네가 알다시피 일자무식에 기타가 얼마인지도 사는 곳도 모르고 하니 내가 가을에 새경 받아줄 테니 이 기타를 나를 주고 너는 서울 올라가서 하나를 새로 사면 어떻겠니. 병칠이가 난감해하며 안 된다고 하자 용팔이의 눈이 번뜩이며 기타를 바윗돌에 내리쳤다. 울림통이 깨지면서 줄이 튀었다. 순식간에 일어난 일이었다. 어차피 나와 인연이 없는 물건인 것을 없애버리자.

그해 용팔이는 일 년 머슴 산 새경을 받아서 기타값을 물어 줬다고 한다. 그 후로는 용팔이의 퉁소 소리도 기타 소리도 들리지 않았다. 아! 절대 음감의 한의 소리는 이른 봄 아지랑이를 타고 하늘로 올라가고 있었다.

어느 봄날의 아련한 추억

서늘한 새벽 공기를 맞으며 아침을 시작한다. 아파트 정원에는 연산홍이 만개했다. 빨간 꽃 분홍 꽃 하얀 꽃이 어우러져, 화려함에 눈동자가 커지고 기분마저 상쾌해진다. 옛날에 우리들은 봄이 오면 야산의 진달래꽃이나 울타리에 늘어진 개나리꽃을 보고 자랐고, 광덕산이나 높은 산에 올라야 철쭉꽃을 볼 수 있었다. 그러나 지금은 어느 정원을 가봐도 연산홍은 필수의 정원수로 자리매김하고 있다. 연산홍의 원산지는 일본이다. 기억을 더듬어 보면 대략 80년대 초부터 주택개량사업이 행해지고, 화단에 몇 주씩 연산홍을 심었던 생각이 난다.

지금은 모든 나무들이 삭풍을 이겨내고 움을 틔우고 꽃을 피우는 시기이다. 나뭇잎도 연두색을 띤 지금이 가장 싱그럽고 아름다운 시기이다. 먼 산을 바라보면 나뭇잎이 색깔별로 구분된다. 사철 푸른 소나무, 갓 움을 틔운 잡목들의 연두색 잎, 그리고 누르스름한 색을 띤 나무가 있다. 왜(?) 봄철에 나뭇잎이 누를까? 이런 의문을 가진 사람들도 많을 것이다. 여러분은 벚나무가 꽃이 먼저 피고 잎이 나중에 나온다는 사실을 모두 잘 알고 있을 것이다.

지금 산에 누런색을 띠는 나무는 참나무 종류다. 참나무가 지금 긴 자루의 누런 꽃을 활짝 피고 있는 중이다. 일부는 참나무에 무슨 꽃이 피나(?) 하고 의아하게 생각하는 사람도 있겠지만, 참나무도 꽃을 피우고 열매를 맺는다. 그 열매가 상우리(상수리)라고 하고, 도토리묵이라고 판매하는 묵의 99프로 이상이 상우리 묵이다. 또 양봉농가들이 채취해서 파는 '화분'의 90프로가 참나무 화분이다. 참나무 꽃이 지고 잎새가 새로 돋아나야 산이 푸른색으로 바뀐다.

이 산 저 산 둘러보다 보니 아련한 추억이 떠오른다. 학창시절 토요일로 기억되는데, 수업을 끝내고 친구들과 놀다가 용화동에서 홍거리를 지나 산길로 혼자 걸어가게 됐다. 보리가 알을 배서 뚱뚱한 배를 자랑하고 일부는 고개를 삐죽이 내미는 시기였다. 한참을 가다 보니 이상한 소리가 들려왔다. 자세히 보니 꿩이 아기 주먹만 한 새끼를 열댓 마리 거느리고 움직이는 모습이 보였다. 순간적으로 저 꿩을 잡아다 집에서 길러봐야 되겠다 생각하고, 가방을 팽개치고 꿩을 향해 달렸다. 조금 달리다 보니 열 마리로 줄어들고, 조금 더 달리다 보니 다섯 마리밖에 안 보였다. 마지막 힘을 다하여 달려보았으나 결국 꿩의 어미만 남고 새끼는 모두 사라졌다. 얼마나 빠르고 은둔술이 탁월한지(?) 허탈했다.

맥이 빠진 채 가방을 놓아둔 자리에 돌아와 보니 가방이 보이지 않았다. 걸어왔던 길을 힘껏 100여 미터를 달려봐도 사람은 보이지 않고, 반대 방향으로 200미터 이상을 달려봐도 지나가는 사람은 없었다. 꿩 새끼 잡는다고 학생의 자산 1호 가방을 잃어버렸으니 기가 찰 노릇이었다. 허탈한 심정으로 제자리로 돌아와 이리저리 살펴보던 중, 풀이 한쪽으로 쓰러진 곳을 발견했다. 쓰러진 풀을 향해 내려가 보니 내 가방이 도랑에 처박혀 있었다. 죽었다가 살아서 돌아온 사람 보듯이 반가웠다. 그날 '앞으로 꿩 새끼 쫓아다니는 사람하고는 상종도 말자'고 다짐해 두었다. 저 앞산을 바라보니, 그때 그 시절 참으로 미련 맞았던 추억이 앞을 스쳐 지나간다.

엊그제가 '곡우(穀雨)'였다. 모내기 준비할 비가 내린다는 24절기 중에 하나다. 또 "곡우에 가물면 땅이 석 자가 마른다"는 말도 있다. 또한 각종 채소를 심어야 할 때가 온 것이다. 때맞춰 고마운 봄비가 흡족하게 내려주셨으면 얼마나 좋을까? 이것이 한평생을 흙과 함께 살아온 사람들의 '농심'이리라~~^^.

집수리

철수네 지붕 위에서는 윙윙거리는 기계 소리와 함께 커다란 함석기와가 한 장 두 장 지붕을 덮어가고 있다. 몇 년 전부터 비가 많이 오는 날에는 천정에서 물방울이 한 방울 두 방울 떨어지고 벽으로 물이 타고 흘러 도배지 위로 검은 곰팡이가 폈다. 옥상에 올라가서 금이 간 부분을 시멘트를 사다 발라보고 페인트 가게에 의뢰해서 우레탄 방수를 해보았지만 일이 년 지나면 또 물이 샜다. 여러 사람을 만나 상의해 본 결과 옥상 위에 거푸집을 지어 지붕을 새로 꾸미는 방법이 최선이란 결론을 얻었다.

70~80년대 농가 주택개량사업으로 농촌에서도 초가지붕을 걷어내고 슬레이트 지붕을 만들거나 조금 여유가 있는 사람들은 융자를 받아서 농가주택을 신축했다. 그 당시에는 엄청난 변화였고 농촌에 거주하던 사람들은 새로 지은 농가주택을 부러운 시선으로 바라보았다. 세월이 흐르고 건축시설이 발전된 지금은 그 당시 부러움의 대상이었던 농가주택이 낡아서 애물단지가 됐다. 집이라는 것이 살다 보면 뭐라도 낡아서 고장이 난다. 기술자를 불러서 고치다 보면 사소한 것 한두 시간에 할 수 있는 일도 하루

품값을 요구하고 혼자 와서 해도 반나절이면 끝날 일을 기술자와 잡부 둘이 와서 일을 하고 두 사람 품값을 받아 간다.

철수네도 고민 끝에 신축은 돈이 너무 많이 들어 힘들고, 이번 참에 전체 집수리를 하기로 결정하고, 인테리어 업자를 불러서 견적을 받아봤다. 예상했던 금액보다 너무 많은 금액의 견적이 나왔다. 물론 세월이 흐르고 물가가 상승하다 보니 농가주택 신축 당시 금액보다 집수리 비용이 곱절이나 많은 금액에 선뜻 결정을 못 하고 며칠을 고민 후에 발품을 팔기로 생각하고 시내에 있는 샷시 가게 타일 가게 페인트 가게 도배집 철물점 싱크대 만드는 집 함석기와 지붕 하는 집을 물어물어 다니면서, 하나하나 개별 견적을 받아봤다. 물론 종합 인테리어 견적서를 비교하면서, 모든 견적을 종합해 보니 확실하게 저렴했다. 또 내가 원하는 제품으로 설치할 수 있으면서도 발품을 팔은 효과가 분명히 있었다. 하나하나 순서를 정해서 집수리를 시작했다. 헌 집 수리라고 하는 것은 하나 손을 대면 또 다른 것도 고치고 싶고 한이 없다고 하지만 오늘 지붕과 도배 장판이 끝나면 모든 집수리가 끝이 난다. 철수네는 말끔하게 갈아 끼운 샷시며 새로 교체한 방화문과 깨끗하게 페인트칠을 한 방문, 새로 단장한 욕실들을 둘러보며 흐뭇한 표정으로 그 옛날 새집을 지었을 당시를 회상해 본다. 한 가지 아쉬움이 있다면 내가 직접 집수리 공사를 하다 보니 종합 인테리어 업자가 좀 성실한 견적을 제시했더라면 얼마나 좋았을까? 하는 아쉬운 여운이 맴돌고 있다.

꺼치럭산

　오늘은 꺼치럭산이다. 위치는 송악면 평촌리 1구(자연부락명은 다라미) 뒷산으로 서남대학교 우측에 위치한 산이다. 본명은 월라산이나 어릴 적부터 꺼치럭산이라고 불러온 관습 때문에 지금도 그냥 꺼치럭산이 편하다. 좌향도 동향으로 해를 제일 먼저 맞이하고 제일 먼저 이별하는, 높지는 않지만 아늑하게 품어주는 그런 느낌을 주는, 평온한 농촌 부락의 뒷산이건만 이름에서 풍기는 바와 같이 산은 다르다. 한마디로 거칠다. 지금은 나무가 많이 자라서 큰 바위와 돌이 잘 보이지 않지만 예전에는 우리나라의 거개의 산이 그렇듯이 벌거숭이에 거칠고 엉성했다. 꺼치럭산 하면 제일 먼저 떠오르는 단어가 있다. '재건'. 6·25전쟁을 끝낸 우리나라는 전후복구 사업의 일환으로 인사 시 "재건합시다"가 우리 민족의 구호였다. 학교에서도 관공서에서도 거의 모두 다시 일어서기 위해서 부르짖었다. 그런 재건이라는 커다란 글씨가 꺼치럭산 중앙위 수직으로 깎아지른 커다란 바위 절벽에, 내가 초딩 시절에 쓰여졌다. 반듯하게 잘 쓰지도 화려하지도 않은, 그냥 수수한 글씨 "재건"은 한 십여 년 동안이나 그 자리에

336

있었다. 산업화 근대화로 화목문화에서 연탄 석유 전기로 농촌도 바뀌어 가고, 나무가 커가고 오랜 비바람에 사라졌지만, 옛날 추억 속에 자리한 '재건'이 생각나 죽마고우에게 물어봤다.

누가 재건이란 글을 그 험한 바위에다 썼느냐고? 그 동네에 살던 장완순이란 촌부가 사비로 페인트를 사서 밧줄에 매달려 쓴 글이란다. 새삼 존경스럽다. 농촌에 묻혀 살면서도 현실을 직시하고 여러 사람에게 알려준 그분이 애국자다. 지금은 고인이 되셨을 그분에게 기립박수를 보낸다. 언제나 꺼치럭산인 양 단풍철이 돼도 허엽스름하게 마르다 앙상한 가지로 변했던 그 볼폼 없던 꺼치럭산에도 단풍이 찾아왔다. 어여쁘지도 화려하지도 않다. 그냥 찾아온 것이 너무 신기하다. 영영 안 올 줄 알았는데 찾아와서 예쁘고 고맙다. 혹 송악에 오시는 분, 아니 고향을 찾아오시는 분은 좌향이 동향이므로 오전에 바라보아야 제대로 볼 수 있다. 옛날 재건 생각 하시면서 추억에 젖어보시기를~~^^.

굴참나무

새벽을 박차고 집을 나섰다. 희뿌연한 안개와 서늘한 바람이 인다. 한낮에는 살을 태울 듯 뜨거운 햇살이 내리쬐지만 식전 저녁에는 찬 바람이 불어 일교차가 심해서 감기 들기 꼭 좋은 날씨다. 아무 생각 없이 차를 몰다 보니 차는 신정호 주변을 달리고 있다. 일찍 깬 비둘기가 잔디밭에서 무언가 먹이를 찾고 있다. 여기저기 한참을 바라보니 말없이 왔다가 소리 없이 사라진 꽃들이며, 하염없이 내리던 봄비에 쭉 커버린 옥수숫대며, 넓은 들녘엔 황토 빛 물속에 잘 다듬어진 논들이 하나둘 파란색으로 탈바꿈을 해가고, 저 멀리 보이는 산야는 파르스름했던 신록의 계절을 지나 짙은 녹색으로 변해버렸다. 그렇게 세월은 말없이 흘러가고 있었다. 돌이켜 보니 이제는 거의 이십여 년이 흘러갔지만, 사슴목장을 하던 시절이 떠오른다. 사월 말에서 오월 초부터 풀베기를 시작하여 시월 말 고구마 넝쿨을 다 걷을 때까지 하루도 쉬지 않고 풀을 베고, 일주일에 한 번은 산에 올라 칡덩굴을 걷거나 참나무 잎을 베어다가 사슴 먹이로 줬다. 비가 오는 날은 전날에 많이 베거나, 아니면 우비를 입고서 풀을 베어서 물기를 말린 후에 썰어서 사슴 먹이로 줬다.

지금 생각해 보니 얼마나 삶의 열정에 불타서일까? 아님 미련 맞은 일이었을까? 그중에서도 굴참나무 잎은 살이 쪄서 잎도 크고 참기름을 바른 듯 기름기가 좌르르 흐르고 먹음직스럽다. 바람이라도 불라치면 앞면은 진녹색에 뒷면은 허옇스레하게 표시가 나서 멀리서도 알아볼 수가 있다. 굴참나무는 다른 참나무에 비해 겉껍질이 두껍고 껍데기를 꾹 눌러보면 푹신푹신하다. 그 껍데기는 와인병 마개 코르크 마개의 원료가 된다. 옛 생각에 산을 바라보니 굴참나무가 보인다. 반가움에 나무를 찾아서 올라갔다. 낮은 가지를 붙잡아서 두어 잎을 땄다. 자세히 바라보니 쑥 개피떡에 참기름을 바른 듯 여전히 반짝거리고 있다. 먹음직스러움에 이빨로 자근자근 씹어본다. 떫으면서도 싱그러운 향과 함께 반대쪽에는 솜털이 묻어 있다. 이렇게 맛없는 나뭇잎을 사슴은 그렇게 맛있게 먹었단 말인가? 아마도 이것이 사람과 동물의 차이이리라. 어쨌든 운인지 나의 정성인지 몰라도 내가 그토록 정성을 쏟았던 사슴은 녹용 생산량 전국 1위를 했고 그로 인해 사슴도 좋은 값에 매매할 수 있었다. 그 생각이 떠올라 굴참나무에게도 감사하다는 마음속의 인사를 나누며 돌아서는 발길이 가벼웁다. 이제는 까마득한 추억의 한 장면으로 각인됐지만 가슴속엔 그때 그 시절이 그리운 건 그만큼 내가 익어가는 걸까?

꽃샘추위

봄비가 밤새도록 조용히 내린다. 바람도 없는 공중에서 하얀 실이 돼서 하염없이 내린다. 대지에는 생명수요, 모든 작물에게는 최고의 영양제를 공짜로 내려주신다. 우산을 내려 느티나무를 바라보니 잔가지마다 이슬이 방울방울 맺혔다가 줄기를 타고 흘러내린다. 한참을 바라보니 떨어지는 빗물에 콧등이 차다. 어제저녁 뉴스를 보니 강원도 지역과 산간 내륙 지방에는 많은 눈이 내리고, 서울에도 적은 양의 눈 예보가 있다.

고향 가는 길에 설화봉 정상에는 하얀 눈이 쌓이고, 저 멀리 광덕산은 설꽃이 피었다. 갑자기 이백의 하루살이 같은 인생무상을 노래한 시 "조여청사모성설(朝如靑絲暮成雪)"이 생각난다. "아침에 검은 실 같던 머리칼이 저녁에는 눈같이 희다"는 뜻이다. 소나무로 푸르던 산이 하루 저녁에 흰백으로 뒤덮인 산을 바라보니 인생의 덧없음이 실감 난다. 나이를 먹을수록 세월이 빠르게 흘러가는 느낌은 모두가 공감하리라. 어제는 점심에 친구와 저수지 상류에 지천인 버드나무가 훈풍에 연두색으로 변하는 모습을 보고 봄이 오는가 싶었는데, 오늘은 봄을 시샘하는 눈발이 휘날려 꽃의 화신을 질투한다.

꽃샘추위다. 꽃샘추위가 오면 제일 걱정되는 농가가 과수 농가다. 봄바람에 농익은 꽃봉오리(씨방)가 날씨가 추워지면 얼어서 냉해를 입는다. 냉해를 입으면 과수 농가만 피해를 보는 것이 아니라, 과일 가격이 올라 소비자 전체가 간접적 피해를 입는다. 다행히 주간 일기예보를 살펴보니 큰 추위는 없다고 한다.

옛말에 "음력 이월에 김칫독 깨진다"는 말이 있다. 옛날 선조들의 경험에 의한 말씀에 공감이 간다. 봄바람은 옷깃을 스며들고, 양지에 가면 따듯하고 응달에 가면 추운 것이 봄 날씨의 특징이다. 하루의 일교차가 10도를 넘나드는 날씨가 지속된다. 비가 오거나 날씨가 추우면 삭신이 쑤신다는 말을 평소 들어봤으리라. 날씨가 추우면 골근력에 이상이 있는 사람은 혈관이 응고돼서 혈액순환이 덜 되기 때문에 그런 말이 나온 것 같다.

이런 날은 빈대떡에 막걸리가 생각난다. 여기서 잠깐 빈대떡의 역사를 알아보면, 조선시대 덕수궁 뒤편에 아주 못사는 마을이 있었다고 한다. 물론 초가지붕이고 그 마을은 유난히도 빈대가 많았다고 한다. 그래서 그 동네 사람들이 해 먹던 떡을 빈대떡이라고 한다는 설이 있다.

아무리 꽃샘추위가 기승을 부려도 봄은 반드시 온다. 이미 봄을 기다리고 사랑하면 꽃샘추위도 미워하지 말자.

이미 봄은 내 마음속에 봄비와 함께 깊숙이 자리하고 있었으니, 오늘 같은 날 '돈 없으면 빈대떡'이 아니라 '날 궂으면 빈대떡'이나 부쳐 먹지~~^^.

첫눈이 내리던 날에

엊저녁까지도 구적구적 내리던 비가 밤사이 눈으로 둔갑해 조용히 날린다. 올 들어 좀 늦지만 첫눈이다. 바로 그제 화려한 옷을 벗은 단풍나무의 앙상한 잔가지에도 살포시 내리쌓여 가고 정원에 우뚝 솟은 소나무 가지마다 탐스러운 새하얀 봉우리를 만들어 가며, 내가 걸어가는 도로에도 하나도 빠짐없이 발자욱을 남긴다. 온 세상이 공평하게 하얘진다. 온 세상이 하얗듯이 모든 사람의 가슴속에도 하얀 추억이 깃들어 있으리라. 첫눈이 내리는 날 연인과 안동역에서 만나자던 애절한 유행가 가사가 있는가 하면, 젊은 시절의 연인들의 로망이었던 〈러브 스토리〉 영화의 설경에서 펼쳐지는 사랑의 장면을 상상할 수도 있고, 초가지붕과 장독대에 소복하게 쌓여 있는 정겨운 옛 시절을 그리워할 수도 있다. 무엇보다도 첫눈이 내리면 빨간 우체통에 사랑하는 사람에게 그리움으로 가득한 편지를 보내고 답장을 기다리는 일은 누구에게도 아름다운 추억이리라.

어린 시절 눈이 내리는 날이면 일찍 일어나 아버지와 함께 안마당 바깥마당 골목을 처음에는 빗자루로 쓸다가 눈이 더해지면 죽가래로 밀었다. 추운 겨울에도 이마에 땀이 송골송골 맺히고 가슴에는 열이 후끈후끈 올라온다. 마당이 넓어서 아버지 혼자 하는 일을 힘들어 도와드리라고 할머니께서 꼭 깨웠다. 처음에는 일어나기 싫어서 꾀도 부리고 투정도 했지만, 하다 보니 습관이 돼서 우리 집뿐만 아니라 동네 골목도 가마니에 큰 돌을 올려놓고 동네 구석을 누비고도 다녔다. 이사를 온 후에도 눈만 오면 내가 생각난다면서 다시 새집 짓고 이사 오라던 옆집 아주머니, 항상 나보다 먼저 사람 발자욱이 있어 조금 더 일찍 또 일찍 일어나도 그 발자욱은 지워지지 않았다. 나중에 알고 보니 새벽기도를 나가시는 동네 할머니 발자욱이었다. 지금도 하얀 눈 위에 선명하게 찍혀 있던 모습이 그려진다.

학창시절 중고등 육 년간을 7~8킬로 거리를 도보로 통학했다. 눈이 많이 오는 날이면 장화를 신고 걸어서 학교에 도착하면 장화에 땀이 차서 교실 차디찬 마룻바닥에 한참 동안 발자욱이 찍힌다. 그런 날이 계속되다 보니 동상이 걸려 특별한 약도 없이 밖에서 차갑게 만든 콩 자루에 발을 묻고 자야만 했다. 그 방법으로 얼음을 뺀다고 하는 것이 동상 치료법의 전부였다. 다행히 민간요법이 효험이 있었는지 별도의 치료 없이 나았던 기억이 스쳐간다.

식사를 끝낸 후 정해진 곳도 없이 길을 나섰다. 첫눈의 양이 많아선지 차가 거북이걸음이다. 가다 서다를 반복하는 동안에 나는 쉼 없이 가슴과 머리에 설꽃을 담는다. 먼 산은 희미하게 보일락 말락 하고 가까운 곳만이 기가 막힌 그림이 그려진다. 문득 지금 이 순간 눈이 멈추고 햇빛이 쨍쨍 비추어 준다면? 얼마나 멋진 광경이 펼쳐질 것인가라는 환상에 젖어, 이 생각 저 생각으로 올해 유난히도 단풍이 아름다웠던 설화산을 지나고 외암민속마을로 들어서니 일찍 온 사진작가들이 여기저기 포인트를 맞추고 있다. 밤 동산 소나무 설경은 우측에 기와지붕과 조화를 이루어 한 폭의 산수화를 만들고, 느티나무 옆 초가지붕에 소복하게 쌓인 눈이 무너질 듯 높아만 가고 돌담 옆 장독대도 하얀 눈을 가득 품어 정겨움을 더해간다. 낯선 사람의 발자욱에 경계심을 느낀 강아지가 이리저리 짖어대며 예쁜 눈밭을 어지럽힌다. 나는 그칠 줄 모르고 펑펑 내리는 함박눈에 취해 푹푹 빠지는 발자욱을 뒤로한 채 고즈넉한 고택의 돌담길을 아무 생각도 없이 머리와 어깨에 쌓여가는 눈의 무게를 가늠하며 걸어간다. 딱히 갈 곳도 기다림도 약속도 없이 무조건~~^^.

봄바람에 밀려온 사랑
바람 타고 사라지고

　순이는 얼굴이 달덩이처럼 환하게 피어올랐다. 처녀 나이 18세, 꽃다운 나이, 옥같이 하얀 피부에 복사꽃처럼 불그스름하게 핀 얼굴, 알맞게 큰 키와 몸매, 부모로부터 물려받은 유전자로 남달리 예뻤다. 동네 총각들이 군침을 흘리고, 남몰래 짝사랑하는 총각들은 상사병이 났다. 그런 동네 총각들을 거들떠보지도 않던 순이가 어느 날 서울에서 인척 집에 놀러 온 총각과 눈이 맞았다. 나들이옷으로 나름 폼을 낸 순이가 하루에 서너 번 다니던 버스를 기다리는 모습이 자주 포착되었고, 저녁 어스름 무렵에 버스에서 내리는 모습을 보고 동네 총각들은 궁금증으로 애간장을 태웠다.

　어느 날 순이가 바람이 났다는 소문이 들려오기 시작한다. "현충사에서 낯모르는 사람과 데이트를 하더라", "중국집에서 두 사람이 짜장을 먹더라", "두 사람이 여관에서 나오더라" 등등, 소문은 꼬리에 꼬리를 물고 온 동네로 퍼져나갔다. 남몰래 순이를 짝사랑하던 철수의 귀에도 소문이 들려왔다. 철수의 머리가 갑자기 띵해지며 머릿속이 하얗게 변해갔다. '아닐 거야, 그럴 리가 없어!'라고 부정을 하면서 마음으로 애태우던 중에도, 도대체 '어떤 놈일까?' 하며 궁금증은 커져만 갔다.

　동네 총각들이 냇가에서 물고기를 잡아, 원두막에 모여 어죽파티를 하던 어느 여름날, 술기운이 거하게 올라오면서 자연스럽게 순이 얘기가 흘러나왔다. 순이는 서울에서 온 총각과 연애를 한다는 사실에 의견이 모아졌다. 한 달에 한두 번 내려오던 서울총각은 더 자주 인척 집을 드나들었다. 철수는 순이가 낮에 원두막에 자주 나오고, 저녁에는 아버지와 동생과 함께 원두막에 왔다가, 11시쯤이면 아버지는 집으로 가시고, 순이와 동생은 원두막을 지킨다는 사실도 알게 되었다. 철수는 그날 밤 순이네 원두막이 바라보이는 곳에서 순이 아버지가 집으로 가실 때만 기다리고 있었다. 드디어 순이 아버지가 집으로 돌아가자, 철수는 두근거리는 가슴을 진정시키며 원두막으로 다가갔지만, 순이와 순이 동생이 자는 모습을 바라만 보다 아쉬운 발길을 돌려야 했다.

　철수가 아무 말을 못 하고 원두막을 오가는 날들이 계속되었다. 그러던 어느 날 철수는 원두막 인근에서 인기척을 느꼈고, 곧 어떤 사람이 숨는 모습을 보게 되었다. 한참을 기다려도 숨은 사람이 움직이지 않자 철수가 먼저 움직였다. 철수가 가까이 다가서자 누군가가 벌떡 일어섰다. 자세히 보니 낯선 사람은 바로 용칠이였다. 용칠이 또한 순이를 짝사랑하고 있었다. 철수는 용칠이에게 윽박질렀다. "순이는 내 거니까 건드리지 마라, 만약 건드리면 죽여버릴 테다" 철수보다 먼저 순이를 사랑하던 용칠이는 철수의 협박에 애타던 짝사랑을 접어야 했다. 용칠이한테 병수도 순이를 짝사랑한다는 말도 들었다. 철수는 즉시 병수를 찾아가 순이를 포기할 것을 종용하였고, 그렇게 철수는 동네 총각들을 평정했다. 그렇게 시작한 철수의 사랑은 죽기 살기식이었다.

이제 남은 것은 서울총각뿐이다. 서울총각 오기만을 기다리던 철수 앞에 어느 날 서울총각이 나타났다. 철수는 다짜고짜 달려들어 "순이를 내가 사랑하니 너는 꺼져라"고 말했다. 엉겁결에 달려드는 철수를 상대하는 서울총각 역시 만만하지 않았다. 그날 동네 이장과 동민들이 싸움을 말리는 바람에 일단락됐지만, 그다음 날 아침에 철수가 서울총각을 불러내서 또다시 싸움이 시작됐다. 이번에는 인척이 나서서 싸움이 중단시켜야 했다. 서울로 올라간 지 보름 후에 서울총각이 다시 내려왔다. 철수는 다시 싸움을 걸었다. 이번에는 주먹 싸움이 아닌 지게 작대기를 들고 '너 죽고 나 살자'식으로 싸우기 시작했다. 서울총각도 각목을 들고나와 대항하며 물러서지 않았다. 두 사람 모두 막상막하였다. 그대로 뒀다가는 둘 중 하나는 죽거나 병신이 돼야 끝나는 싸움이었다.

할 수 없이 친구들이 나섰다. 서울총각은 "순이의 뜻에 맡기자"고 했고, 철수는 "너만 우리 동네에 안 오면 된다"는 막무가내식이었다. 철수가 우기고 우겨서 명절 때만 내려오기로 약속하고 싸움을 마무리했다. 소문을 통해 순이도 그 소식을 들었다. 그러나 서울총각이 사는 곳도 모르고, 처녀가 시건방지게 인척 집에 찾아가 물어볼 수도 없는 것이 50년 전의 세태였다. 철수는 죽기 아니면 까무러치기 식으로 순이에게 매달렸다. 어느 봄날 보리가 패서 뾰족한 수염이 하늘을 향하던 밤, 철수는 순이를 보리밭에서 덮쳤다. 철수는 세상을 다 얻은 듯 기뻤지만 그걸로 끝이 아니었다.

순이 아버지는 성격이 난폭한 철수가 순이의 짝으로 마음에 들지 않았으며, 오히려 성실하고 순박한 용칠이를 마음에 두고 있었다. 특히 순이 어머니의 반대가 심했다. 또다시 철수의 반격이 시작됐다. 철수는 술을 취하도록 먹고 나서 순이네 집을 찾았다. 철수는 순이의 부모에게 순이와 결혼을 허락하지 않으면 다 불 싸지르고 죽겠다고 엄포를 놓고, 지붕에서 뛰어 내리고, 산냇기(볏짚으로 꼬아 만든 새끼줄로 충청도 방언)를 들고 목매달아 죽는다고 단호하게 선언했다. 일이 이렇게 되자 하는 수 없이 철수와 순이의 부모들은 이들의 결혼을 허락하게 되었다. 순이네 집에서 간단하게 구식으로 결혼예식이 올려졌다. 그렇게 힘들고 모질게 결혼을 한 철수는 세상의 모든 것을 다 얻은 듯 힘든 일 마다하지 않고 열심히 일을 했다. 아들도 낳아서 커가고, 아이 키우는 재미로 힘든 줄도 모르고, 예쁜 마누라 바라보면서 행복한 삶을 만끽했다.

세월은 빠르게 흘렀다. 농촌에도 새로운 문명의 바람이 불어오기 시작했다. 시골 동네 도로가 포장되고 주말이면 관광객이 몰려들었다. 집집마다 자가용을 마련하는 일이 유행이 되었다. 진달래와 개나리, 목련과 산수유, 복사꽃과 벚꽃이 어우러지는 봄의 어느 날, 순이의 운명 앞으로 앵두꽃이 환하게 피어오르고 있었다~~^^.

국화

    국화는 단풍과 함께 피는 가을의 대표적인 꽃이요, 고고함으로 회자되는 매, 난, 국, 죽, 사군자 중에 하나다. 나는 국화꽃을 생각하면 가장 먼저 서정주 시인의 〈국화 옆에서〉가 떠오른다. "한 송이 국화꽃을 피우기 위해 봄부터 소쩍새는 그렇게 울었나 보다"로 시작되는 시는 국화꽃이 피는 시련과 아픔을 통해 인생의 고뇌와 방랑 속에 성숙한 삶이 이루어지는 과정을 잘 표현한 대표적인 시이다. 내가 70년대 후반에서 80년 초로 기억하는데, 친구 집에 놀러 갔다가 크기가 주먹 덩어리만 한 탐스러운 꽃을 보고서 그 꽃이 무엇이냐고 물어보니 대국이란다. 의아하여 다시 물어보니 큰 국화라고 설명한다. 나중에 안 일이지만 국화는 크기에 따라서 소국, 중국, 대국으로 나뉘고, 우리가 가을에 자연에서 자주 접할 수 있는 들국화가 있다. 아무튼 꽃이 예뻐서 한 송이만 달라고 하자 지금은 안 되고 내년 봄에 준다고 하여 그다음 해 봄에 한 포기를 얻어다 화분에 심어놨다. 무성하게 자라던 국화는 가을에 커다란 대국이 아닌 소국으로 여러 개의 꽃을 피웠다. 친구에게 속았다는 생각이 들어 전화를 해보니 어떻게 키웠느냐고 묻는다. 네가 준 대로 화분에 심어놨다고 말하자 껄껄 웃으면서, 대국은 여름철에 삽목을 해서 외대로 곁순을 따면서 키워야 큰 꽃을 볼 수 있다고 한다.

우리들은 흔히 산이나 들녘, 제방, 뚝에서 가을에 피는 들국화를 자주 볼 수가 있다. 보통 색깔이 하얗고 노란 들국화 향기 또한 그윽하며 늦가을까지 꽃을 피우다가 겨울이 되면 잎과 줄기가 말라 죽었다가 봄이 오면 싹을 틔워 가을이면 또다시 꽃이 피는 생명력 강한 들국화, 개미취꽃, 구절초꽃, 쑥부쟁이꽃, 부지갱이꽃, 이 모두가 들국화다. 나의 고향 집 장독대 옆에도 가을이면 어김없이 노오란 들국화가 피었었다. 꽃과 그윽한 향기를 즐기다가 무서리를 두어 번 맞으면 꽃을 따서 말린다. 말린 꽃을 넣고서 술을 담으면 국화주가 된다. 국화향을 오래 즐기기 위해 국화주를 담아 마셨던 우리 선조들의 지혜가 담긴 한 장면이다. 꽃말 또한 알아보니 색깔별로 다르다. 대표적인 꽃말은 청결 정조 순결이다. 빨간 국화는 '당신을 사랑합니다'라는 의미가 있다고 하지만, 어찌 통용화된 빨간 장미에 치일 것 같은 생각이 든다. 가을이 깊어지면 전국 곳곳에서 국화 축제가 열린다. 개인전뿐만 아니라 동호회 회원들이 모여 정성 들여 가꾼 국화를 여러 사람들에게 선보인다. 나도 한번 집에서 가까운 현충사 천변에서 열린 국화 전시회를 다녀온 적이 있다. 종류별 국화는 물론이요, 하트 모양의 국화 또한 기본이고, 한반도 모형 나선형 모양의 국화분재 등등, 그윽한 국화 향과 함께 가을 정취를 만끽할 수 있는 절호의 찬스였다. 그때 그날을 기억하며 올해에는 휘영청 밝은 달밤에 구수한 빈대떡에 국화 향 그윽한 국화주를 마시고, 달빛에 비치는 국화를 감상할 수 있는 축제를 찾아서 가보고 싶다. 더불어 가을 바람에 흔들리는 향기로운 들국화 길도 꼭 거닐고 싶다.

치매

    간호사님 나 머리도 아프고 목구멍이 따끔따끔하고 혓바닥이 쓰고 그런데 나 죽어요? 또 허리도 아프고 무릎도 아픈데 나 죽나요? 할머니 약 열심히 잡수시면 안 죽으니 걱정 마세요. 간호사의 답변에도 아랑곳하지 않고 되묻는다. 조그마한 병원 접수창구에서 벌어지고 있는 현실이었다. 처음에는 보호자도 없이 병원에 오신 할머니가 안쓰럽고 불쌍해서 바라만 보고 있었다. 한 번 두 번 되묻고 답변하고 하기를 여덟 번이 지나도록 계속하고 있었다.

    접수창구에는 하나둘 사람이 모여드는데 아무도 말리지 못하고 업무는 지연되고, 바라보고만 있었다. 안 되겠다 싶어 내가 할머니 하고 부르자 나를 쳐다본다. 나도 할머니처럼 머리도 아프고 목구멍이 따끔따끔하고 혓바닥이 쓴데 안 죽고 잘 살아요. 하자 허리도 아프고 무릎도 아픈데 안 죽어요? 하고 묻는다. 예 나도 허리도 아프고 무릎도 아픈데 멀쩡하게 살아 있잖아요. 약 열심히 잡수시면 절대 안 죽어요 하니까 고맙다고 하면서 병원문을 나선다. 접수처 아가씨가 고맙다고 하면서 웃는다. 내가 물어보니, 치매 환자란다. 옛날에는 치매 노망 또는 망령이라 불렀고, 지금처럼 평균 수명이 길지 않았던 시절에는 흔하지 않은 병이었다. 시골 동네에선 어쩌다 한두 명 노망난 할머니가 계셨고, 심하면 벽에 똥칠한다는 말을 들었다. 그래서 옛날 노인들의 소망이 오래 살다가 일찍 죽어야 한다고 했다. 어릴 적엔 그 말이 이해가 안 됐다. '오래 살다, 일찍 죽어?' 지금 생각하니 기가 막힌 표현이다. 요즘 시대 표현으로 9988234다. 99세까지 팔팔하게 살다가 이삼일만 앓고 4일째 죽자. 마음먹은 대로만 된다면 얼마나 좋을까?

　나는 요양원 봉사활동을 하면서 많은 치매 환자들을 보아왔다. 욕하고 싸움하자고 시비 거는 할머니, 무조건 내 물건이라고 우기는 할머니, 조용히 그림만 그리던 할머니, 뜨개질만 하는 할머니, 내가 잘 아는 사람 중에 날마다 물건을 잃어버렸다고 호소하는 사람, 치매는 종류가 각양각색이고 심하면 내 남편 내 자식들도 몰라보고 딴소리를 한다. 주로 여성들이 심한 것 같고, 기억 인지 능력을 잃어버리는 것 같다. 본인은 아무것도 모르나 가족 중에 환자가 있다면 삶 자체가 무너진다. 다행히 일찍 발견돼서 치료하면 진행을 늦출 수 있다고 하고, 심하면 주간보호센터나 요양원에 모시는 것이 요즘 현실이다. 무엇보다 중요한 것은 장수세대에 치매 예방을 위해서 각자의 노력이 필요하다. 나이를 먹을수록 모든 기능이 저하되는 것은 어쩔 수 없는 현상이나, 오늘 병원에서 만난 할머니처럼 죽음을 두려워하는 모습을 생각하니 왠지 가을바람에 뒹구는 낙엽의 대명사, 쓸쓸함이 자꾸만 맴돌고 있다.

짝

    할머니 한 분이 부동산 사무실에 찾아왔다. 값싸고 조그마한 방 좀 없을까요? 주인은 앉으시라고 권하면서 커피 한잔 드릴까요? 하자, 자리에 앉는다. 할머니가 커피를 호호 불어가면서 마시자 주인이 할머니 손주 방 얻어주시게요? 하자 아니요 나 혼자 살 방인데 비싸면 못 살아요 하면서 지레 겁을 먹은 표정이다. 주인은 할머니 연세가 몇인데 혼자 어떻게 살아요? 자녀들은 없으세요? 하자 천천히 신세타령을 한다.

    나는 서산에서 왔는데, 나이는 82세고 30대에 어린 딸 셋을 두고 남편은 저세상으로 갔단다. 남겨준 재산도 별로 없고 딸 셋을 키우고 가르치려고 남의 집 마늘밭 생강밭 모심기 청소하기 바닷가 갯벌일 등 안 해본 일이 없을 정도로 쉬지 않고 열심히 해서 자녀들만 출가시키면 되는 줄 알았더니 세 딸이 출가해서 애를 낳으면 손주들을 다 돌봐주고 살았는데, 이제는 귀찮단다. 이럴 줄 알았으면 젊어서 개가하라고 청도 많이 들어오고 나를 좋아하는 홀애비도 많았는데 다 마다하고 내 새끼만 생각했는데, 내 친정이 천안인데 천안으로는 갈 수 없고 친정하고 가까운 온양에 방을 얻고 아직까지는 움직일 만하니, 허드렛일이나 농사철에 고추 따기나 밭일을 다니면 목구멍 풀칠이야 못하랴 싶다는 할머니 눈에는 눈물이 그렁그렁하다. 주인이 할머니 얼마짜리 방을 구하느냐고 묻자, 한 달에 10만 원짜리 방은 없을까요?

주인이 난감해하자 할머니는 혹시 혼자 사는 노인은 없을까요? 내가 밥이나 해주고 빨래나 청소해 주면서 살면 되지 않을까요? 그렇다고 바라는 것은 아무것도 없고 나 죽어 뼈만 묻어준다고 약속하면 그렇게 하고 싶단다.

아! 할머니는 82세에 인생의 마지막 동반자 짝을 찾고 있는 것이다.

문득 옛날 우리 동네에서 있었던 가슴 아픈 실화가 생각났다. 70년대 중후반으로 기억하는데 열심히 살아서 먹고살 만하고 자녀 오륙 남매를 둔 집이었다. 갑자기 마나님이 병이 들어 돌아가셨다. 그분 나이가 환갑 전후로 기억하는데 상처를 한 것이다. 마음에 갈피를 잡지 못하고 이웃집 과부댁을 찾아가서 같이 살자고 매달렸다. 이웃집 과부는 아들 내외와 손주랑 살고 있는 삼십 년 이상 수절한 분이다. 처음에는 그런 말씀 마시라고 돌려보냈는데 아들 내외가 집을 비우면 집으로 찾아오고 심지어 냇가 빨래터로 가면 쫓아오고 하자 단호하게 거절했다. 어느 날 이웃집 동생뻘 되는 집으로 찾아가 내가 고기가 먹

358

고 싶은데 해줄 사람이 없으니 내가 고기를 사 올 테니 맛있게 해달라며 소고기 5근을 사가지고 와서 육회도 해 먹고 불고기도 해서 술을 실컷 먹고 난 그다음 날 자살을 했다. 그 일이 있은 후에 이웃집 과부는 어디론가 이사를 했다. 짝을 잃고 새 짝을 찾기 위해 노력하다가 이루어지지 않자 목숨을 버리는, 아! 얼마나 가슴 아픈 사연인가? 예로부터 "부부 이성지합 생민지시 만복지원"이라고 했다 뜻을 풀면 "부부는 두 성의 합이니 백성을 만드는 시초요 만복의 근원이니라" 동몽선습에 나오는 구절이다. 옛날에는 짚신도 짝이 있다고 남녀가 성장하면 당연히 혼례를 올리는 것으로 생각하고 실행했다. 요즈음은 어떠한가? 어느 날 뉴스를 보니 결혼 적령기의 젊은 남녀들은 결혼보다는 혼자 살기를 원하는 남녀들이 52프로란다. 물론 코로나로 인하여 결혼을 미루고 집값이 천정부지로 솟구치다 보니 결혼하기가 두려운 세상이 됐다. 앞으로 누가 백성을 만들고 나라는 누가 이끌고 지키겠는가? 80대 할머니가, 60대 할아버지가 짝을 찾는 것처럼 젊은이들이 짝을 만나 백성을 만드는 시초가 되기를 막연하나마 간절하게 기대해 본다.

기다림에 대하여

　가을은 축제의 계절이다.

　지방마다 마을마다 특색을 살려 각종 행사가 치러진다. 짧게는 하루에서 길게는 4~5일 동안 예로부터 우리 민족은 농경사회에서 절기에 따라 어른 아이 할 것 없이 축제를 즐겨왔다. 그중에도 작사자 작곡자도 없는 아리랑은 동서고금을 막론하고 우리 민족 최고의 음악이다. 축제장에서 울려 퍼지는 "나를 버리고 가시는 임은 십 리도 못 가서 발병 난다"라는 아리랑 소리에 나는 기다림을 생각한다. 첫눈이 내리는 날 안동역에서 만나자던 연인과 약속한 막막한 기다림, 나보기가 역겨워 가실 때에는 죽어도 아니 눈물 흘린다는 진달래꽃의 원망의 기다림, 새색시 첫 친정 나들이 보내놓고 마음 졸이는 새신랑의 그리움의 기다림, 삼대독자 군대 보내놓고 무사히 돌아오기를 학수고대하는 모정의 기다림, 한 송이 국화꽃을 피우기 위해 봄부터 소쩍새 울고 여름날 천둥 치던 결실의 기다림 이루어질 수 없는 사랑이 맺어지기를 고대하는 막연한 기다림, 오늘 갑자기 다쳐 병원에 입원한 회원이 쾌유되기를 기원하는 간절함의 기다림, 장사꾼은 장사가 잘

되기를 직장인은 승진과 봉급이 오르기를 등 이루 헤아릴 수 없는 기다림이 있다. 어느 것 하나 빼고 더할 것이 있으랴.

엊그제 다행히도 적은 양이지만 단비가 내렸다. 수확을 앞둔 농작물에 해갈은 됐지만 우리의 생명수가 부족하여 일부 지역에서 제한 급수를 한다는 뉴스를 접하면서 이제는 간곡히 풍족한 생명수를 기다려 본다. 아울러 올가을에는 모든 이의 기다림에 결실이 있기를 욕심내 보면서 ~~^^.

공연

    오늘은 공연을 하는 날이다. 정년퇴직을 하고 무언가 보람 있는 일을 해보자고 해서 생각한 것이 색소폰을 배웠다. 친구 따라 강남 간다고 친구가 배우는 천안에 목사님에게 일주일에 한 시간씩 육 개월 동안 스물네 시간이 주어졌는데, 사정이 있어서 다섯 번을 빼먹고 정확하게 열아홉 시간이 나의 배움의 전부다.

    더 배우고 싶었으나 친구 따라 강남 간 사람이 다른 곳으로 가는 바람에 혼자 배우기가 뭐해서 그만두고, 나는 고아가 됐다. 훌륭한 선생님에게 좀 더 배웠으면 좋았을걸 하는 후회가 밀려오고, 그러던 어느 날 나의 죽마고우의 제의로 요양원에 재능기부 봉사를 시작으로 나의 공연은 시작되었다. 첫 무대에 서보니 머릿속이 하얗고 앞이 보이지 않았다. 직장생활 시 여러 사람 앞에서 브리핑도 많이 해보고 대화도 즐겨 했던 터라 떨림이 덜하리라고 마음을 다잡았던 나의 생각은 오산이었다. 어떻게 끝났는지도 모르고, 잘했는지도 모르게 그렇게 첫 공연이 시작되었다. 그로부터 매주 토요일이면 지정된 요양원 수시로 요양병원, 노인대학, 장애인 시설 등 시간이 허락되는 한 열심히 하고자 노력했다.

오늘도 요양원에서 1차 공연을 끝내고, 아는 후배가 온양역전 앞 광장에서 하는 공연을 관람했다. 민요를 하시는 분, 지역 가수 색소폰, 기타 난타 등등 마침 오늘이 장날이라 많은 사람들이 모여 공연자의 가락에 맞추어 춤을 추는 할머니 할아버지 아저씨 아줌마가 흥에 겨워 어깨춤이 절로 절로 신이 난다. 봉사란 나보다 약자에게 즐거움을 주는 것이 나에게도 기쁨이 배가 된다는 것을 경험으로 알았다. 젊어서는 나 자신과 가족들을 위해 아등바등 살았지만, 나이 들어 진정한 삶은 남을 위해 사는 것이 영원히 남는 거라던 백수노인의 말씀이 생각난다. 오늘 공연에 참가하신 공연자 모든 분이 나와 같은 첫 공연의 산고를 이기고 바쁜 생업에도 시간을 쪼개서 전적으로 찾아다니시는 봉사자 전원에게 경건한 기립박수를 보내고 싶다. 그동안 나를 이끌어주신 장 단장님, 그리고 나의 죽마고우와 오늘 공연을 주관하신 충남 생활체육 레크리에이션 아산시지회 정 회장님에게도 고개 숙여 깊은 감사의 인사를 드립니다. 수고 많으셨습니다. 감사합니다.

까치밥

　하얗게 휘날리는 눈보라 속에 까치밥이 숨었다 나왔다를 반복하며 시계추처럼 움직인다. 나무가 높아선지 아님 따기가 힘들어선지 많이도 남았다. 원래 까치밥이란 감을 다 따고서 따기가 힘들거나 보이지 않는 곳에 두서너 개를 남겨서 추운 겨울에 새들에게 식량의 보탬이 되기를 바라는 순수하고도 가장 본능적인 우리 선조들의 자연과 동물에 대한 사랑이었다.

　세월이 흘러 농경문화에서 산업화 기계화로 세상이 변하고 젊은 사람은 일자리와 자녀교육 문화를 찾아서 하나둘 농촌을 떠났다. 물이 위에서 아래로 흐르듯 지극히 자연적인 변화의 물결이었다. 그런데 까치밥의 전설이 서려 있던 고향의 감나무는 발을 옮기지 못했다. 떠난 사람 기다리며 그 자리에서 그저 그대로 묵묵히 익어갈 뿐이다. 여전히 주인 잃은 까치밥을 주렁주렁 매달은 채로~^^.

경칩

오늘은 동면하던 동물들이 잠에서 깨어난다는 경칩이다. 옛말에 "우수, 경칩이 지나면 꽁꽁 얼었던 대동강 물도 풀린다"는 말이 있다. 언 땅이 녹아 온갖 만물이 소생하고 농사의 시작점을 알리는 시기이기도 하다. 입춘을 시작으로 대한으로 마무리하는 24절기 지구가 태양을 한 바퀴 도는 시간을 일 년으로 보고 24등분하여 대략 15일 간격으로 정했다.

지금은 우리가 매일 바라보는 달력으로 계절을 알 수 있지만 그 옛날 농경사회에서는 24절기만큼 중요한 것이 없다고 해도 과언이 아니다. 절기에 따라 씨 뿌리고 거둬들이고 절기에 따른 음식이며, 놀이문화 풍습이며 속담도 생겨났다. 24절기는 농사용 달력이요 삶의 지혜요 인생의 나침반이다.

내 고향에도 유난히 산이 많고 골이 깊어 작은 시냇물이 많이 흐른다. 1970년 초로 기억된다. 지게를 지고 나무를 하러 광덕산으로 동네 청년 대여섯 명이 모여서 갔다. 나무를 한 짐 해서 지고 내려오다 보니 배가 고팠다. 냇가에 내려가 큰 돌을 들추자 경칩 개구리가 우글우글했다. 한 움큼씩 잡아서 뒷다리 껍질을 벗기고, 싸리나무를 깎아서 꿰매어 장작불에 소금 뿌려 구워 먹어보니 시장한 판에 그 맛이 기가 막혔다. 지금은 불법으로 잡지도 먹지도 못하지만 그때 그 시절에는 자연스러운 현상이고 풍습이었다.

요즈음에는 경칩 개구리가 귀하다. 원인을 살펴보니 먹고살기 힘든 시절 식량을 생산하기 위해서 냇가 주변에는 다랭이논이 많았다. 개구리는 주로 냇물 웅덩이에서 월동을 하고, 경칩이 지나면 알을 밴 개구리가 다랭이논에서 알을 풀고, 올챙이가 돼서 뒷다리가 나오면 산에 올라 성장을 하고, 다시 입동이 되면 월동하기 위해 냇물로 돌아오는 삶의 연속이었다. 그러나 지금은 중간 매체인 다랭이논을 묵히거나 개발행위 때문에 사라져 버렸다. 설령 있다 해도 농사짓기 위해서 농약을 사용하기 때문이 아닌가 생각한다.

돌이켜 보니 세상은 많이도 변했고 또 빠르게 변해간다. 어제부터 심하게 봄바람이 분다. 울진에서 발화한 산불은 바람을 타고 삼척까지 번지고 있다고 한다. 선진국의 잣대인 산림녹화사업이 한순간에 불타버림에 안타깝기 그지없다. 오랫동안 습관적으로 이어진 초저녁잠을 설치고 뒤척이다 보니 저 멀리 못자리를 끝낸 논에서 유난히도 심하게 "개굴개굴" 울어대던 개구리 울음소리가 들

려오는 것 같다. 아! 그 시절 개구리 울음소리가 그리운
사람은 나만은 아니리라~~⌃⌃.

농후소

여러분은 십몇 년 전에 TV를 통해서 방영됐던 〈워낭소리〉를 기억할 것이다. 대충의 줄거리를 살펴보자. 경북 울진의 산골 마을에 최 노인 부부가 살고 있었다. 소의 평균 수명이 보통은 십오 년인데 그 소는 특별하게 명이 길어 약 사십 년간 최 노인 가족과 동고동락하고 있다. 그소는 최 노인에게 최고의 친구요, 꼭 필요한 농기구요, 하나밖에 없는 자가용이다. 최 노인도 늙어 귀도 먹고 다리가 불편하고 소도 늙어 움직이기 힘들어도 소의 목에 매달린 '워낭소리'만은 귀가 막혀도 알아듣는다. 최 노인은 산에 올라 풀도 베고 논에는 소에 해가 될까 봐 농약도 치지 않았다. 소 또한 최 노인이 고삐를 잡으면 힘든 일도 마다하지 않는, 할아버지와 소의 환상적인 궁합을 다룬 영화다.

옛날부터 소는 인간과 밀접한 관계를 이루며 함께해 왔다. 내 고향에서도 큰 마을은 대여섯 마리, 작은 동네에는 두세 마리의 농후소가 꼭 있었다. 농후소가 있어야 밭도 갈고 논도 갈고 써레질을 해서 모내기를 할 수 있고, 수확한 농작물은 우마차를 이용해서 운반할 수 있었다. 머슴도 센 일(소 다루는 일)을 잘해야 상머슴 새경을 받았다. 어디 그뿐이랴. 일 년에 한 번씩 송아지를 낳으면, 송아지 팔아 아들 살림 내주고 딸 시집보내고 자식들 학자금 보태고 땅도 샀다. 좋은 농후소를 가지고 있는 집은 살림살이가 번창했다. 소고기는 명절이나 제사 때만 맛볼 수 있는 최고의 고기였다. 농촌에서 농후소는 최고의 재산목록 1호요 기업체였던 셈이다.

우리 집에도 농후소가 있어서 어릴 적부터 소풀도 뜯기고 깔도 베고, 마차를 끌다가 돌담도 부수고, 소 편자(소 발톱에 신는 쇠 신발)를 박기 위해 구온양에 소를 타고 다녀왔다. 한번은 소기름 때로 바지 엉덩이가 빤질빤질해져서 어머니 빨래하기 힘들게 했던 적도 있었다. 송아지를 팔기 위해서 동아밧줄로 목살이(목을 새끼줄로 묶는 것으로 충청도 방언)를 해서 어미 소와 함께 온양 장에 다녀온 적도 있고, 농후소를 개비(바꾸기)하기 위해 아버지와 함께 장날에 갔다가 쓰리꾼으로 몰린 적도 있다.

그날의 기억을 되살려 보자. 장날마다 소전에는 송아지부터 중소(어스랭이) 어미 소 황소 농후소 등 여기저기 타지역에서도 소를 팔고 사기 위해 시끌벅적하다. 어성꾼(소 중개사)이 소 등짝을 팍팍 두드리며 큰 소리로 소 어깻죽지며 엉덩이 하나 빠지는 게 없다고 흥정을 붙인다. 소 고삐를 높이 들어 아가리를 벌려가며 이빨을 확인하고,

이 소는 세 살짜리로 한참 부려먹겠다, 소뿔 잘생겼다, 이 소는 매년 쌍둥이만 낳는다, 이 송아지는 일 년만 키우면 새끼 낳는다 등, 온갖 잡설과 함께 흥정이 이루어진다. 소를 산 장사꾼은 계근대로 옮겨 소의 무게를 달아보고 잘 샀다 밑졌다 등등 이야기로 결산을 한다. 소전에서 이루어지는 풍경이 신기해서 여기저기 옮겨 다니면서 구경을 하던 중에 누군가 억센 힘으로 내 팔을 잡아끈다. 그는 안주머니에서 신분증을 꺼내 보여주며 '경찰'이란다. 왜 그러냐고 내가 항의하자 일단 경찰서로 가서 조사를 하잔다. 마침 동네 어성꾼이 그 광경을 보고 아버지와 함께 달려와 오해는 풀렸다. 돈이 모이는 곳에 쓰리꾼도 많이 몰렸던 시절이었다.

그날 소를 개비하고 장터국밥 한 그릇 먹고 개비한 소를 끌고서 20리 자갈길을 걸어온 추억을 더듬으며, 눈앞에 펼쳐지는 들녘을 바라본다. 저 멀리서 친구가 트랙터로 논을 갈고 있다. 예전에 지금쯤이면 여기저기 소들이 논을 갈고, 아낙은 소여물과 밥반찬을 머리에 이고 주전자를 한 손에 들고 다랭이논을 달려갈 텐데, 지금은 어쩌다 오토바이가 철가방을 들고 농로를 달린다. 우리나라에서 제일 큰 김제평야에는 수백 수천 마리의 농후소와 아낙들이 들녘을 오갔을 것이다. 그 많던 농후소는 어디로 사라졌을까? 지금은 어디를 가봐도 농후소는 없다. 혹시

민속촌이나 민속마을에 가면 우마차를 끄는 소가 있을지 모르지만, 농후소는 산업발전과 함께 사라졌다. 우리 소가 파리 모기를 쫓거나 고개를 움직일 때마다 "덩그렁덩그렁" 거리던 워낭소리는 들려오는데, 사라진 농후소는 다시는 농촌의 들판으로 돌아오지 않을 것이다.

※ 트랙터로 논을 갈던 친구가 옛날에 황소를 농후소로 기르던 시절, 소풀을 뜯기다 황소에게 치받쳐 소 밑에 깔려서 죽는 줄 알았는데 밟지는 않더라는 이야기 발단에 농후소 이야기를 쓰게 됐습니다~~^^.

논갈이

1. 부릉! 부릉! 은수가 트랙터에 올라앉아 논을 달려갑니다. 트랙터 꽁무니에는 6개의 쟁기 날이 달려 있어, 벼 그루터기를 덮어가면서 달려나갑니다. 희끗희끗하던 논바닥이 트랙터가 지나가면 흑갈색으로 변해버립니다. 한참을 달려 다시 돌아오고, 돌아오기를 열댓 번 한 후에 머릿배기를 두어 번 돌면, 반듯하게 농지정리 된 한 단지(900평)를 30분 만에 다 갈아엎어 버립니다.

2. 병수는 저 멀리 타향 땅에서 추수를 끝낸 직후, 갯벌 논에 물을 대고 늦가을에 대형 트랙터에 올라앉아, 소형 반주기에서 흘러나오는 음악 소리를 벗 삼아 논을 달려나갑니다. 트랙터 꽁무니에는 열두 날 원반쟁기가 물살을 가르며 논바닥을 소리 없이 엎어버립니다. 농지정리 된 한 배미(6,000평)를 두어 시간도 안 돼서 끝내버리고, 다른 논을 향해서 달려갑니다. 밤이 되면 라이트를 켜고, 밤이 하얗게 새도록 달립니다.

3. 우리 아버지가 논을 갈러 갑니다. 지게에는 쟁기를

지고, 소를 몰고 논으로 향해서 걸어갑니다. 따사로운 햇볕 아래 모자를 쓰고 목에는 수건을 두르고, 소를 몹니다. 초벌갈기(맞덮기), 재벌갈기, 세벌갈이(쪼개기)를 한 후에야 써레질을 합니다. 농지정리가 안 된 다랭이논을 꼬불꼬불 돌아가면서, 이랴! 이랴! 워! 워! 소를 달래가면서 논을 갈아엎어 버립니다. 어머니는 커다란 다라에 소여물을 담고 그 위에 밥을 담은 다라를 무겁게 머리에 이고 한 손에는 주전자를 들고 꼬불꼬불 다랭이논으로 달려갑니다. 하루 종일 수백 번을 돌고 돌아도 초벌갈이 여남은 마지기(2,000평) 갈기도 벅찹니다. 소도 지치고 사람도 힘듭니다.

아지랑이 피는 들녘에서 힘차게 달려가는 트랙터를 바라보니 그 옛날 이랴! 이랴! 워! 워! 하면서 소를 몰던 아버지 목소리가 들려오는 것만 같아 가슴이 먹먹해집니다 ~~^^.

고향 산천과 일 귀신들

　내 고향의 농촌은 빠르게 변모하고 있다. 봄의 향연에 봄꽃들이 잔치를 벌이기 위해 너도나도 날짜를 잡아놓고 순번을 기다리고, 성질 급한 양지쪽의 진달래 개나리 목련 매실이 자기만의 고유한 색으로 꽃잎을 벌려가고 있다.

　시냇가와 산골 다랭이 묵은 논 가의 버들가지가 연두색으로 피어나기 시작했다. 느티나무 잔가지에는 파아란 티밥(?)이 헬 수 없이 매달려 나날이 몸집을 불려가고, 묘목장의 단풍나무는 붉은색을 자랑하기 위해 용트림을 한다. 정원의 연산홍도 파란 꽃잎과 함께 꽃망울을 키우고, 봄의 화신 벚꽃은 꽃잎을 터트릴 날만을 벼르고 있다. 들판에는 여기저기서 트랙터가 경주를 하면서 들녘을 흑갈색으로 물감을 들이고, 퇴비를 가득 실은 경운기가 탕탕거리며 농로를 달려간다. 저 건너 산밭에는 관리기 꽁무니에서 검은 비닐을 뽑아내면서 밭두둑을 검은색으로 도배하고 있다.

　정수는 날이 밝기가 무섭게 트랙터로 논을 두어단지 갈아엎고, 집으로 달려와 아침 식사를 간단하게 끝내고, 다시 논을 향해서 트랙터를 몰고서 달린다. 칠순을 넘긴 지도 벌써 몇 년이 지나 일을 줄이거나 놓을 때도 됐건만, 해마다 농지를 사거나 임대해서 농지면적을 늘려가고 있다. 요즘 세상에 '귀신'이 어디 있으랴마는 시골 농촌에는 아직도 '일 귀신'이 있다. 바로 정수 같은 사람을 일컬어서 '일 귀신'이라 부른다.

보통사람들은 엄두도 못 내는 일을 그들은 평범한 일상인 것처럼 해내고 있다. 여러분은 TV를 통해서 〈생활의 달인〉이란 프로그램을 시청했을 줄 안다. 여러 분야에서 보통사람보다 몇 곱절 빠르게 일을 처리하는 모습을 보았을 것이다. 공장이나 시장, 또는 예체능을 통해서 그들이 보여주는 모습은 그야말로 신기에 가깝다. 선천적으로 타고난 재능도 있겠지만, 얼마나 많은 피나는 훈련과 노력을 통해서 얻어진 결과일까?

우리나라 최고의 '일 귀신'은 정주영 씨가 아닐까(?) 하는 생각을 해본다. 우리나라 산업발전의 최고의 주역이요, 아시아의 영웅이요, 재벌가였던 고 정주영 회장의 일대기를 그린 《시련은 있어도 실패는 없다》라는 책을 읽었던 적이 있다. 그가 어린 시절부터 고생한 일화들 그리고 국내는 물론 해외에서 이룬 수많은 신화와 업적들은 셀 수도 없이 많다. 그는 또한 "내일 일할 생각을 하면 가슴이 벅차고 설레어서 잠이 안 온다"는 말을 남겼다. 내일 일할 생각에 잠이 안 오는 사람은 '일 귀신'이 분명한 것 같다.

내 고향의 일 귀신도 점점 사라지고 있다. 내가 살던 동네의 마지막 농부의 나이가 올해 61세로 환갑이다. 그 역시 '일 귀신'이다. 그는 일만 있으면 달려간다. 농한기에는 공장으로 가서 일하고, 명절이 다가오면 남의 산소 벌초 일을 도맡아서 하고, 또 어떤 일이라도 만들고 생각해서 쉬지 않고 일하려고 노력한다. 토요일 일요일도 없고 명절날에야 잠깐 쉰다. 오로지 농민만이 편하게 쉴 수 있는 날이 비가 오는 날이건만, 그는 비 오는 날에도 농기구를 수리하고 집 안에서 할 수 있는 일을 찾아 부지런히 움직인다. 나도 한때는 '일 귀신'이 되어 1인 2역 3역의 일을 하며 살아온 적도 있다. 직장인이 다 쉬는 토요일 일요일이 나에게는 가장 바쁜 날이었다. 삶의 무게에 헐떡거리던 그때 그 시절을 저 멀리 바라보이는 광덕산은 알고 있다~~^^.

건강검진

걷어붙인 팔뚝이 따끔하다. 나는 나도 모르는 사이에 눈을 질끈 감았다. 조금 있다가 눈을 떠보니 주사기에는 검붉은 피가 가득 담겨져 있다.

오늘은 국민건강보험관리공단에서 실시하는 건강검진을 하는 날이다. 11월 초에 신청을 했는데 연말이라 첫 스타트로 하는 날을 맞추다 보니 한 달이나 늦게 날이 잡혔다. 우리는 누구나 한두 번 이상 예방주사를 맞아본 경험은 있으리라. 초등학교 때 예방주사를 맞는다고 하면 괜히 겁나고, 차례를 기다리는 동안 초조하고 불안했던 추억은 모두 가지고 있으리라. 매도 먼저 맞는 놈이 낫다고 맞아보면 별것도 아닌데, 그래도 주사기만 바라보면 긴장되고 싫다. 주사 하면 병원이란 인식 때문일까? 눈을 감고 주사기를 피하는 내 모습이 우스운지 간호사가 빙그레 웃으면서 "아팠어요?" 하고 묻는다. 나는 "간호사 선생님은 주사 맞을 때 눈 안 감아요?" 묻는다. "사실은 저도 괜히 무섭고 눈도 감아요" 하면서 거즈로 주사 자욱을 닦고 테이프를 붙여준다.

그렇게 시작된 건강검진은 키 몸무게 시력측정 청각

검사 소변검사 대장검사는 미리 준 분변으로 대체하고
X-ray 검사를 끝마치고 드디어 위내시경 검사 시간이 돌
아왔다. 위내시경은 보통 일반검사와 수면검사로 나뉜다.
나는 수면 대신 일반검사를 신청했다. 수면이 편하긴 한
데 시간도 오래 걸리고 후유증이 있어 일반검사를 시작한
지 꽤 오래됐지만 그래도 처음 시작할 때 고통이 있어 좀
긴장되는 건 사실이다. 시작 전 각서에 서명을 하고 자리
에 누웠다. 입에 마우스피스가 물리고 드디어 시작됐다.
원장 선생님의 지시에 따라 숨 삼키고 몇 번 웩 하면 편해
진다. 3~4분만 견디면 끝난다. 수면처럼 후유증도 없다.
내킨 김에 해본지도 오래된 간 초음파 검사를 원장 선생
님에게 의뢰하니 해보자고 한다. 간과 신장(콩팥) 검사 모
두를 끝마치고 조금 기다린 후에 결과까지 듣고 시간이
걸리는 검사는 결과가 나오면 주소지로 배송해 준다고 한
다. 일 년 또는 이 년에 한 번씩 하는 검사지만 끝나고 나
니 홀가분하다.

　저녁에 집사람이 오늘 건강검진 했느냐고 묻는다. 대충
결과를 설명해 주고 당신도 다음에 위내시경은 수면으로
하지 말고 일반검사로 해보라고 권해본다. 잠깐이면 끝나
고 지금은 내시경 기계가 좋아져서 옛날보다 훨씬 편하고
좋아. 아내는 손사래를 치면서 싫다고 한다. 한번 멋모르
고 일반검사를 했다가 고생했던 경험이 있던 터라 죽어도

못 한다고 한다. 아니 애를 셋씩이나 낳은 사람이 그걸 못 참아서 수면으로 해? 마취하면 몸에 안 좋다고 하던데, 산고의 고통도 별것 아니구만… 내가 빈정대자 아내는 그래도 싫단다.

'사실 나도 끝나고 나니까 나도 모르는 사이에 눈물 두어 방울 흘렸더라' 속으로 중얼거려본다.

농민의 효자 아들?

삼복더위가 무섭게 대지를 달구고 있다. 연일 핸드폰으로 발송되는 문자에는 온열 환자가 발생하니 한낮에는 밖에서 일하지 말고 충분한 수분 섭취와 그늘이나 집에서 편히 쉴 것을 안내한다. 그러나 농민이 어찌 날 탓을 하며 편히 쉴 수 있으랴?

철수 아저씨는 산골에서 태어나 평생 일만 하면서 살아온 사람이다. 슬하에 아들 둘에 딸 셋을 둔 전형적인 농사꾼으로 지금은 팔순을 훨씬 넘긴 촌노다. 이제는 농사일도 접고 편히 쉴 만도 하건만, 새벽부터 두 내외가 밭에 나와 고추를 따고 있다. 지나가는 사람이 더운데 그만 따고 쉬라고 한다. 농사는 때가 있는 법인데 붉은 고추를 빨리 따줘야 파아란 고추가 빨리 크고 붉어진다고 하면서 연신 고개를 숙였다 폈다 하면서 고추를 딴다. 얼굴은 땀이 줄줄 흘러 목에 두른 수건으로 가끔씩 땀을 훔친다. 온몸이 땀으로 흠뻑 젖어 물에 빠진 강아지 같고, 따가운 햇살은 옷에 젖은 땀을 날려 보내며 잠뱅이에는 하얀 소금 줄기가 맺혀 있었다. 내일이면 '입추'요 입추를 지나면 바로 '말복'이다. '말복'이 지나면 찬 바람이 난다고 했다. 그때를 생각하면서 오늘도 열심히 일을 한다. 농촌에 사는 우리들의 부모님이 거의 그랬다.

비가 오는 어느 여름날 지나가는 철수 아저씨를 내가 불렀다. 커피 한잔하면서, 이 얘기 저 얘기 하다 보니 옛날이야기가 나온다. 철수 아저씨가 어린 시절, 아버지가 일제 강점기 때 일본사람이 운영하던 금광에 다니면서 금을 캐는 광부 일을 했단다. 해방이 되고, 금맥을 잘 알고 있던 아버지는 철수 아저씨를 데리고 금광을 찾아 나섰다. 알짜배기 금맥을 찾아내고 함량이 높은 금광석을 캐면 지게에 지고 와 집 안 한편에 숨겨놓았다. 자주 하는 일이다 보니 철수네는 금덩이가 메주만큼 있다는 소문이 났다. 또 항아리만 한 노다지를 캤다는 소문이 자자하기도 했다. 그렇게 쌓아놓았던 금광석은 6·25동란 시 피난 갔다가 돌아와 보니 누군가가 다 훔쳐갔다. 그 일 이후로 철수 아버지는 병이 나서 돌아가셨다. 아버지를 여의고 가장이 된 철수 아저씨는 먹고살기 위해 닥치는 대로 일을 했다. 산에서 벌목하는 일이며 농사일에 남의 집도 짓고 헌 집도 고치는 목수 일에 표고버섯 재배 등 열심히 하다 보니 형편도 나아지고 아이들 학교를 보내고 결혼까지 시켰다. 사업하던 아들이 잘못되면 돈도 보태주고 부모로서의 최선의 역할을 다해왔다.

어느 날 농막에서 잠을 자야 하는 일이 생겼다. 대충 저녁을 먹고 TV 보다가 산책을 하기 위해 농막을 나서니 철수 아저씨네 밭에서 누군가가 헤드라이트를 켜고 마늘을 캐고 있었다. "아! 도둑이다" 요즘 매스컴을 통해서 고추 마늘 참깨 들깨 콩, 심지어 논에 널어놓은 나락까지도 차를 끌고 와서 싹쓸이하는 농산물 도둑에 대한 뉴스를 접한 적이 있었다. 그리하여 철수 아저씨네로 전화를 했다. 시간은 밤 10시였다. 자다가 깜짝 놀란 철수 아저씨 내외가 밭으로 달려왔다. "누가 남의 마늘을 캔단 말이요?" 하고 소리쳤다. "아버지, 저요" 하면서 일어난 사람은 도둑이 아닌 철수 아저씨의 큰아들이었다. 직장에서 퇴근한 철수 아저씨 큰아들이 아버지를 도와드리기 위해 30킬로를 달려와서 헤드라이트를 머리에 묶고서 마늘을 캐고 있었다. "나한테 말이라도 하지!"라고 하자, "제가 밤에 와서 마늘을 캔다고 하면 아버지가 캐라고 하시겠어요? 조용히 캐고서 내일 아침에 전화드리려고 했어요" 하는 대답이 돌아왔다.

쉬는 날이면 아들딸들이 찾아와서 부모님을 도와드리는 것이 참으로 보기 좋고 부러웠다. 평생 근면했던 부모님을 보면서 안쓰러움에, 밤에 라이트를 켜고 마늘을 캐는 아들 그는 분명 농민의 효자 아들이다.

　아! 원망스러울 정도로 너무 덥다. 이런 날 소나기라도 한 줄금 내리면 좋으련만, 따가운 햇살은 대지를 더욱 달구고 있다. 후줄근하게 시들어 가는 농작물을 바라보고 있으려니 갑자기 먹구름과 돌풍이 불어오면서 후드득후드득 소나기가 내린다. 돌아가신 부모님을 꿈속에서 만난 듯 반갑다. 후덥지근한 공기도 시원하게 바뀌고, 빗줄기는 더욱 거세진다. 지금은 고인이 되셨지만 철수 아저씨가 효자 큰아들이 고마워 흘리는 눈물이 아닐까? 하는 엉뚱한 생각을 해본다. TV에서는 태풍이 한반도를 강타한다고 방송을 한다. 또다시 농심을 울리는 강한 태풍이 되지 않기를 간절히 기원하면서, 후두둑 떨어지는 소나기를 멍하니 바라본다~~^^.

깊어가는 가을밤에

이젠 밤이 많이 길어졌다. 나는 초저녁잠이 많아 일찍 자고 일찍 일어나는 것이 습관이 된 지 어언 삼십 년이 넘은듯하다. 요즈음 집사람 말마따나 연애편지 한 통 안 보낸 사람이 새삼 글을 쓰다가 보니 이젠 가끔은 잠자는 시간을 놓쳐서 자정이 훨씬 넘은 시간에도 뒤척이는 일이 생겼다. 좋은 현상인지 나쁜 습관이 생긴 건지?

그런 날엔 왜 그리 밤이 길고도 먼지 새벽닭 우는 소리가 기다려지기도 한다. 예전에 대가족이 한집에 살 적에 일이 떠오른다. 가을 추수를 끝내면 서양의 추수감사절처럼 우리도 일 년 농사를 잘 지어서 조상님을 위시한 모든 신과 사물에게도 감사의 인사를 올리고, 내년에도 무탈하게 잘 지낼 수 있게 해달라는 의미로 가을떡을 만들어 장광(장독대의 충청도 사투리)에 올려놓고, 할머니의 간절한 기도가 끝나면 장독 우물 외양간 곳간 대문 심지어 화장실에도 떡을 조금씩 떼어놓고, 이웃사촌부터 시작하여 온 동네를 다니면서 떡을 돌렸다. 제일 멀고 무서운 곳은 가위바위보로 정해서 가기도 하고, 누이들과 같이 돌리고 타 동네에 사시던 친척 집에 갈 때는 가기 싫어 화가 나기도 했던, 지난날 잊혀졌던 추억들이 주마등처럼 스쳐 간다.

간식이 별로 없던 그 시절 통가리에서 고구마를 꺼내어 밖에 시원하게 해놨다가 날로 깎아서 먹거나 혹은 쪄서 먹던 때에 호박꼬지 시루떡 무시루떡 찰시루떡을 시원한 동치미와 먹던 그 맛은 참으로 꿀맛이었다. 농경문화에서 산업화 공업화로 핵가족 시대로 서서히 바뀌어 가면서 하나둘 서서히 사라졌다. 아예 가을떡이 없어져 버렸다. 지금처럼 먹거리가 많고 풍요로운 시대에 그까짓게 대수냐 하겠지만, 그 시대를 지나온 세대들은 공감을 할 줄 믿고, 자라나는 아이들도 옛 조상의 얼이 담긴 문화를 기억해주기를 바랄 뿐, 그 누구도 그 시절로 돌아가고 싶지 않으리라. 어느 날 생각하니 훌쩍 지나버린 시절이 그립고 가을떡이 생각나는 건 길어진 가을밤 탓만은 아니리라.

고추 익어가는 장날의 새벽 풍경들

새벽 일찍 장에 나왔다. 새벽 날씨가 제법 시원하다. 오늘이 29일 온양 장날이다. 참고로 온양 장은 4일과 9일로 5일마다 장이 열린다. 이른 새벽임에도 전국에서 모여든 장사꾼들이 오늘 판매할 물건들을 진열하느라 분주하게 움직인다. 장터의 국밥집에선 선지해장국 끓는 구수한 냄새가 코끝을 자극하고, 성질 급한 장사꾼은 선짓국에 막걸리 한 사발을 들이키고 있다. 아마도 밤새 달려와 시장한 탓이리라.

며칠 전 지인으로부터 전화가 왔다. 올 초에 공짜땅이 생겨서 생전 처음 고추 농사를 지었는데 제법 농사를 잘 지어서 집에서 먹을 고추보다 더 많이 수확을 했단다. 그 소식을 듣고 온양 사는 지인으로부터 건고추 스무 근(20근)을 달라고 하는데 온양에서 거래되고 있는 고추가격을 알고 싶다는 말과 함께, 시세보다 단돈 천 원이라도 싸게 주고 싶다는 요지였다. 장에 들어서니 고추 철이니만큼 건고추 물고추가 즐비하게 늘어서 있고, 계속해서 고추를 실은 차량이 들어오고 있었다. 물고추를 팔고 있는 장사꾼에게 품종과 가격을 물어보니, 우리나라에서 재배하고 있는 고추품종이 1,000가지가 넘는데 뭐라고 하면 알겠어요? 하면서 한 포대(40킬로) 가격은 14만 원인데 몇 포대 필요하냐고 되묻는다. 대충 둘러대고 건고추 시세를 알아봤다. 한 포대(6킬로)에 대략 15만 원에서 17만 원에 거래가 형성되고 있었다.

언제나 그렇듯이 장날의 새벽 풍경은 활력이 넘친다. 하나라도 더 팔기 위해서 예쁘게 진열하는 사람, 대파의 껍질을 벗겨서 하얀 속살이 더 많이 드러나게 손을 바쁘게 움직이는 아낙네, 조그만 고무그릇에 햇배를 담고서 중앙에는 제일 예쁜 과일을 올려 보기 좋게 진열하는 과일가게 아저씨, 양파의 지저분한 껍질은 제거하고 단단하고 여무지게 바닥에 동그랗게 한 무더기씩 쌓아놓아 간다. 햇사과에 포도 자두 복숭아 등 과일이 쌓여가고, 농사꾼인 듯한 아줌마가 6월 콩과 호박을 서너 개 진열해 놓고, "햇콩이라 맛있어요!" 하면서 나를 잡아끈다.

예전부터 알고 지내던 고구마와 옥수수를 전문으로 농사짓고 장날마다 판매하는 아저씨가 반갑게 인사한다. 고구마는 언제부터 판매했느냐고 묻자 지난 장부터 시작했고 다음 장부터는 옥수수도 판매할 예정이란다. 한쪽 구석 벤치에는 한 아저씨가 누워서 잠을 자고 있다. 너무 일찍 장을 나와 피곤한 모양이다. 수제어묵을 만드는 아저씨가 바쁘게 손을 움직이고, 기름가마에선 어묵 익는 냄새가 고소하다. 한쪽에선 열심히 옥수수 껍질을 까고 있고, 늦게 도착한 부부가 차에서 조그만 리어카를 내려서 오늘 판매할 물건들을 싣기에 분주하고, 파란 양파망에 두세 포기씩 포장한 고랭지 배추가 쌓여가고, 앙증맞은 쪽파가 진열된다.

대충 한 바퀴 돌다 보니, 서서히 날이 밝아온다. 많고 많은 물건과 이야기를 어찌 좁은 식견으로 표현할 수 있으랴마는, 새벽을 여는 오일장의 풍경에서 유독 고추가 눈에 많이 띄어 김소월 시인의 〈님과 벗〉이란 시를 속으로 낭송해 본다.

　벗은 설움에서 반갑고
　님은 사랑에서 좋아라
　딸기꽃 피어서 향기로운 때를
　고초(苦草)의 붉은 열매 익어가는 밤을
　그대여 부르라! 나는 마시리

　님은 사랑을 나누는 사람이고,
　친구는 마음을 나누는 사람이며,
　벗은 뜻도 함께 나누는 사람이라고 한다

백신 이야기

　전화가 걸려왔다. 백신을 맞으러 가잔다. "무슨 백신?" 하고 내가 묻자, 친구는 "코로나 4차 백신"을 맞으러 같이 가잔다. 나는 조금 생각을 더 해보겠다고 했다. 친구는 "그냥 맞어!" 하면서, 우리 나이에 백신은 중증으로 갈 확률을 줄여준다고 하니 함께 가자고 조른다. 불과 일 년 전, 백신을 안 맞으면 금방 죽는 것처럼 난리를 치고, 마스크 사기 위해 줄을 길게 서던 풍경은 평생 처음 겪어본 경험이리라. 이제는 야외에서 마스크도 벗고, 식당 출입인원 제한 및 영업시간 제한도 완화됐다. 나도 3차 백신까지 접종완료 했지만, 주위 사람들을 보면 2차 3차 백신을 맞은 접종완료자도 코로나에 많이 걸리고 있어(?) 뭐가 답인지는 모르겠다.

　'전염병' 하면 떠오르는 게 있다. 13, 14세기 중세 유럽에서 창궐했던 페스트(흑사병)는 유럽 인구의 삼 분의 일을 사망에 이르게 했다. 페니실린 계통의 항생제가 개발된 이후에야 사라졌다고 하는 어마무시한 전염병이다. 나는 오늘 우리나라에서 어릴 적 보아왔던 천연두(손님 혹은 마마)에 대해서 내가 겪었던(?), 나보다는 우리 어머니가 나

때문에 고생하셨던 이야기를 하고자 한다.

　기억을 더듬어 보면, 어느 동네마다 해방 후부터 6 · 25 전쟁 이전에 태어난 사람 중에서, 흔히 '곰보'라고 불리는 형 누나들을 볼 수 있었다. 천연두라고 불렸던 이 병은, 심하면 죽거나 실명하거나 관절을 괴사시키기도 하고, 걸렸다가 살아남아도 심한 흉터를 남기는 전염병이다. 이 병에 걸렸던 사람은 얼굴 부위에 푹푹 패인 자국을 갖고 살아간다. 이런 사람은 나쁜 말로 '빵틀'이라는 별명으로 불리기도 한다. 혼기가 찬 처녀에게는 더욱 심각한 일이었다. 이 병을 앓고 난 후에 생긴 얼굴 흉터를 비관하다가 결국은 세상을 등지게 되는 사례도 많았다. 우리 동네의 내 이웃에도 마마 때문에 그런 얼굴을 한 사람이 있었다.

　그때 그 시절, 동네 이장이 주민들에게 천연두 예방접종을 맞으라는 통보를 전달했다. 내가 어렸을 적에 어머니께서는 나를 데리고 면사무소에 출장 온 예방접종 순회팀에게 천연두 주사를 맞게 하셨다. 주사를 맞고 6개월 정도 지난 후에, 다른 아이들은 예방접종 맞은 부위에 커다란 반점(우리들은 우두라고 불렀다)이 생겼는데, 나에게는 그런 반점이 생기지 않았다. 어머니 마음이 급해지셨다. 이웃에 사는 환자의 얼굴을 생각하니 겁이 나셨는지, 어머니는 그다음 날 나를 둘러업고 온양온천에 있는 '공제병원'으로 달려가셨다. 의사에게 자초지종을 설명하고,

먼저 접종한 약이 가짜인 것 같으니 이번에는 진짜 약을 접종시켜 달라고 부탁하셨다. 공제병원 의사는 한쪽 팔에만 놓아준다고 했는데, 어머니가 사정해서 나는 양팔에 예방주사를 맞고 돌아왔다. 그로부터 몇 개월이 지나도 예방주사 맞은 내 팔뚝에는 아무런 상처가 생기지 않고 깨끗하게 나았다. 어머니는 낙담해서 또다시 나를 둘러업고 자갈길 20리 길을 달려가 병원장을 만나고, 이번에는 진짜로 좋은 약을 놓아달라고 부탁하셨다. 의사는 한 팔에 2개씩 놓아준다고 하는데, 어머니께서는 많이 맞으면 좋은 줄 알고 네 방씩이나 맞히고 나서야 안도의 숨을 내쉬셨다. 의사 왈 "이번에도 흉터가 생기지 않으면 이 아이는 천부적으로 타고나 절대로 '곰보'가 안 될 테니 걱정하지 마시라"고 하면서 어머니를 돌려보냈단다. 어머니는 의사에게 책임지라고 요구하셨지만, 의사가 어떻게 무슨 책임을 질 수 있단 말인가? 그것은 아마도 어머니가 자식을 위하는 간절한 마음 그 자체였으리라. 온양에서 천연두 예방주사를 맞은 후에도 주사를 맞은 부위는 깨끗하게 아물었다. 어머니께서는 그 후에 다시 온양에 가는 길에 병원장을 찾았는데, 의사가 "당신 아들은 절대로 '곰보'가 안 될 테니 걱정 말라"고 하셨단다. 송악에서 1차를 맞고, 온양에서 2차 3차 천연두 예방주사를 맞았지만, 나에게는 우두 맞은 자국이 없다. 코로나 백신을 다시 맞아야 하나 생각하다 보니, 무거운 나를 업고 모래 먼지 풀풀 날리는 자갈길 20리 길, 왕복 40리 길을 달려가셨던 어머니 생각이 떠올라 잠 못 이루고 뒤척이는 밤을 보냈다. 어머니, 고생하셨습니다. 그리고 사랑합니다~~ ^^.

봄의 고속도로?

엊그제까지만 해도 눈부시게 화려했던 봄의 화신 벚꽃은 살랑살랑 불어오는 봄바람에 연분홍 꽃비를 흩날리더니, 꽃잎은 모든 사람의 아쉬움을 뒤로한 채 사라져 간다. 벚나무는 꽃 대신에 어느새 새파란 잎사귀를 키워가고 있다. 길가의 느티나무는 백일잔치를 갓 끝낸 어린아이 웃음처럼 가장 아름다운 연두색으로 피어나고, 단풍나무도 본연의 붉은색 잎을 터트린다. 사철 푸른 소나무는 허연 새순을 키우고, 사철나무 또한 푸른 새잎이 반짝반짝 윤이 난다. 나이를 먹을수록 세월이 빠르게 흐르는 것처럼, 하루하루가 다르게 변하는 모습은 마치 봄이 고속도로를 달려가는 듯하다.

농민들은 씻나락(볍씨)을 담그고 육묘상자에 상토를 담아 못자리 준비에 여념이 없다. 옛날에 농민들은 이맘때쯤이면 산에 올라 새순이 갓 돋아난 연한 푸장나무를 한다. 퇴비가 부족하고 비료가 귀하던 시절 새순이 돋아난 떡갈나무 신갱이 참나무 굴참나무 모래 참나무 등 새순이 돋아나는 풀과 함께 모조리 베어서 논에 거름으로 사용했다. 봄비가 풍족하게 내려 논두렁을 앙구고 논에 물을 대

393

면 군데군데 논에 쌓아놓은 푸장나무에서 황갈색 진지랑 물이 흘러나온다. 그 주위에 월동을 끝낸 우렁들이 엉금 엉금 기어 나와 푸장나무 잎사귀 주변에 다닥다닥 달라붙는다. 인기척에 놀란 우렁들은 더듬이를 우렁 속으로 감추고 죽은 척 흉물을 떤다. 어린 새끼 우렁은 놓아두고 큰 놈만을 골라 삽날에 주워 담아 와서 된장찌개를 끓여 먹으면 왜 그리 맛이 있고 구수했던지, 농촌에 고향을 둔 친구들은 한두 번은 경험했으리라.

못자리 또한 지금처럼 육묘상자를 이용하는 것이 아니라 물못자리를 했다. 못자리할 논을 갈고 써레질을 해서 묵은 호박 넝쿨이나 고춧대를 작두로 썰고 재도 뿌린다. 그리고 맨발로 밟아주고 송판으로 판판하게 다듬은 다음에 볍씨를 뿌리고 물을 가둬서 싹을 키웠다. 물장화도 없던 시절에 발바닥도 아프고 발도 무척 시려웠다.

우리들의 고향 평촌리 앞뜰에는 친환경 퇴비 농법으로 자운영과 회오글라비치를 재배하는 농가들이 있다. 몇 년 전에는 연분홍 자운영꽃이 만발하여 자운영 축제도 열리고 전국에서 자운영꽃으로 하트♡모양도 만들고 글씨가 새겨진 논을 구경하러 온 인파들로 들녘이 북적북적했었다. 가을에 수확을 끝낸 논에 씨를 뿌려 월동을 하고 봄에 풀이 자라면 그 풀을 퇴비로 사용하는 농법이다. 그 옛날 산에 올라 푸장나무를 깎아서 퇴비로 사용하던 방식 이후

논에 씨를 뿌려 다시 흙으로 돌려주던 자운영 풀이 요즘에는 기후변화 때문인지 자운영이 잘 자라지 않는다. 그 대신에 외국에서 수입한 회오글라비치 풀이 잘 자라 자운영을 대체하고 있지만 몇몇 농가는 아직도 자운영 풀을 심고 있다. 예전부터 자운영은 봄나물로도 먹고 연분홍 꽃이 피면 꿀벌들의 밀원이 되고 퇴비로 사용했었다. 토종식물인 자운영이 잘 자라기를 기대했지만 몇 년 동안 잘 자라지 않아 고심했는데, 다행히도 올해는 자운영 풀이 잘 돋아나 크고 있다.

연분홍 꽃과 함께 그윽한 향기 울려 퍼지는 논두렁길을 걸어갈 날을 기대하며 바라보니, 저 멀리 광수네 논에서 여남은 명이 모여 묘판에 씨를 넣고 있다. 지금은 기계화로 못자리 시작을 동민들이 모여서 공동으로 한다. 빈 육묘상자를 기계에 넣는 사람 상토를 퍼붓는 사람 볍씨를 담당하는 사람 물을 담당하는 사람 등 각 분야별로 분담해서 바쁘게 움직인다. 상토 위에 볍씨가 알맞게 내려오면 물이 자동으로 뿌려지고 상토가 볍씨를 덮어 완성된 육묘상자를 날라서 한편에 반듯하게 쌓아 올린다. 분주하게 돌아가는 발자국 소리와 함께 일하는 사람들 이마에는 땀이 흐른다.

풍년농사를 기원하며 못자리를 시작하는 농민의 가슴에도 철거덕거리는 기계 소리와 함께, 봄은 고속도로를 빠르게 달려가고 있다~~^^.

고향의 새벽

꼬끼오~꼬끼오~! 여기저기 장닭 우는 소리가 들린다. 오랜만에 들어보는 정겨운 소리는 한참 동안 이어져 경쟁하듯이 새벽을 알린다. 스마트폰을 들어 시계를 확인해 보니 4시 반을 가리킨다. 대충 옷을 걸치고 밖으로 나왔다. 코끝이 상쾌함을 넘어 서늘하다. 어제저녁 뉴스에서 오늘 일교차가 심하니 감기에 조심하라고 알려주었다. 이른 봄을 맞이하는 행사려니 생각하고 예전처럼 주위를 둘러본다. 월라산 병풍바위 위에 둥그렇게 커다란 달이 걸렸다. 아마도 보름이 가까워졌으리라. 방향감각을 모른다면 서쪽에서 달이 뜨는 줄 알겠다. 하늘에는 샛별이 희미하게 깜박거리고 드문드문 가로등이 거리를 지키고 있다. 저 멀리 하늘에는 제트기가 하얗게 긴 꼬리를 남기면서 날아가고, 나는 타임머신을 타고 동심의 세계로 달려본다.

둥그런 초가지붕에 하얗게 찬 서리가 내리고, 여기저기 굴뚝에선 새벽밥을 짓는 연기가 뭉게뭉게 피어오른다. 타닥거리며 나무 타는 냄새와 구수한 된장찌개 끓는 내음이 골목으로 퍼져나간다. 부지런한 농부는 지게에 퇴비를 한 짐 지고 하얀 입김을 내뿜으며, 논과 밭을 향하여 걸음을 재촉하고, 낯선 발자국 소리에 여기저기 개 짖는 소리도 어우러지고, 배가 고픈 송아지도 "음매음매" 울어대며 긴 여운을 남긴다. 설화산 동편 하늘에는 불그스름하게 여명이 밝아오고, 희뿌옇게 하늘을 가렸던 안개도 서서히 사라진다. 갑자기 정지용 시인의 〈향수〉가 떠오른다. "넓은 벌 동쪽 끝으로 옛이야기 지즐대는 실개천이 휘돌아 나가고, 얼룩백이 황소가 해설피 금빛 게으른 울음을 우는 곳, 그곳이 차마 꿈엔들 잊힐리야~~" 일본에서 유학하던 정지용 시인이 고향이 너무나 그리워 쓴 대표적인 시의 첫 구절이다.

나이를 먹을수록 누구나 고향을 동경하고 그리워하는 것은 인지상정이리라. 고향에서 태어나 죽을 때까지 고향을 지키며 사는 친구들도 있지만, 대부분은 학업을 위해, 일자리를 찾아서, 짝을 찾아 뿔뿔이 고향을 떠났다. 고향에서 가까운 곳에서 사는 친구들도 있지만, 멀리 또는 저 멀리 외국에 사는 친구들도 있다. 누구나 고향에 대한 향수는 각자의 추억으로 가슴 깊숙이 남아 있고, 고이 간직하고 싶으리라. 명절이 다가오면 고향은 찾는 친구들이 더러 있다. 이제는 부모님도 형제자매도 별로 남아 있지 않지만 조상의 산소와, 친구와 동심의 세계가 그리워 고향을 찾는다. 고향이 어머님의 품속 같은 영원한 내 안식처(?)인 것은 꿈에도 잊혀지지 않는 추억이 깃들어 있기 때문이 아닐까?

미리 가본 예산의 삼국축제

완연한 가을 날씨다. 우리 고향의 아침 기온이 섭씨 4도까지 떨어져 옷깃을 여미게 하고, 이러다가 초상(첫서리)이 내리려나 하는 기분마저 든다. 아침 식사 후 언제나처럼 밭으로 향한다. 삼막골 다리를 건너며 저수지 쪽을 바라보니 저수지 뚝방에서 아가리가 메어지게 하얀 물안개가 피어오른다. 그 옛날 아궁이에 생솔가지를 태우면 굴뚝이 꽉 차게 올라가며 뭉게뭉게 피어오르던 하얀 연기가 생각난다. 가을은 누가 뭐래도 수확의 계절이다. 봄부터 씨 뿌리고 김매고 거름 주고, 가물면 물 주고 소독하며 작물의 상태를 관찰하면서 열심히 농사를 짓지만, 수확의 계절인 가을이 오면 더 잘했으면 하는 아쉬움이 남는다.

오늘은 미루고 미루던 김장밭에 칼슘과 천일염 그리고 미량 요소를 살포하기로 했다. 그동안 공을 들인 김장채소는 보답이라도 하려는 듯 잘 자라고 있다. 옛날과 달리 요즘 농사는 질소 인산 가리(3대 영양소)로 농사를 짓는 시대는 지났다. 작물이 필요로 하는 미량 요소를 공급해야만 병이 나지 않고 잘 자라고, 맛 또한 좋은 채소를 생산할 수 있다. 맛 좋은 김장채소를 생각하면서 살포를 끝내니 친구로부터 전화가 왔다.

예산의 삼국축제를 미리 볼 겸 장터 소머리국밥도 한 그릇 먹잔다. 우리나라 가을의 들녘은 황금물결로 시작한다고 해도 과언이 아니다. 출렁거리는 황금물결을 감상하며 흐뭇한 마음으로 예산장터 삼국축제장에 도착하니 형형색색의 국화들이 뿜어내는 그윽한 국화 향과 플래카드가 나부낀다. 금강산도 식후경이라 국밥집에 도착하니 일찍 온 사람들이 줄을 지어 차례를 기다리고 있다. 차례가 되어 국밥이 나왔다. 국밥 한 그릇에 공깃밥 그리고 배추김치 깍두기 그리고 새우젓에 청양고추 채 썬 것이 전부다. 한 숟가락 떠보니 맛이 좋다. 요즘처럼 물가가 치솟는 세상에 가격도 8천 원, 고기도 많이 들어 있고, 국물 맛 또한 일품인 착한 식당이다. 가끔씩 들리는 식당이지만 한 번도 후회해 본 적이 없다.

이제는 구경이다. 오는 내내 '삼국'이 무엇일까 궁금했다. 예산군이 자랑하는 명물로 국화, 국밥, 국수의 앞글자를 따서 삼국축제(10월 14~20일까지)라 부르고, 축제 기간 일주일 내내 각종 공연, 체험행사, 장기자랑이 이어진다고 한다. 예산이 고향인 유명한 요리사업가 백종원 거리가 형성되고, 예산의 유명인물인 윤봉길 의사, 추사 김정희의 동상이 국화로 장식해 세워지고, 석가탑 출렁다리 코끼리 말 사슴 등 동물이 국화로 옷을 입고 곳곳에 하트 모양 및 사진 촬영장이 있고, 이름 있는 예산사과 분재에는 빨간 사과 노란 사과(원명은 시나노골드: 우리는 옛날에 사과 이름도 모르고 그냥 인도사과 또는 딜리셔스라 불렀다)가 한입 베어 물고 싶을 만큼 탐스럽게 익어가고, 하천 변을 돌아보니 국화를 올린 둥그런 아트가 줄지어 세워져 국화꽃이 향기를 풍기면서 사람들을 유혹하고, "평생토록 꽃길만 걸으세요"라고 말하는 것 같다.

마지막으로 국화 분재원에 들어가 보니 괴목과 수석을 이용한 목부작 석부작이 기묘한 조화를 이루면서 꽃을 피우고 나름의 위용을 자랑하고 있다. 어떻게 만들었을까? 흙도 없는 돌과 나무에 긴 뿌리를 내리고 잎과 꽃을 피웠다. 먼저 감상하던 사람이 설명을 한다. 처음에는 돌 또는 나무를 땅에 묻어서 국화를 심고 뿌리가 크는 대로 위에 있는 흙을 걷어내면서 뿌리를 내린단다. 짧게는 일 년 때론 수년 동안 공을 들여 만든 작품이란다. 그토록 고생하면서 만든 작품을 출연해 주신 분께 존경과 감사의 인사를 드린다. 내킨 김에 예당호의 명물인 출렁다리 공연장 위 카페에서 솔 향기 마시며 커피도 한잔했다.

얼마 전에 설치한 모노레일이 돌아가는 모습도 바라보며 출렁다리 옆 예당호에서 뿜어 올리는 분수도 감상했다. 오늘 모처럼의 나들이로 기분 좋은 꽃길이 앞으로도 쭈욱 이어지기를 바라면서~~^^.

부모가 봉인가? 자식이 도둑인가?

시내 변두리 허름한 연립주택에서 동네 아낙들 대여섯 명이 모여 기름 냄새 풍기며 막걸리 판이 벌어졌다. 멀리 포항에서 이사 온 포항댁이 동네 아줌마들의 성화에 파전을 부쳐서 막걸리와 함께 조촐한 집들이를 하게 됐다. 한두 잔 술이 돌자 집을 얼마에 사서 왔느냐, 전세는 얼마고 아님 월세는 얼마냐, 아저씨는 어디 가고 혼자 왔느냐, 자식은 몇 명이고 무엇 하느냐는 등등 입이 쉬지 않는다. 이십여 년 전 막노동을 하던 남편을 하늘나라로 보내고 어린 남매를 둔 포항댁은 살길이 막막했다. 식당일에 남의 가정집 청소일 건설현장 잡일 등 닥치는 대로 일을 하다가, 지인의 소개로 포항의 조그마한 시장 안에서 좌판을 펴고 고무 다라에 생선을 팔기 시작했다. 처음 하는 장사인지라 힘들었지만 성격이 원만하고 성실해서 갈수록 단골손님도 생기고, 막일보다는 수입이 좋아 딸은 고등학교를 마치고 공장에 취업해서 다니다가 짝을 만나 결혼을 했고, 아들은 힘들게 벌어서 대학에 보냈다. 추운 겨울날 생선을 만지다 보면 동상에 걸려 손이 푸르둥둥하게 변했지만 아들만 졸업시켜 취업해서 결혼만 시키면 꽃기미를 탈 것 같은 기분에 힘든 것도 아픈 것도 안중에 없었다.
어머니의 바람대로 아들은 학교를 졸업하고 군대를 다녀
와서 취업을 했다. 이제는 좋은 사람 만나서 결혼만 하면
내가 할 일은 다하는 것이다.

어느 날 아들이 사귀는 아가씨가 있다고 하며 집으로
인사를 왔다. 모 은행의 은행원이란다. 뭐 더 볼 게 있을
까? 아들이 좋아하는 사람이니 두말 않고 승락을 하고 남
편이 막노동을 해서 산 허름한 집이 땅값이 올라 가격이
꽤 나갔다. 내가 죽을 때까지 가지고 있으리라 마음먹었
던 집도 아들 기를 살리기 위해 아낌없이 팔아서 아들 내
외 신혼집 아파트 사는 데 보태주고 조그마한 방 한 칸을
전세 얻어서 살림을 옮겼다. 아들만 행복하다면 모든 걸
다 줘도 아깝지 않은 것이 엄마의 마음이리라.

어느 날 며느리가 찾아와서 어머님 돈 가지고 계신 것
있으시면 저희 은행에 맡겨주세요. 실적 때문에 힘들어
서 그러니 맡겨주시면 제가 잘 관리해 드릴게요. 그동안
시장에서 생선 장사를 하면서 번 돈은 시장 안에 있는 새
마을금고를 이용하고 있었다. 이십여 년 동안 한 푼 두
푼 저축한 돈이 일억을 넘어서고 있었다. 아들은 집 사는
데 보태줬으니 나중에는 딸을 도와주리라고 마음먹고 안
쓰고 모아뒀던 통장을 들고, 새마을금고를 찾아가서 돈
을 일억을 찾는다고 하자, 아가씨가 보이스피싱인 줄 알

고 꼬치꼬치 캐묻는다. 아가씨를 향해 자랑스럽게 말했다. 우리 며느리가 시내 모 은행에 은행원인데 실적 때문에 힘들어해서 그래 미안해 아가씨 그래도 푼돈은 자주 이용할 테니까 서운해하지 마. 그때까지만 해도 며느리가 자랑스럽고 듬직했다. 아침 일찍부터 시작되는 장사 일이 힘든 줄도 모르고 신명이 났다.

그렇게 일 년이 지나자 일 년 전에 며느리에게 맡긴 통장의 이자를 묶어서 재예치하기 위해 일 년 365일 명절날 빼고는 쉬지 않던 좌판을 덮어놓고 목욕재계 후 꽃단장하고 며느리가 근무하는 은행을 찾아갔다. 시어머니가 찾아오자 며느리는 상담실로 모셔놓고 커피를 타왔다.

아가! 내가 작년에 너에게 맡긴 통장 이자도 궁금하고 이제 일 년이 지났으니 다시 이자와 합해서 재예치하려고 왔다고 하자, 며느리가 어머니 그 돈 없어요 한다. 아니 돈이 없다니 그게 무슨 말이냐? 어머니 저에게 말씀하시지 말고 아들에게 물어보세요. 그리고 저는 바빠서 근무해야 해요, 하면서 상담실을 나가버린다. 이게 무슨 청천벽력인가? 하늘이 노랗고 앞이 깜깜했다. 끓어오르는 가슴을 한참 진정을 한 후에 돈이 아까워서 타보지도 못했던 택시를 타고 집으로 돌아와서 이불을 덮고 누워버렸다. 어린 시절 친정 부모님 생각부터 남편을 사별하고 지금까지 고생하면서 살아왔던 세월들이 깜깜한 이불 속에서 가슴은 쿵쾅거리고 생각은 오락가락한다.

아들에게 전화를 했다. 저녁 늦게 찾아온 아들에게 그 돈이 네 아버지 죽고 나서 내가 어떻게 해서 모은 돈인 줄 너는 잘 알 텐데, 도대체 어디에 썼느냐고 어머니가 다그치자 아들은 아무 말도 못 하고 고개를 떨군 채 눈물만 흘린다. 아마도 엄마에게 말 못 할 사정이 있나 보다.

이튿날 가게도 안 나가고 딸네 집을 찾아갔다. 딸에게 자초지종을 말하자 딸도 노발대발하면서 나에게는 상의 한마디 없이 집도 팔아 아들 주고 며느리에게 돈도 맡기고, 하고서 이제 와서 어떡할 거냐고 하면서 내가 아는 법무사가 있으니 가서 상담하자고 팔을 잡고서 법무사를 찾아갔다. 법무사 왈 고발을 하면 돈은 찾을 수 있으나 며느리는 벌을 받고 직장을 잃는다고 한다. 예상했던 대로다. 딸은 그래도 고발을 하자고 성화다. 돈이 탐나 올케를 고발하자는 딸을 뒤로하고 집으로 발길을 돌린다.

갑자기 죽은 남편의 얼굴이 떠오른다. 당신 같으면 어떻게 하겠수? 며칠을 고민한 포항댁은 아들딸 아무도 모르는 곳으로 이사 가서 살다가 죽기로 결정하고 가게를 정리하고 포항에서 800리 떨어진 이곳으로 이사를 왔다. 포항댁의 마음을 전하려는 듯 파전 부치는 기름 내음은 봄바람에 살랑살랑 실려서 퍼지고 있었다.

금연가(금연캠프를 수료하고)

어려서 호기심에 이연을 만나보니

기침 나고 메스껍고 어지럽기 한이 없어 더럽고 몹쓸 연이라고 생각했는데

조금 일찍 이연을 안 놈들이 자꾸 친해지면 이보다 좋은 연이 없다길래

한 번 빨고 두 번 불태우다 보니 거짓이 아니었네

좋을 때 한 번 슬플 때 한 번 아침에 일어나니 밤새 그리워 다시 한번

밥 먹고 빨아보니 그 맛이 너무 좋아서 또 한 번

술 먹으니 술이 좋아 연거푸 입에 물고 살아온 세월이

짧게는 이삼십 년 길게는 사오십 년을 이연 하고 살다 보니

마누라는 잔소리에 자식들도 외면하고 손주들도 싫다 하네

사람들도 예전과 달리 범죄자 취급하고 마음대로 불 태울 곳도 없네

아무 곳에서나 태우다간 많이 낸 담뱃세도 억울한데 벌금이 웬 말인가?

이 나이에 인적이 없는 곳에 숨어서 나홀로 고독을 불
태우네
태우고 또 태우니 온몸은 댓진냄새 얻는 건 만병에 근
원이로다
다행히 우연한 기회에 유명하고 용한 변호사를 만나
죽어도 헤어지기 싫다는 연하고 같은 생각을 가진 사람
들과 합동 이혼을 했으니
그 마음 변치 말자 동지들이여!
그 연은 우리들의 영원한 적이다.

낙엽

어제부터 내리던 비는 아침에도 이슬처럼 가늘게 흩날리고 있다.

길가에 뒹굴던 낙엽은 물을 잔뜩 머금은 채 아스팔트에 찰딱 붙어 있다. 밟아도 소리가 나는 둥 마는 둥 운동화 끌리는 소리만 들린다. 자세히 살펴보니 은행잎은 잘 익은 고운 물감 자태를 그대로 간직한 채 바닥에 누워 있고, 엊그제까지도 활활 타오르던 단풍나무 잎은 식어서 퇴색된 채로 은행잎 밑에 숨어 있다. 각자의 삶이 다르듯 낙엽도 취향이 다른 걸 어찌하랴. 방금 떨어진 듯한 은행잎을 주워보니 샛노랗기가 그지없다. 생을 다하고 떨어져 짓밟힐 운명인데 어찌 이다지도 곱단 말인가? 한참을 바라보고 있노라니 갑자기 요양원에서 만난 할머니 생각이 난다. 교장 선생님으로 정년퇴직을 한 할아버지는 자식들 다 시집 장가보내고 두 분만 사시다가 편찮으셔서 자식들에게 피해를 주기도 싫고, 자기도 할아버지를 따라서 요양원에서 함께 지내며 보살피다가 내 손을 꼭 잡은 채 마지막 가시는 할아버지를 보내기 위해 요양원에 왔노라시며 안쓰러워하시던 그 할머니. 주머니 없는 수의에 노잣

돈은 찔러줄 수도 없어 한평생 살면서 들었던 온갖 정이라도 듬뿍 주고 싶어 하는 할머니. 매주 요양원에 들를 때 안 보이시면 궁금해 요양보호사에게 물어보면 할아버지 간호하기 힘들어 병이 났노라던 그 할머니가 노란 은행잎이요, 할아버지는 할 일을 다 마치고 누렇게 퇴색된 단풍나무 낙엽과 같은 생각이 든다. 그 낙엽을 감싸안은 은행잎은 끝없이 순수한 사랑이요, 그 할머니 방식의 의무라 생각하니 눈시울이 뜨거워진다. 우리 인간의 생로병사는 누구도 피할 수 없는 운명인 것을 저렇게 고운 은행잎 사랑으로 승화시킬 수 있다면 얼마나 행복할까? 나의 바람은 환상일까? 길가에 떨어진 낙엽이야 환경미화원 아저씨가 쓸어 모아서 청소차에 실려져 한 줌의 재로 변하면 그만이지만 산에 떨어진 낙엽은 다르다. 60~70년대에는 하나도 남기지 않고 갈퀴로 긁어다가 땔감으로 사용됐다. 옛말에 광덕산 꼭대기에서 인절미 한 말을 고물을 묻히지 않은 채 둥글려 산 아래 떨어져도 티끌 하나 안 붙을 정도라는 말이 있다. 시골에 사는 농부들은 거의 대부분 추수가 끝나면 나무를 하러 겨우내 산을 오르내렸다. 사람에게 예쁜 모습을 보여주고, 땅에 떨어져도 얼마나 소중하게 이용했는지 모른다. 낙엽이 없었다면 아마도 겨울철 끼니도 끼니지만 난방을 못 해 동사하는 사람도 많았으리라. 지금은 그 낙엽이 쌓이고 또 쌓여 밑에서는 썩어서 거름이 되어 봄에 새싹을 돋우고 나무를 무럭무럭 자라게 해주는 아주 소중한 밑거름이 되고 있다. 고향 집에도 감나무 대추나무 소나무 은행나무 등이 많아 낙엽이 진 후에 긁어모아 태우는 일은 성가스러운 연중행사였다. 유독 은행잎은 잘 타지 않아서 자루에 담아 마늘밭 보온용으로 덮어주던 기억이 새로워 다시 한번 은행나무를 쳐다본다. 화답하듯 노란 은행잎 하나가 포물선을 그리며 떨어진다. 갑자기 현충사 은행나무 길이 다시 생각나 차를 달린다. 군데군데 늦잠자다가 지각한 은행나무는 황금빛을 과시하고 마지막 자태를 자랑하며, 바람에 휘날리는 은행잎을 따라서 아이들이 환호를 지르고 고운 은행잎을 한 움큼 거머쥐고는 더 예쁜 잎을 찾아 두리번거리는 학생, 아마 책갈피에 끼워서 곱게 간직하고픈 어여쁜 마음이리라. 이제는 저물어 가는 가을 하늘을 가슴에 간직한 채 은행잎 사랑 할머니를 그리며 아스팔트 위에 쌓인 은행잎을 살포시 밟아본다. 그 사랑이 더 아프지 않기를 바라면서, 왠지 오늘 밤은 가랑잎으로 소죽을 끓이던 아버지와 낙엽 타는 냄새가 그리워진다.

설
화
산
의

향
기

초판 1쇄 발행 2024. 4. 15.

지은이 김두환
펴낸이 김병호
펴낸곳 주식회사 바른북스

편집진행 김재영
디자인 양헌경

등록 2019년 4월 3일 제2019-000040호
주소 서울시 성동구 연무장5길 9-16, 301호 (성수동2가, 블루스톤타워)
대표전화 070-7857-9719 | **경영지원** 02-3409-9719 | **팩스** 070-7610-9820

•바른북스는 여러분의 다양한 아이디어와 원고 투고를 설레는 마음으로 기다리고 있습니다.

이메일 barunbooks21@naver.com | **원고투고** barunbooks21@naver.com
홈페이지 www.barunbooks.com | **공식 블로그** blog.naver.com/barunbooks7
공식 포스트 post.naver.com/barunbooks7 | **페이스북** facebook.com/barunbooks7

ⓒ 김두환, 2024
ISBN 979-11-93879-65-8 03810